雪国

〔日〕川端康成 著

戴焕 孙容成 译

南海出版公司

新经典文化股份有限公司
www.readinglife.com
出　品

目录

雪国

穿过长长的县界隧道，就是雪国。夜的底色变成银白。火车在信号所停下了。

对面座位的姑娘站起身，打开了岛村前方的玻璃窗。雪的凉气一下子灌进来。姑娘将身子探出窗外，向远处呼唤。

“站长先生！站长先生！”

一个男人提着灯，踏着雪慢慢走来。他的围巾一直裹到鼻子上，皮帽的帽耳垂在耳边。

已经这么冷了吗？岛村想着，向窗外望去。只见铁路工人简陋的宿舍稀稀落落地瑟缩在山脚，雪色还没到那边，就被黑暗吞没了。

“站长先生，是我呀！您好吗？”

“哟，是叶子啊！回来啦？天又冷起来了。”

“听我弟弟说，他到这儿上班了。还请您多多关照啊。”

“在这种地方，早晚会寂寞得受不了的。他年纪轻轻，怪可怜的。”

“他还是个孩子，请您多指点他，拜托啦。”

“行。他干得不错啊！往后就要忙了。去年下大雪，老有雪崩，火车抛锚时，连村里人都得出来帮忙。”

“站长先生，您穿得真多！我弟弟信上说，还用不着穿背心呢。”

“我可穿了四层。年轻人冷了就一个劲儿地喝酒，现在得了感冒，都躺倒啦。”站长手上的灯朝宿舍的方向晃了晃。

“我弟弟也喝酒吗？”

“这倒没有。”

“您要回家了吗？”

“我受了点伤，最近在看医生。”

“啊，那可够遭罪的。”

站长和服外面罩着大衣，似乎想快些结束寒风里的闲谈，边转过身去边说：“你路上小心啊。”

“站长先生，我弟弟没在附近吗？”叶子的目光在雪地上搜寻着，“站长先生，还请您多多关照他。”

叶子的声音美得让人心碎。空灵的高音久久地在夜雪中回荡着。

火车发动了，她仍没有撤回身来，直到火车追上沿铁道前行的站长。“站长先生，请转告我弟弟，下次休息时回家一趟。”

“好嘞！”站长大声答道。

叶子关了窗，把双手贴在冻红的面颊上。

这就是雪国边境的山。三台除雪机严阵以待，迎接雪季。隧道南北两侧接通了电力控制的雪崩报警线。五千名扫雪工和两千名青年消防员随时待命。

这个铁路信号所不久就要迎来大雪。叶子姑娘的弟弟今年冬天开始在这里工作，这让岛村对她越发好奇了。

说是姑娘，只是岛村这么认为罢了。她身边的男人是她什么人，岛村当然无从知晓。从举止上看，两人有点像夫妻。不过，男人明显病着。陪伴病人无形中会拉近男女的距离，照顾得越殷勤，看起来就越像夫妻。一个女人像个小妈妈似的照顾比自己年长的男人，远看着也让人觉得二人是夫妻。

然而，岛村把她剪影出来单独看，凭容貌举止，自顾自地认定她是个姑娘。他这样推断，也可能是因为他以一种不寻常的方式观察她太久了，无意中加入了自己的感伤。

那是三个小时以前。岛村百无聊赖，不停活动着左手食指，翻来覆去地看。只有这根手指，还能鲜活地忆起要去寻找的那个女人。他越是急于清晰地记起她，记忆便越发模糊，无迹可寻。只有这根手指，仿佛仍被那女人的触感温润着，把他拉向遥远的她。岛村觉得不可思议，甚至把手指凑在鼻尖嗅了嗅。当他不经意地用手指在窗玻璃上画起线时，那女人的一只眼睛清晰地浮现出来。他大吃一惊，几乎叫出声来。然而，这只是因为他的心飘到了远方。定睛细看，也没什么可惊异的，是对面座位的女子映在了玻璃上。窗外夜幕已垂，车内亮着灯，窗玻璃变成了镜子。但是车里的暖气使玻璃蒙上了一层雾气，在他用手指揩拭之前，镜面并不存在。

玻璃上只映出姑娘的一只眼睛，异常美丽。岛村把脸凑近车窗，佯装欣赏窗外的暮色，张开手掌把雾气都擦掉了。

姑娘身体微微前倾，垂着眼，专注地望着眼前的男人。她肩部用力，略显严肃的眼睛一眨不眨，看得出她对病人非常用心。男人头朝窗子躺着，腿蜷起来放在她身旁。这是三等车厢。二人不在岛村的旁边，而是在斜对面那排座位上，男人躺着，因此镜子只能映出他耳朵以上的脸。

姑娘正好在岛村的斜对面，岛村抬头就能看见她。但二人上车时，姑娘那清澈凛人的美使岛村心头一震。他不觉垂下目光，只见男人蜡黄的手紧紧攥着姑娘的手。于是，他再不好意思直视她了。

映在玻璃窗上的男人，目光只及姑娘的胸脯，神情安详而宁静。他的病弱无力反而给二人之间带来一种甜蜜的和谐。男人的围巾枕在头下，绕过鼻尖严严实实地捂住嘴，再向上裹住两颊，整个地护住脸，只露出鼻子。围巾每每松开，或是遮住鼻子时，不等男人眼神示意，姑娘便伸出手去，温柔地帮他理好了。一次又一次，两人专注地重复着同样的动作，看得岛村有些焦灼。男人的腿上裹着大衣，衣襟时不时散开垂下去，姑娘也立刻就能悉察，随时帮他理好。一切都是那么自然而然。那种姿态，让人觉得他们忘掉了时空，正放逐于无垠的远方。因此，目睹这悲愁的场面，岛村并不感到难过，就像在凝望梦中的幻影。这也是因为一切都发生在奇妙的镜中吧。

黄昏的景色在镜中流淌，和镜上之像交映在一起，好似电影里的叠化镜头。画面上的人物与背景并无关联，人像透明而虚幻，风景则是朦胧流动的暮霭，两者幻化出一个超现实的世界。特别是野山的灯火映照在姑娘脸上时，那无法言喻的美，使岛村怦然心动。

远山之上，天空仍残留着淡淡的余晖。玻璃窗外的风景不断远去，轮廓还在，却都失去了颜色。绵延不绝的山野越发显得平淡无奇，没有什么吸引岛村的地方，他心中却隐隐形成了一股巨大的波澜。这当然是因为姑娘的脸映在了窗子上。不断流动于她周身的暮景，给人一种错觉，仿佛她的面容也是透明的。真的透明吗？面容后的暮景，仿佛也正从她的脸上掠过，扑朔迷离，使人分不清虚实。

车厢里不太明亮，窗玻璃并不像真正的镜子那样清晰，没有反光。岛村看得入神，渐渐忘记了镜子，只觉得姑娘在流淌的夜色中漂浮。

这时，姑娘的脸上燃起了灯火。映在镜中的面容不够清晰，不足以黯淡窗外的灯火。而灯火也无法模糊镜中的面容，只是在她脸上摇曳。这是遥远的寒光，不够照亮她的脸。就在灯火和眸子重叠，瞳仁周围被微微点亮的这一瞬，她的眼睛变成暮霭浪尖上飘荡的夜光虫，妖冶而美丽。

叶子并未察觉有人在这样望着自己。她的心思都在病人身上，即使把脸转向岛村那边，也看不见自己映在玻璃窗中的身影，更不会注意到凝视窗外的男人。

岛村完全被暮色之镜超现实的力量攫住了。这么长时间，他一直偷偷望着叶子，全然忘了这是失礼的行为。

所以，当叶子叫住站长，再次表现出她过于执着认真的个性时，岛村看她也像在看一段吸引人的故事。

火车驶过那个信号所时，窗外已是一片漆黑。镜中流动的风景已然消失，镜子也失去了魅力。叶子美丽的脸庞仍然映在镜子里，动作也仍旧无比温柔，岛村却发现她身上还散发着一种澄净的寒意。镜子再度模糊起来，他也不想擦拭了。

不料，半个钟头后，叶子他们居然和岛村在同一站下了车。似是觉得会发生点什么与自己有关的事，岛村往后看了看。站台袭来一阵寒意，他猛地想起自己在车上的行为有些可耻。于是，他径直越过火车头，向前走去。

男子扶着叶子的肩，正要下到铁轨时，站务员扬手制止了他们。

很快，黑暗中驶出一列长长的货车，挡住了二人的身影。

旅馆前来招徕客人的掌柜身穿厚重的风雪衣，包着耳朵，脚蹬胶皮长靴，通身裹得严严实实，像火场的消防员。一个女人站在候车室的窗户旁，朝铁道那头张望。她披着蓝色的斗篷，裹着头巾。

岛村身上残留着火车上的热气，还感受不到真正的寒冷，但这是他第一次身临雪国的冬天，先被当地人的装束吓住了。

“冷得要穿这么多了吗？”

“是啊，已经完全是冬天的装束了。雪后天晴的前一晚总是特别冷。今晚可能降到零度以下呢。”

“现在有零下吗？”岛村一边看着屋檐下可爱的冰柱，一边和掌柜上了汽车。雪色使本就低矮的民房显得更小了，村子里一片寂静，好像沉到了水底。

“怪不得摸什么都冰凉凉的。”

“去年最冷的时候到了零下二十几度。”

“雪呢？能下多厚？”

“一般也有七八尺厚。但大雪的时候，能有一丈二三尺呢。”

“真正的大雪还没来吧？”

“对，还在后头呢。现在的雪是前几天下的，一尺多厚，大都融化了。”

“还会继续化吗？

“大雪说来就来的。”

这是十二月初。岛村的鼻子原本因为感冒一直塞着，此时一下通了气，直贯到脑门。清鼻涕不住地滴落下来，好像脏东西都被淘洗了一样。

“师傅家那个姑娘还在吗？”

“在的，在的。她刚才也在车站，您看到了吧？披着深蓝色斗篷。”

“那就是她啊？一会儿可以叫来吗？”

“今天晚上吗？”

“对，今天晚上。”

“说是师傅的儿子坐那趟末班火车回来，她是去接站的。”

原来，暮色之镜中叶子看护的那个病人，就是岛村来见的女人的师傅家的儿子。

听到这个消息，仿佛有什么从岛村心头一闪而过。对这个巧合，他并不感到惊奇。他甚至觉得，自己不觉惊奇，反倒有些不可思议。

被手指记住的女人，和眼中映着灯火的女人，她们之间有什么联系，会发生什么事，岛村仿佛都已在心里看见了。大概是还没完全从暮色之镜中清醒过来的缘故吧。莫非那流动的暮色，竟是时光流逝的象征吗？他不禁喃喃自语。

滑雪季到来之前，温泉旅馆里客人是最少的。岛村从室内温泉出来，人们都睡下了，旅馆里十分安静。他穿行于老旧的走廊，每迈出一步，都震得玻璃门轻微作响。长廊尽头账房的拐角处，一个女人婷婷而立，和服的衣摆拖在地上。漆黑的地板泛着寒光。

看到那衣摆，岛村吃了一惊：她到底还是做了艺伎。女人既不迎上来，也没有丝毫亲热的表示，只是无言地站着。远远望着，他便已感受到她的真挚，于是快步走过去，在她身旁站住，却没有开口。女人脸上搽着厚厚的白粉，想露出笑容，却差点哭出来。两人一句话也不说，一起朝房间走去。

发生过那样的事，岛村却没给她写信，也没来看她，说好要寄给她的舞蹈书都没寄。她必定以为岛村会一笑了之，把她抛诸脑后了。按理，岛村应该先道歉，或者找点借口开脱。然而，虽然女人看都不看他就往前走，他却能感受到，她非但没有怪罪他，而且心中满溢着思念。事到如今，无论再说什么，听起来都只会有失诚恳，不如就理亏地保持沉默，静静享受重逢的甜蜜。

直到来到楼梯口，他才突然把左拳举到女人眼前，只伸出食指，开口道："它最记得你了。"

"真的吗？"女人一把握住他的手指，再不肯松开，牵手似的上了楼。

到了被炉前，女人才松开手，脸唰地红到脖颈。她又慌忙牵起他的手来掩饰。

"是它记得我吗？"

"不是右手，是这只手。"岛村从她手心抽出右手伸进被炉，又把左拳举了起来。

"嗯，我知道呢。"女人做出若无其事的样子，轻轻抿着嘴笑了。她掰开岛村的手掌，把脸贴了上去。

"是你记得我吗？"

“啊，好凉。还是第一次触到这么凉的头发。”

“东京还没有下雪吗？”

“那时你说的话，果然是假的。要不，年根底下，谁会跑到这样冷的地方来呢？”

那时，雪崩的危险期过去了，已是满山新绿的登山季节。木通的新芽还正当季，若再过几日，就吃不到了。

岛村终日无所事事，对己对物都越发漫不经心，为了找回那份真挚，他经常独自在山中漫步。他在县界的山里流连了一周。一晚，他从山上下来，一到温泉旅馆，就立刻派人帮忙叫艺伎来陪酒。女佣告诉他，正赶上庆祝道路竣工，热闹非凡，村子里连兼作戏棚的茧房都被借去摆了宴席，十二三名艺伎全忙得不可开交，实在是叫不过来。倒是师傅家的姑娘，虽然也去宴会帮忙了，不过只是跳两场舞助兴，说不定可以请过来陪酒。岛村听得一头雾水，女佣又解释说，师傅既教三味线又教舞蹈，家里有位姑娘，虽不是正式的艺伎，一些大型宴会也让她去帮忙。此地没有学徒期的艺伎，年长些的又多不愿跳舞，所以这位姑娘就派上了用场。她虽然很少独自给下榻旅馆的客人陪酒，但也不能完全说是个外行。

这介绍听着很不可靠，岛村也就没抱什么希望。一个小时后，女佣把那女子带了过来。岛村眼前一亮，赶忙端正坐姿。女佣起身想要离开，女子却拉住了她的衣袖，又让她坐了下来。

女子看上去出奇地洁净，仿佛连脚趾窝都是干净的。岛村不禁怀疑，这也许是因为自己的眼睛刚看过初夏的群山。

女子的穿着透出些许艺伎的味道。当然，她并没有像艺伎那样将衣摆拖在地上，只穿了件质地柔软的和服单衣，领口抿得规规矩矩。唯有腰带看上去价格不菲，显得格格不入。这副模样，倒越发惹人怜惜了。

话题转到爬山，女佣起身离开。女子对村子一带的山并不熟悉，连看得见的几座都叫不出名字来，岛村索然，提不起喝酒的兴致。于是，女子说起自己的身世。她也出生在雪国，在东京做艺伎学徒时，有人给她赎了身，本打算将来做个日本舞师傅安身立命，可才一年半，恩主就死掉了。这段经历女子说得很爽快，可之后的事却不肯说了。估计这不愿吐露的部分，才真正关乎她眼前的境遇吧。她说她十九岁，要是没说谎，她就比实际年龄成熟，看上去有二十一二岁了。岛村放松下来，聊起了歌舞伎的话题。没想到，女子对艺人的风格和动态比他还要熟悉。也许是平日没有人可以聊这个话题，女子说得忘我，举止中渐渐露出烟花女子的做派，待人亲热起来，似乎也知晓了几分男人的心思。然而，岛村从开始就当她是个外行，加之一周没机会和人聊天，心中渴望人情的温暖，于是他在这女子身上首先感受到了一种友情。他把在山中的感伤也投注到了她身上。

翌日下午，女子把浴具放在走廊外，顺便来岛村的房间找他玩。她进了屋还没坐稳，岛村就急着让她帮忙找位艺伎。

“你说帮忙，是什么意思？”

“明知故问……”

“真讨厌。做梦也没想到你让我帮这种忙。”她噘着嘴走到窗边，驻足眺望了一会儿远山，脸慢慢红了起来，“这里没有那种人。”

“骗人。”

“是真的！”她灵巧地转过身来，坐到了窗台上，“这种事，绝对不能勉强，全由艺伎自己决定，旅馆也不介绍的。是真的。不信，你叫人来直接问问看。”

“还是你帮我问吧。”

“我为什么要帮你做这种事？”

“因为我当你是朋友嘛。相知，而不求欢。”

“朋友就是这样子的吗？”女子被他激出了这句孩子气的话，随即又说，“你可真行，居然好意思求我帮这样的忙。”

“又不是什么大事。来到山里，我身体结实起来了，可脑子却迷迷糊糊的。连跟你谈天都没法集中精神。”

女子垂下眼帘，不作声了。岛村也不再顾忌，索性摆出男人的无耻做派来。女子像是习惯了温顺服从，岛村凝望她那低垂浓密的睫毛，感到说不出的温柔娇媚。她的脸颊微微一晃，又泛起淡淡的红晕。

“你喜欢谁就叫谁呗。”

“这不是想听听你的意见嘛。我初来乍到，也不知道哪个漂亮。”

“怎么算漂亮呢？”

“年轻的就行。年轻的姑娘，一般不会错。不要喊喊喳喳说个没完的，懵懵懂懂、干干净净的最好。我要是想聊天，找你陪我就行了。”

“我才不来了呢。”

“说什么傻话。”

“就是不来了。还来做什么？”

“我想和你交往得纯粹些，所以不招惹你。”

“这是什么怪话！”

“要是有了那种关系，也许我明天就不想再见你了。也提不起劲头跟你聊天了。我从山上来到村子里，难得碰到个能说上话的人，所以我不招惹你。说到底，我只是个过客。”

“嗯，也是啊。”

“就是这么回事。再说，要是我找个你不喜欢的女人，以后我们再见面，你也会感到厌恶。还不如你帮我选一个，这样你心里也会好受一些吧？”

“我才不管呢！”她愤愤地丢下一句，转过头去又说，“倒也是的。”

“若是做了那事，就没意思了。感情也不会长久的。”

“是啊，真是这样。我出生在港市，而这里又是温泉浴场，”她竟没有反驳，坦率地说道，“客人大都是游客。我虽然还是个孩子，可也听不少人说过。他们说，分开之后，那些有点喜欢却又没说破的人，才总叫人惦念，一直也忘不了。对方还能想起你，写封信来，也是因为这样。”

女子从窗台起身，轻柔地坐在窗前的榻榻米上。看她的神情，像是沉浸在遥远的往昔之中，突然坐到岛村身边似的。

她说得很动情。如此轻易地哄骗了她，反倒让岛村有些懊悔。

不过，岛村并没有说谎。说到底，她还是个不曾涉世的姑娘。要满足对女人的欲望，岛村有更简单而无负罪感的办法，不用打她的主意。她太过洁净，初见她时，岛村就对她另眼相待了。

此外，岛村正为夏天去哪里避暑犹豫不决，才想起带家人来这个温泉村正合适。幸而她还是良家女子，正好可以同妻子做伴，妻子也可以随她学学舞蹈解闷。他的确这样考虑过。想同她做朋友是真，内心却也越过了友谊的浅滩。

当然，还有一个原因，那就是他和女子之间也有一面暮色之镜。她的身世仍是个谜，岛村不想和她纠缠不清。而且，他对她也许抱有一种非现实的看法，就像他观察暮色中映在火车窗玻璃上的女人一样。

他对西洋舞蹈的爱好也是如此。岛村在东京的闹市区长大，从小就对歌舞伎耳熟能详，学生时代开始偏爱其中的舞蹈部分和舞剧。他天性爱钻研，一旦迷上什么，不吃透就放不下。于是他广泛涉猎古代文献，拜访各流派的掌门人，也结识了不少新秀，甚至还撰写了研究、评论的文章。传统日本舞在凋敝，所谓创新又都流于偏执自大，他为此痛心，并生出一股热情，觉得投身其中、付诸行动的时机已到，而且也有不少年轻舞蹈家邀请他出力。但也就在这时，他突然扔下日本舞，转而研究西洋舞蹈了。他不仅收集和西洋舞蹈相关的书籍和图片，还大费周章地从国外淘回各种海报和节目单。这绝不仅仅是因为异国风情和未知世界激起了他的好奇心，而是因为他从中发现了新的喜悦，而那喜悦就在于他无法亲眼看到西方人跳舞。他从不看日本人跳西洋舞蹈，便足以证明这一点。仅凭阅读西洋印刷品来研究西洋舞蹈，实在再安逸不过了。不曾亲眼看到的舞蹈，好比天方夜谭，是镜花水月，是天国之诗。美其名曰研究，不过是天马行空的想象。他品评的不是舞蹈家们肢体演绎出的灵动舞姿，而是他通过西文和图片想象出的幻影，就像憧憬不曾见过的爱情一样。他偶尔会写些文章介绍西洋舞蹈，也居然因着这些文字勉强成了文人，没有职业的他一边以此自嘲，一边又感到些许慰藉。

他关于日本舞的这番话，促使女子对他敞开了心扉。可以说，他尘封已久的知识，又在现实中派上了用场。或许他在不知不觉中，把女子当成了西洋舞蹈。

所以，当他发现，那番带着淡淡旅愁的话语似乎刺中了女子的伤心处时，他开始懊悔，就像自己欺骗了她一般。

“要是这么说定了，下回我带家人来，我们也能一起玩得尽兴啊。”

“嗯，你的意思，我明白了。”女子低声说，微微一笑，随即又带上几分艺伎的口吻，嬉笑道，“我也喜欢这样，平平淡淡才能持久嘛。”

“那就帮我叫人吧。”

“现在吗？”

“对。”

“真让人吃惊啊。大白天的，怎么好开口呢？”

“我可不想要别人挑剩下的。”

“你怎么这样说话？你肯定是误会了。这里可不是挣那种钱的温泉浴场！你看这村子的氛围，难道看不出来吗？”对岛村的话，女子似乎既意外又遗憾，反复强调这里没有做那种行当的女人，语气格外认真。岛村表示怀疑，她越发严肃起来，不过倒也退让了一步，说：“具体怎么做，是艺伎个人的自由。不过，不跟主家汇报就擅自留宿，一旦出事，主家也不会出头，要艺伎自己负责；如果事先跟主家打过招呼，那主家就会善后。区别就在这里。”

“负什么责？”

“比方说，怀了孩子，或者坏了身子什么的。”

意识到自己的提问有些愚蠢，岛村不禁苦笑，心想，在这样的山村，真有类似的事发生也未可知。

岛村是个闲人，自然需要寻找保护色，所以他每到一处旅行，对当地的风土人情都本能地敏感。这次从山上下来，他一进村庄，看到那朴素的景致，就感受到一种安乐。果不其然，到旅店里一打听，在整个雪国地区，这里也是生活最安适的一个村庄了。几年前尚未通火车时，主要是农人前来泡温泉休养。有艺伎的多是餐馆和红豆汤馆，挂着褪色的门帘，纸门也熏得发黑，简直让人怀疑会不会有客人上门。一些杂货铺、粗点心铺也雇有艺伎，一般一家只有一名，除经营店铺外，似乎还兼做农活。

大概因为她是师傅家的姑娘，即使没有艺伎执照，偶尔到宴会上帮忙，也不会有艺伎责难吧。

“总共有几人？”

“艺伎吗？十二三个吧。”

“哪个好？”岛村说着，起身去按铃。

“那我回去了？”

“你别走。”

“不，我不愿意。”她仿佛要甩掉屈辱般，说道，“我走了。没事，我不往心里去。下次还来。”

女佣进来了。她又坐了回去，仿佛什么事也没发生。不论女佣怎么问要叫谁来，她就是不肯指名。

没过多久，来了一名艺伎，约莫十七八岁，岛村只看了一眼就觉得意兴阑珊。这名艺伎胳膊黝黑，瘦骨嶙峋的，倒是很老实的样子，还有几分稚气未脱。岛村不想让她难堪，尽力面对着她，做出感兴趣的样子。实际上，映入他眼帘的，是她身后窗外那新绿的群山。岛村连话都懒得说了。这完全就是一名山里的艺伎。女子见岛村沉默不语，大概以为自己在场使他尴尬，于是起身离开。气氛愈加冷落，岛村看好歹也熬了一个小时，就想找个法子让艺伎离开。左思右想，忽然想起有张电汇单送到了，便借口要赶在邮局下班前过去，和艺伎一起出了房间。

来到旅馆门口，岛村抬头就看见了后山，嫩叶清新的气息扑面而来。他仿佛受了诱惑一般，迈着大步登上了山。

有什么好笑的呢？他一个人，却笑个不停。

等爬得有些累了，他转身扎起浴衣后襟，一口气跑下山去。只见两只黄色的蝴蝶从脚边飞起。

蝴蝶翩飞着，越飞越高，高过了县界的山峰。黄色越来越淡，慢慢变成白色，最终化入了远空。

“你怎么啦？”女子就站在杉林的浓荫下，“笑得真开心呀。”

“我想明白了。”岛村又忍不住笑起来，“不要了！”

“真的吗？”

女子轻巧地转过身去，慢慢走进了杉林。他默默地跟了上去。

那边是神社。门前的石兽上长满青苔，女子坐在旁边一块平整的石头上。

“这里最凉快了。就算是仲夏，都有凉风呢。”

“此地的艺伎都长得那样吗？”

“差不多吧。年纪大一些的，倒有漂亮的。”她低下头冷淡地说道，脖颈上映着杉林幽暗的绿。

岛村抬头望望树梢。

“这就够啦。体力一下都耗尽了，真奇怪啊。”

杉树极高，要把手撑在身后的岩石上，整个人向后仰，才能看得到顶。树干整齐地排成直线，郁郁苍苍的叶子遮天蔽日，静谧在林中回响。岛村正倚在其中最古老的一株上。不知为何，北侧的叶子全都枯死了，只剩下光秃秃的树枝，像是倒栽在树干上的尖木桩，如同神明的武器，令人生畏。

“是我想错了。从山上下来，第一个见到的是你，就以为这里的艺伎都很漂亮。”

岛村笑着，这才意识到，自己突然想要一洗这七日在山中积蓄的精力，只是因为一开始就遇见了这样一个洁净的女子。

女子一动不动，凝视着远方夕阳下闪耀的河水，忽然百无聊赖起来。

“我都给忘了。这是你的烟吧？”她故作不经意地说，“刚才折回房间，发现你不在，却从窗子里看到你兴冲冲地一个人往山上跑。太好笑啦。看你忘了带烟，就给你送来了。”

她说着从袖子里取出他的烟，用火柴点着了。

“真对不住那孩子。”

“那有什么呢？什么时候让她走，本来就是随客人的方便嘛。”

河里石头很多，水流过石头，声音圆润甜美。透过杉林间的缝隙，可以看到起伏的峰峦渐渐暗了下去。

“要是找不到和你不相上下的女人，往后再见到你，我会不甘的。”

“和我有什么关系！真是强词夺理呀。”女子愤愤地嘲讽了一句。然而，二人之间的感情，已和唤艺伎前完全不同了。

自己从一开始想要的就是她，不过照例绕了个弯子而已。岛村清楚地意识到这一点时，一面厌恶起自己，一面又觉得女子越发美丽。从她站在杉林的浓荫下呼唤他时，她身上就像倏地褪掉了什么似的，澄净无比。

纤巧挺拔的鼻子略嫌单薄，但下方小巧的嘴唇噘起，翕动时如美丽的水蛭缠绕，不言语时也自有灵动。若是唇上有褶皱或是色泽黯淡，会给人不洁的感觉，但她的双唇却不是这样，总是光洁湿润的。两只眼睛，眼角既不上扬也不下垂，简直像故意描直了似的，虽有些奇怪，却与微微下弯的浓眉相得益彰。高鼻梁，圆脸蛋，轮廓不算突出，肌肤好似在白瓷上扫了一抹胭脂。她的脖颈并不丰满。给人的印象与其说是美，不如说是洁净。

她受过艺伎的训练，胸骨微微隆起，略嫌突兀。

"哎，什么时候飞来这么多蚋子！"女子掸着和服的下摆站起身来。

再这样沉默下去，两人都要兴致索然了。

约莫夜里十点钟，女子在走廊上高声唤着岛村的名字，一头栽进他的房间。她冷不防扑倒在桌子上，醉醺醺地乱抓一通，咕咚咕咚喝起水来。

傍晚时分，她遇见了今冬在滑雪场认识的几个男人。他们翻山越岭而来，带她去了旅馆，还叫了艺伎，狂欢一场。她也喝了不少。

她摇头晃脑，自顾自地说了一通。

"不行，我得走了，他们肯定在找我。一会儿我再来。"她说完，踉跄着走了出去。

大约过了一个钟头，长廊里传来凌乱的脚步声。她跌跌撞撞地朝这边奔来。

“岛村先生！岛村先生！”她尖声唤道，“啊，不见了！岛村先生！”

谁都听得出，这是一个女人赤忱地呼唤自己男人的声音。岛村很是意外。刺耳的叫声足以穿透旅馆的每一个角落。正当他站起身不知如何是好时，女子已用手指戳破了纸门，抓着棂格，跌进他怀中。

“哦，你躲在这儿！”

两人缠绊着跌坐下去，女子紧紧依偎过来。

“我没醉，哼，我才不会醉呢。好难受，我只是太难受了！我心里可明白着呢。啊，给我点水喝。威士忌不该跟别的酒掺着喝，太上头了，头疼死了！谁知道他们买的是便宜货啊。”

她嘟囔着，不住地用手掌揉着脸颊。

窗外雨声骤急。

他稍松开手，女子就软绵绵地要瘫倒下来。他用力搂过她的脖子，她的发髻紧贴在他脸上，几乎被压散了。他的手顺势探入她怀中。

女子不回应他的所求，双臂交抱着覆在他渴求的地方，好似上了门闩。然而，她已经醉得使不上力气了。

“怎么回事？这破胳膊，使不上劲了！混蛋，混蛋！”她说着，一口朝自己的胳膊咬了下去。

他吓了一跳，赶忙拨开她的胳膊，上面已经留下了深深的齿印。

然而，她已听任他的摆布了，自顾自乱写起来。说要写心上人的名字给他看，一连写了二三十个戏剧和电影演员的名字后，又把“岛村”写了无数遍。

岛村掌心那醉人的丰满渐渐热了起来。

“嗯，我安心了，安心了。”他温柔地说着，甚至感受到了母性。

她突然又头疼了，挣扎着站起身，跌在了屋子的另一角。

“不行，这可不行。我得回去了，回去啦！”

“走得了吗？下着大雨呢。”

“光着脚也回去，爬也要爬回去！”

“太危险了。实在要走，我送你吧。”

旅馆建在小山上，有一段陡峭的坡道。

“松开腰带，或者稍躺一会儿，醒醒酒再走吧。”

“那可不行！就这样好了，我都习惯了。”她说着，端端正正地坐好，挺着胸脯，却还是喘不上气。推开窗子，想吐却吐不出来。她咬牙坚持着，不让自己倒下去，又时不时振奋起来，嚷嚷着要回去，就这样一直折腾到夜里两点。

“你去睡吧。喂，叫你去睡嘛！”

“那你怎么办？”

“我就这样，醒醒酒就走。天亮之前就走。”她说完，又蹭过来拽住岛村，“你别管我，去睡嘛。”

岛村钻进被子。她伏在桌上喝水，胸前衣衫凌乱。

“你起来！给我起来嘛！”

“到底要我怎样啊？”

“你还是睡吧。”

“你在说什么呢！”岛村起身过去，一把拽住她。

她闪躲着别开脸，不一会儿，却突然热烈地探过唇来。

而后，她梦呓般地倾诉着苦痛。

“不行，这可不行！你不是说，我们只做朋友吗？”

她不知道把这话重复了多少遍。

岛村被她认真的语调打动了。而她眉头微蹙，努力压抑自己，那种坚决甚至让他霎时冷静下来，几乎想就这样遵守两人的约定了。

“我没什么舍不得的！我真不是舍不得！只是，我不是那种女人，我真不是那种女人。是你说的，那样就长久不了啊。”

她醉得几乎麻木了。

“不怪我，都是你不好！是你忍不住了，是你先动摇了，可不是我！”

她说漏了心事，又似在与欢愉抗争，咬住了袖子。

片刻安静之后，她仿佛失了魂一般，突然想起什么似的嗔怪道：“你在笑呢！你在笑话我！”

“我没笑啊。”

“你在心里笑我呢，是不是？现在不笑，过后也肯定会笑话我。”

她伏下身子，呜咽起来，但很快便停止抽泣，温存地贴上来，亲热地细说起自己的身世。她似乎全然忘却了醉酒的痛苦，也只字不再提刚才的事了。

“啊，只顾着说话，时间都忘了！”她看起来有些恍惚，轻轻地笑了。

她说，必须要在天亮前赶回去。

“天倒还黑着。不过这一带的人都起得早。”她几次起身推开窗子张望，“还看不清人呢。早上下了雨，田里没人。”

那头的群山，还有山麓的屋舍，在雨中渐渐浮现出来。直到这时，她仍有些依依难舍，但还是在旅馆的人起床前梳好了头发。岛村要送她到门口，她却怕人看见，像逃跑似的一个人慌慌张张地离开了。岛村也在当天回了东京。

“那时你说的话，果然是假的。要不，年根底下，谁会跑到这样冷的地方来呢？后来我也绝对没笑话过你啊。”

她蓦地抬起头，贴在岛村掌心的眼睑和鼻翼一片飞起红潮，透过浓浓的白粉，仍看得出来。这使人想到雪国之夜的寒冷，但在一头乌发的衬托下，又让人感到温暖。

她脸上泛着迷人的浅笑。此刻，像是想起了那时的事，又仿佛岛村的话渐渐浸染了她的身体，她默默低下头。和服后领敞开，可以瞥见她的脊背也变得绯红。鲜活温润的胴体似乎一览无余，衬着黑发，格外使人产生这种联想。她的额发并不纤细，发丝如男子的一般粗，梳得一丝不乱，油亮得像黑色的矿石。

看来，摸起来凉得惊人，并不是因为寒冷，而是发质本身的缘故。岛村这样想着，再去看她的头发时，她已在暖桌上扳着手指数起数来，迟迟数不完。

“你在数什么？”岛村问道。她不回答，仍扳着手指。

“五月二十三日，对吧？”

“哦，原来在数日子呢。七月和八月连着都是大月。”

“嗯，今天是第一百九十九天！正好是一百九十九啊！”

“五月二十三日，你记得真清楚啊。”

“看日记就知道了。”

“日记？你记日记？”

“嗯，翻看旧日记可是我的乐趣。什么事都原原本本地记着，自己读起来都觉得不好意思呢。”

“什么时候开始记的？”

“去东京做艺伎学徒前不久。那时候手头不太宽裕，买不起日记本，就用两三分钱的记事本，拿尺子画上细线。铅笔削得尖尖的，画得可整齐了，本子也密密麻麻从上到下都写满了。等到买得起日记本，反而不行了，用得很浪费。练字也是，原来在旧报纸上写，现在直接写在信纸上。”

“从没间断过吗？”

“是啊。十六岁那年和今年写的最有意思了。每次从宴会上回来，我都会换上睡衣开始写日记。有时回来得晚呀，写到一半就睡着了，这种地方现在都能看出来。”

“真的吗？”

“倒也不是每天都记，有时也停一停。在这种山里，宴会还不是老一套。今年只买到每页都带日期的那种本子，不好用。有时候一下笔就收不住了，一页纸不够写。”

除了日记，更触动岛村的是，她还一一记下了十五六岁时起读过的小说。那些笔记本已有十册之多。

“是写些感想吗？”

“写不出什么感想，就是记记标题啦，作者啦，还有人物的名字和关系什么的。”

“记这些东西做什么呢？”

“不做什么。”

“真是徒劳啊。”

“就是呀。”她满不在乎地脆声答道，直直望着岛村。

完全是徒劳！岛村想再次高声强调，但不知为何，就在这一刻，他感到一股静谧沁入心脾，仿佛可以听到雪花飘落。他被她吸引了。他明明知道，对她而言，记日记并非徒劳，却劈头给她一句徒劳。如此，他反倒觉得她的存在更纯粹了。

女子口中的小说，和日常所谓“文学”二字毫不相关。她和村里人并无深交，除了偶尔交换着看看妇女杂志，大多数时候都是独自阅读。没有选择，也不求甚解，即使在旅馆的客厅，只要发现小说或者杂志，她都会借阅。她随口举了几位新作家的名字，大都是岛村知道的。而她却仿佛谈论着遥不可及的外国文学，语调中透着凄凉，好似无欲无求的乞讨。岛村想，自己凭借西洋书籍上的照片和文字，幻想着遥不可及的西洋舞蹈时，大约也是这样吧。

她又说起了从不曾看过的电影和戏剧，说得那么开心，也许数月来她都在企盼一个聊得来的人。她似乎已经忘记，一百九十九天以前，正是因为热衷于这些，促使她情不自禁地投向了岛村的怀抱。现在，她的身体仿佛又一次因自己所描绘的世界而燃烧起来。

不过，她对都市生活的向往，而今又笼罩着认命与放弃，是一种纯粹的梦想，毫无都市溃逃者自命不凡的哀怨，单纯得更让人感到徒劳。她自身并未流露出落寞的样子，可岛村却对她生出一种不可思议的哀怜。如果在这种哀怜中沉湎下去，岛村势必陷入悠远的感伤，觉得自己活着也是一场徒劳。然而，山中的冷空气将眼前的她浸染得双颊红润，生气盎然。

这些都让岛村对她产生了不同于以往的认知。可现在，她成了艺伎，他反倒难以启齿了。

那时她酩酊大醉，为着麻木得不听使唤的双臂，嚷着“怎么回事？这破胳膊，使不上劲了！混蛋，混蛋！”，一面咬住了自己的胳膊。

她站也站不起来，就在榻榻米上打起滚。“我没什么舍不得的！我真不是舍不得！只是，我不是那种女人。”

岛村想到这些，越发犹豫了。她似乎察觉到了他的心思，条件反射般站了起来。

远方传来汽笛的声音。

“是零点的上行列车。”

她胡乱地打开纸门和玻璃窗，扑向栏杆，一下子坐在窗台上。

寒气霎时灌进屋子里。火车的轰隆声渐行渐远，听起来好似夜晚的风。

“多冷啊！傻瓜。”岛村也起身走了过去，倒是没有风。

眼前是凛冽的夜色，仿佛能听见冰雪封冻的声音在大地深处回荡。抬头望去，没有月光，只有满天繁星，那么多，那么鲜明，仿佛正以虚无缥缈的速度落下来。群星越来越近，天空越来越远，夜色越来越浓。县界的群山都已失了轮廓，化作一团团浓郁的黑，低垂在星野的边际。一切都沉入了清冷、静谧的和谐。

发现岛村走近，女子将胸脯抵在了栏杆上。夜色下，这身姿透出的不是柔弱，而是无比的倔强。岛村以为故事会重演。

不知为什么，漆黑的山峦仿佛突然幻化成了白雪的颜色，空灵而孤寂。天空与山峦不再和谐。

岛村搂住她的脖子，想把她往后拽。“这么冷，会感冒的。”

她一把抱住栏杆，哽咽着说：“我要回去。”

“那你走吧。”

“再让我这样待一会儿。”

“那我洗澡去了。”

“别。你也在这儿陪我。”

“把窗子关上吧。”

“再让我这样待一会儿。”

村庄半隐在神社的杉林后面，乘汽车不到十分钟，便能到达火车站。站内的灯火在寒峭中噼啪作响，摇曳不定，好像随时会熄灭。

她的脸，窗上的玻璃，自己棉袍的袖子，指尖触到的一切，都是岛村从未感受过的冰冷。就连脚下的榻榻米也是冰凉的。岛村决定独自去浴场。

“请等一下。我也去。”这一回，女子倒是温顺地跟了过来。

她把岛村脱下的零乱衣物一件一件放进篮子里。一个投宿的男客走了进来，看到她畏缩地将脸藏在岛村胸前，慌忙道：“啊，打扰了。”

“没关系，您请。我们去那边。”

岛村连忙说，赤身抱起篮子向女浴场的方向走去。她自然是扮出妻子的模样，跟了上去。岛村没有回头，直接跳进了温泉里。他安下心来，不禁想放声大笑，又急忙将嘴凑近泉眼，胡乱漱起口来。

回屋后，女子从枕上微微侧抬起头，用小指撩了撩鬓发，只说了一声："真难过啊。"

她那双黑眼睛好似半睁半闭，岛村凑近去看，才发现是睫毛。

这个神经质的女子一夜无眠。

在一阵窸窣声中，岛村醒了过来，是女子在系腰带。

"这么早吵醒你，真抱歉。天还没亮。我说，可以看看我吗？"女子关掉了灯，"看得见我的脸吗？"

"看不见的。天都还没亮呢。"

"骗人。再仔细看看。怎么样，看得清吗？"她把窗子完全推开，"看清了吧？不行，我得走啦。"

黎明时分竟这么冷，岛村有些意外。他从枕边抬头望去，天空虽还笼罩在夜色之中，但山峦已经发白了。

"啊，没事的。现在是农闲，没人会这么早就出门。不对，也许有人去爬山呢！"女子喃喃自语着，拖着系了半截的腰带来回走动，"刚刚那趟五点钟的下行列车，没有乘客吧？旅馆的人离起床还早着呢。"

她系好了腰带，时而起身，时而坐下，望着窗外来回踱步，好似夜行动物恐惧黎明而不安地逡巡着。这使她散发出野性的妖娆气息。

说话间，屋内亮了起来，她红润的面庞也越发明晰了。这鲜艳的红，让岛村看得失了神。

"瞧你脸蛋红的，是冻的吧。"

"不是冻的，是因为卸了粉。只要一钻进被窝，我就会从头到脚热乎起来的。"

她看向枕边的梳妆台，说道："天到底是亮了，我真得走了。"

岛村也望向镜子，不禁吃了一惊。镜子深处，皑皑白雪在闪着光，女子绯红的脸颊浮现在雪上，有种无法言喻的纯洁之美。

朝阳升起，镜中的雪清冷地燃烧着，显得越发耀眼。女子的乌发浮在雪中，泛着紫色的光，也愈加亮泽夺目。

为了避免积雪，旅馆的墙沿临时挖了一条小沟，将浴池溢出的热水引出，在大门前汇成了一方浅浅的潭。一只健硕的黑色秋田犬跳上踏石，久久地舔着热水。成排的客用滑雪板晾在太阳下，那是刚从仓库里搬出来的，散发出淡淡的霉味。这霉味也被热气冲淡了。积雪从杉树的枝头掉下来，落在公共浴池的房顶上，也在热气下变了形状。

女子曾从山上旅馆的窗口俯视黎明前的坡道，告诉岛村：过一阵子，从年底到正月的这段时间，这条路将会被暴风雪掩埋。那时赴宴就得穿雪裤、蹬胶皮长靴，还得披斗篷、裹头巾呢。积雪会有一丈多深。现在，岛村正沿着这条坡道往下走去。从路旁高高晾晒着的尿布下面，可以望见县界的群山，上面的积雪闪着和煦的光。绿色的葱尚未被雪掩埋。

田野上，村里的孩子们正在滑雪。

走进村里的街道，便可听到轻轻的滴水声。檐前小巧的冰柱正闪着可爱的光。

一个从浴池回来的女人，仰头望着在屋顶上扫雪的男人，喊道："喂，顺便把我们的屋顶也给扫了吧！"阳光明晃晃的，她用湿手巾揩了揩额头。很快就是滑雪季了，这个女人大约是早早赶来打工的女侍。隔壁是家酒馆，玻璃窗上的彩绘已经褪色，屋顶也倾斜了。

普通人家的屋顶都葺着细木板，又铺上石子。那些圆圆的石子，只有向阳的一面因积雪融化露出本身的肌理，黑漆漆、潮乎乎的，就像久经风雪剥蚀形成的黑斑。成排低矮的房屋，也像这些石子一样，静静地伏在地上，给人一种感受：这里就是雪国。

一群孩子把小沟里的冰块抱起来，扔在路上，嬉戏打闹着。大概是冰块碎裂飞溅、闪闪发光的样子，让他们觉得非常有趣吧。站在阳光下看，这些冰块厚得令人难以置信。岛村看了好一阵子。

一个十三四岁的少女倚在石墙上打毛线。她穿着雪裤和高齿木屐，却没有穿袜子，脚板冻得通红，已经生了冻疮。旁边的柴堆上坐着一个小女孩，约莫三四岁，手里拿着毛线团，看起来天真无邪。灰色的旧毛线从小女孩手里牵到少女那边，散发出温暖的光。

相隔七八栋屋舍的滑雪板工厂里，传来刨木的声音。那一头的屋檐下，五六个艺伎正在谈天。女子也在其中。直到今天早上，岛村才从旅馆女佣口中得知，她的艺名叫驹子。果然，她也看见了岛村，脸上表情僵硬。她肯定又会脸红吧，但愿她能装作不认识我。岛村还没来得及这样想，女子已经连脖子都涨红了。明明背过身去就好了，她却只是拘谨地垂下视线，又随着岛村的步伐，一点点向他转过脸来。

岛村感觉脸颊发烧，加快脚步从她身旁走过，她却立刻追了上来。

“你从这儿经过，我多难为情啊。”

“要说难为情，我才难为情呢。你们那么一大堆人，吓得我都不敢过去了。你们经常这样吗？”

“嗯，吃过午饭，常常这样的。”

“你看你，红着脸急急地跑过来，不是更难为情？”

“我才不在乎呢。”驹子说得干脆，脸却又飞红了。她停下脚步，攀住路边的一株柿子树，说：“我跑过来，是想请你来我家看看。”

“你家就在这里吗？”

“是的。”

“要是让我看看日记，去坐坐也无妨。”

“我死前一定先把它们烧掉。”

“说起来，你家里有病人吧？”

“哎，你怎么知道？”

“昨天你不是也去接站了吗？穿着深蓝色的斗篷。我跟他坐同一趟火车，座位挨得很近呢。与他同行的还有位姑娘，一路上细心照料着。是他的妻子吗？是去接他的，还是从东京来的？简直像母亲一样，我看着很受感动呢。”

“这事，昨晚你怎么没告诉我？为什么不说？”驹子变了脸色。

“是他的妻子吗？”

驹子并未回答，重复道：“昨晚为什么不告诉我？真奇怪！”

岛村不喜欢女人这样敏锐。她不该变得这么犀利，不管是为他，还是为她自己。也许这就是她本来的性格吧。然而，驹子反复质问，岛村觉得仿佛被击中要害。今早，在映着山雪的镜中看到驹子的脸时，他无疑想起了火车玻璃窗上那女人的面容。但是他没有对驹子讲起，这又是为什么呢？

“有病人也没关系的，没人会到我的房间来的。”驹子说着，走进低矮的石墙内。

右边是积雪覆盖的田地，左边挨着邻家的墙沿种了成排的柿子树。房前是花圃，正中央有个小小的莲花池，冰块被捞到池边，红鲤在水中游来游去。房屋也像柿子树一样枯朽陈旧，屋顶上积雪斑驳，木板已经腐烂，屋檐高低不平。

一进到土间[1]，只觉冷飕飕的，岛村还没看清周围，就被领着爬上了梯子。这是名副其实的梯子，楼上也是名副其实的阁楼。

“这里过去是养蚕的屋子。吓了一跳吧？”

“醉醺醺地回来，不会从楼梯上摔下去吗？”

“当然会啊。不过，我要是喝醉了，一般会直接钻进楼下的被炉里，就在那儿睡了。”驹子把手伸进被炉里试了试，然后起身取火去了。

岛村把这奇特的房间扫视了一圈。只有南侧开了扇低矮的窗，但细格纸门是新糊的，采光很好。墙上精心地贴着和纸，人坐在屋内，恍如钻进了旧纸箱。不过，屋顶裸露着，倾斜着与窗子相连，笼罩在一片漆黑的冷寂之中。岛村疑惑墙那边是什么样子，顿时觉得这屋子仿佛悬在半空中，让人不安。墙壁和榻榻米虽然老旧，却非常干净。

他想，住在这里的驹子，也和蚕一样，身体是透明的。

被炉的支架上罩着一床和雪裤一样的条纹棉被。衣柜虽旧，却是上好的直纹桐木造的，这大概是驹子在东京生活过的痕迹。梳妆台十分粗糙，与衣柜很不相称。朱漆针线盒亮闪闪的，显得非常奢华。墙上钉着几层隔板，像是书架，上面垂着薄薄的毛呢帘子。

---

① 在日式房屋中，未铺设地板、与屋外地面同高的空间。多使用三合土等材料铺地。

昨晚赴宴时穿的衣裳挂在墙上，露出了衬衣的红里子。

驹子拿着火铲，轻巧地登上了梯子。

“虽是从病人房里拿来的，但据说火是干净的。”她俯下刚梳好的发髻，拨弄被炉里的灰，把炭火放了进去。她告诉岛村，病人患了肠结核，已病入膏肓，是归乡来等死的。

说是归乡，其实他并非生于此地。这里是他母亲的老家。他母亲原来在港市做艺伎，期满后便留在当地做了舞蹈师傅，但年近五十时中风了，于是回老家的温泉疗养。他从小喜欢摆弄机械，一直在钟表店工作，留在港市没有跟过来。再后来，他去了东京，还进了夜校念书。也许是积劳成疾吧，他今年才二十六岁。

驹子一口气讲了许多。但是，陪病人回来的姑娘是谁，她自己又为什么同这家人一起生活，仍是只字不提。

屋子好似悬在半空中，驹子说的哪怕只有这些，恐怕也都从四面八方漏出去了。岛村有些坐不住了。

正要出门时，岛村恍惚瞥见了一样白色的东西。回头细看，原来是个桐木造的三味线琴盒，感觉上比实际尺寸大很多。驹子竟背着这么件又大又长的东西赴宴，实在难以想象。岛村正想着，被烟熏黑了的隔扇打开了。

“驹子姐，我从它上面跨过去行吗？”

澄澈的声音，美得让人心碎，空灵得似乎可以听见回声。

岛村听过这声音。是那位在雪夜里探出窗外呼唤站长的叶子姑娘。

“行啊。”驹子应了一声。于是，穿着雪裤的叶子轻盈地跨过了琴盒。她手里提着只玻璃制的夜壶。

无论是从她昨夜同站长交谈的亲昵口气，还是从眼前的雪裤来看，她显然是这一带出身的姑娘。她艳丽的腰带在雪裤上半露着，将裤子上黑赭相间的条纹棉布衬得格外鲜明，毛料和服的长袖也越发娇艳。雪裤膝头稍上的地方开了叉，显得有些臃肿，但裤子挺括有型，给人一种安稳舒适的感觉。

叶子飞快地扫了岛村一眼，默默穿过土间走了出去。

岛村来到屋外。叶子的目光似乎还在额前燃烧，却又像远处的灯火一样冰冷。许是忆起了昨夜对她的印象吧。车窗玻璃中，野山的灯火掠过她的脸，与瞳孔重叠、微微将其点亮的瞬间，一种无法言喻的美使岛村怦然心动。同时，岛村又想起驹子那被镜中的茫茫白雪映得绯红的双颊。

岛村加快了脚步。虽然双腿白而微胖，但他喜爱登山。他一面走，一面出神地眺望远山，脚步不知不觉就轻快起来。他是个极容易陷入迷离恍惚的人，这时竟无法相信那映着暮色与晨雪的镜子出于人手，只觉得是自然所造，且属于一个邈远的世界。

就连方才离开的驹子的房间，似乎也属于那个世界了。他不禁愕然。

岛村刚走上坡道，便看到一个按摩女走过来。像是抓到了一根稻草似的，他喊道："按摩姐，能给我按一按吗？"

"哦，现在几点钟啦？"按摩女把竹杖挟在腋下，右手从腰带里取出一块带盖的怀表，又用左手指尖在表盘上摸索着。"刚过两点三十五分。我三点半还得上车站去，不过稍晚些也没关系。"

"你能知道表上的钟点？"

"是啊。我把表盘上的玻璃取下来了。"

“能摸出数字？”

“摸不出，但是……”按摩女说着，又把怀表拿出来。那是一块女人用起来稍嫌大的银表。她打开表盖，用手指按着数字给岛村看。“这里是十二点，这里是六点，中间就是三点……摸完了再推算一下，虽说做不到一分不差，但也错不了多少。”

“原来如此。爬这样的坡道，不怕滑倒吗？”

“赶上下雨，女儿会来接我。晚上给村里人按摩，不用爬坡来这里，旅馆的女佣就老和客人说，是我当家的不放我出来。真受不了她们呀。”

“孩子都大了吧？”

“嗯，大女儿十三了。”

两人聊着聊着，来到了岛村的房间。她按摩了一阵，没有说话，静静听着远处宴会上传来的三味线琴声。

“是谁在弹呢？”

“光听琴声，你就知道是哪个艺伎在弹吗？”

“有的能听出来，有的听不出来。先生，您一定是富贵人，身体很柔软啊。”

“没发硬吧？”

“嗯，您的脖颈有点发硬啦。您发福了还这么匀称，肯定不喝酒吧？”

“你怎么知道的？”

“我认识三位客人，体型跟您差不多。”

“这种体型比较常见嘛。”

“说起来，不喝酒，哪有什么乐子啊。喝酒才能解忧嘛。”

"你当家的喝酒吧？"

"喝得厉害呢！"

"这是谁弹的三味线？真是拙劣啊。"

"可不是嘛。"

"你也会弹？"

"是啊。我从九岁弹到二十岁，结婚以后，已经十五年没摸过琴了。"

岛村觉得，盲女看上去比实际年龄年轻些。"真是打小就开始学的？"

"是啊。我的手净忙着按摩，可耳朵闲着呢。听艺伎弹琴，直替她们着急。就像年轻时的自己在弹似的。"她说罢，又侧耳听了一会儿，"像是井筒屋的阿文。弹得最好的和最差的，最容易听出来。"

"也有弹得好的？"

"有个叫驹子的姑娘，年纪轻轻，最近弹得可好呢。"

"哦？"

"先生听过吧？当然，弹得好，也就是在我们这山里罢了。"

"我没听过她弹琴。昨晚她师傅的儿子回来，跟我坐的同一趟火车。"

"是吗？他治好病回来了？"

"看样子不大好。"

"啊？这位师傅的儿子长期在东京养病。听说，驹子姑娘为了供他治病，今年夏天甚至出来当了艺伎。不知是怎么回事。"

"你是说那个驹子？"

“是啊。虽说只是订了婚，但能尽的力还是要尽的。只是往后……”

“订了婚？真的吗？”

“嗯，听说是的。我不太清楚，不过大家都这么说。”

在温泉旅馆听按摩女谈论艺伎的身世，是再寻常不过的事。但岛村未曾料想到驹子为了未婚夫出来做艺伎，这故事太老套，他总觉得难以置信。也许是因为这与他的道德观念相抵触。

他正想仔细探听一下来龙去脉，按摩女却不肯再说了。

驹子是师傅儿子的未婚妻，叶子则是他的新恋人，而他可能将不久于人世。岛村的脑海中再次浮现出“徒劳”一词。驹子恪守婚约也好，卖身做艺伎供他治病也好，这一切，不是徒劳又是什么呢？

下次见到驹子，要劈头给她一句“徒劳”。这么想着，岛村却再次感到驹子的存在是那么纯粹。

这是一种虚伪的麻木，危险得近乎寡廉鲜耻，岛村久久地思忖着。按摩女走后，他仍躺着不动，内心冷寂彻骨，回过神时，才发现窗子没有关上。

山谷里天黑得早，暮色已经瑟瑟地降临了。日色昏暝，被明晃晃的白雪覆盖的远山，好似正迎面迫近。

群山远近高低，各不相同，暮色也在纵横的沟壑间绘出不同的阴影。阴影越来越浓重。当只有山巅还残留着淡淡的余晖时，白雪皑皑的顶峰上空，火烧云弥漫开来。

点缀在村子的河岸边、滑雪场和神社各处的杉林，黑黢黢地浮现出来。

岛村沉浸在空虚的惆怅之中。这时，驹子走了进来，身上仿佛带着热和光。

迎接滑雪季的筹备会在这家旅馆举行，驹子说她应召来参加之后的宴会。她在被炉前坐下，蓦地捧住岛村的脸抚摩起来。

“奇怪，今晚你的脸怎么这样白？”她揉搓着他柔软的双颊，“你这个傻瓜。”

她已有些微醺了。宴会结束后，她一进来便嚷道：“去他的吧！我再也不管了！头疼！头疼死了！啊，苦啊！我太苦了！”她扑倒在梳妆台前，一时满脸醉意。

“想喝水。给我点水喝！”

她双手掩面倒了下去，发髻压坏了也毫不在意。不一会儿，她又坐起来，用面霜卸掉脸上的白粉，露出的面颊红得厉害。连她自己都感到快活，咯咯地乐个不停。她很快就酒醒了，简直逗得人想笑。她似乎有些冷，双肩颤抖着。

接着，她平静地说起，因为神经衰弱，整个八月她都没能好好工作。

“我都担心自己是不是疯了。翻来覆去地想啊，想啊，心烦意乱，怎么也想不明白。是不是很吓人？完全睡不着觉，只有在宴会上才清醒些。总做各种各样的梦，也吃不下东西。一天到晚拿一根缝衣针，在榻榻米上扎下去，拔出来，又扎下去，又拔出来，在这么热的天里呀。”

“你是几月份出来做艺伎的？”

“六月份。差一点儿，我现在就在滨松了。”

“结婚吗？”

驹子点了点头。她说，滨松那个男人追着她要同她结婚，可她就是不喜欢他，一直拿不定主意。

“喜欢不起来还犹豫什么？”

“哪有那么简单。”

“结婚就那么有吸引力吗？”

“真讨厌！也不是啦。有些事情没处理好，我心里放不下。”

“唔。”

“你这人对什么事都不上心啊。”

“你和滨松那个人有点什么吧？”

“要是真有什么，就用不着犹豫了！”驹子干脆地说，“不过，他倒是说了，只要我还在这个地方，他就不许我和别人结婚。他说他什么事都干得出来。”

“他人在滨松，离得那么远，你还怕这个？”

驹子沉默了，一动不动地躺着，好像在感受自己的体温。她突然若无其事地说：“当时我以为怀孕了呢。现在想想，太好笑了。”她轻轻地笑了，蜷起身体，像孩子似的伸出双手攥住岛村的衣领。

她那浓密的睫毛合上了，看上去像是半睁着的黑眸子。

翌日清晨，岛村醒来，驹子正将一只胳膊搭在火盆上，在旧杂志的背面写着什么。

“都这时候了，我回不去了呀！女佣进来添火，真是羞死我了。跳起来一看，太阳都照到纸门上了。大概是昨晚醉得厉害，迷迷糊糊睡过去了。”

“几点啦？”

“已经八点了。”

“去泡个澡吧？”岛村说着坐起身来。

“不去啦。走廊上会碰到人的。”

她全然变成一个温顺的女子了。待岛村从浴池回来时，她已经灵巧地把毛巾缠在头上，勤快地打扫着房间了。

她神经质般连桌脚和火盆边缘都擦了，扒炉灰的动作也很熟练。

岛村把脚伸进被炉，懒洋洋地躺在榻榻米上。烟灰落下来，驹子就用手绢轻轻揩去，又递来一个烟灰缸。岛村大笑起来，驹子也笑了。

“你要是成了家，你丈夫一定天天挨你的骂。”

“有什么可骂的啊！大家都笑话我，说我连要洗的衣服都叠得整整齐齐的。大概是天性吧。”

“据说，只要看看女人的衣柜，就能知道她的性情。”

屋子里洒满了晨光，暖洋洋的。两人吃着早饭。

“天气真好啊！早点回去练琴就好了。这样的日子，音色都会不一样呢。”

驹子抬起头，望着澄净深邃的天空。

远山笼罩着一层柔和的白色，朦朦胧胧的，如飞雪化烟。

岛村想起按摩女的话，于是告诉驹子，她可以在这里练习。驹子立刻起身打电话，托家里人把换洗衣物和长呗的乐谱一起送过来。

白天拜访的那家居然有电话。想到这里，岛村脑海中又浮现出叶子的眼眸来。

“是那姑娘送过来吗？”

"也许吧。"

"听说你和那家的公子有婚约？"

"哎，什么时候听说的？"

"昨天。"

"你这人真是奇怪，听说就听说嘛，昨晚为什么没提？"不同于昨日，这回驹子脸上浮现出纯净的笑容。

"除非我看不起你，否则怎么好提起这事呢？"

"你心里可不这么想。东京人净爱撒谎，最讨厌了。"

"看吧？我一提这事，你就把话岔开。"

"才没有呢。那，你相信了？"

"嗯，信了。"

"又撒谎了。你根本就不信……"

"一开始的确有点不理解。不过，别人说你当艺伎，就是为了给未婚夫挣钱看病。"

"真讨厌啊！说得和新派剧里的言情故事似的。我不是他的未婚妻！虽然不少人都那么觉得。我不是为了谁才去当艺伎的，只是做该做的事罢了。"

"你老是说些像谜语一样的话。"

"那我明说吧。师傅也许想撮合我和少爷，但也只是在心里想想罢了，从没有挑明过。当然，她的心思我们俩也多少猜到了一些。不过，我们之间终究什么也没有。就是这样。"

"真是青梅竹马啊。"

"是呀。但我们一直是分开生活的。我被卖到东京时，只有他一个人来给我送行。我第一本日记的开头，写的就是这件事。"

“要是你们俩都留在那个港市，说不定已经在一起了。”

“我想不会的。”

“是吗？”

“别人的事，你不用瞎操心。反正他已经活不了多久了。”

“但是，在外过夜总归不太好吧。”

“你这么说才不好呢！我想怎么做，就怎么做。一个快死的人，凭什么管得着我？”

岛村无言以对。

不过，驹子自始至终不肯提及叶子，又是为什么呢？

叶子千里迢迢地把那个男人接回来，在火车上又像小妈妈般忘我地照顾他，他却与驹子有着微妙的关系。现在驹子在外留宿，叶子来送换洗的衣物，又会是怎样的心情呢？

岛村又像往常一样，陷入了不着边际的遐思。

“驹子姐，驹子姐！”

就在这时，叶子的叫声传了进来。声音很低，却依然清澈优美。

“我在呢。辛苦了。”驹子起身走向隔壁三叠[①]大的房间，“是叶子来了啊。太谢谢你了。哎，全拿过来了，多沉啊！”

叶子什么也没说就回去了。

驹子用手指拨断第三根弦，换上新弦，开始调音。这时已经可以听出她的琴音清脆悦耳。放在被炉上的包袱鼓鼓囊囊的，打开一看，除了一般的乐谱外，还有二十多卷杵家弥七的三味线文化谱。岛村很是意外，拿起一卷问道：“你就靠这个练琴吗？”

---

① 日本计量房屋面积的单位，1 叠约为 1.62 平方米。

"没办法啊。这里没有师傅嘛。"

"你家里不是有吗？"

"她中风了呀。"

"中风了，也可以口头指导吧。"

"话都说不清了。左手还能动，可以帮我矫正矫正舞蹈动作。三味线就没办法了，她听了只会心烦。"

"能看懂吗？"

"可以的。"

"要是普通人倒也罢了，一个艺伎在偏远的山区，这么认真地练琴，乐谱店的老板知道了也会高兴的。"

"做学徒时，主要学的跳舞。赎身后，在东京学的也是舞蹈。三味线只模模糊糊记得一些了。忘了也没人指点，只能靠乐谱啦。"

"歌谣呢？"

"歌谣嘛，跳舞时听熟了的还可以。新歌都是从广播或者其他地方学来的，唱得好不好我也不知道。自己瞎唱，一定很好笑吧。而且，在熟人面前我也唱不出口。要是生人，倒是能放开嗓子唱一唱。"

驹子脸上闪过一丝羞怯。她摆好架势，望向岛村，似乎在等待他点歌。

岛村一下子愣住了。

他在东京的闹市区长大，对歌舞伎和日本舞耳濡目染，自然而然也就记住了一些长呗的歌词，只是没有正规学过。一说起长呗，他首先想到的是舞台，而非宴会上的艺伎。

"真讨厌。从没见过你这样的客人，让我都紧张起来啦。"

驹子轻轻咬了咬下唇，将三味线放到膝上，端正坐姿，霎时和刚才判若两人。她坦然地翻开乐谱。“这是我今年秋天自学的曲子。”

是《劝进帐》。

琴声响起，岛村顿觉一阵清凉传遍全身，脸颊上似乎起了鸡皮疙瘩。头脑完全放空，除了三味线的声音，再无其他。与其说是惊艳，不如说彻底被征服了。他被虔诚的心声打动，也被悔恨的思绪洗濯了。他失去了所有力气，心甘情愿地投入驹子魅力的洪流中，随之激荡沉浮。

一个十九二十岁的乡村艺伎弹的三味线，不可能高明到哪里去。不过是酒席间的娱乐，她却好似在舞台上表演。岛村想，一定是自己登山时的感伤还没消退。驹子时而故意生硬地照着本子念歌词，时而抱怨哪里太冗长、哪里太麻烦，就跳了过去。然而，她还是渐渐着了迷，声音越来越高亢，琴音也越来越清越。岛村几乎战栗起来，想要掩饰自己的懦弱般将头枕在手臂上，侧躺了下去。

曲终，岛村终于松了一口气。啊，这女人迷恋着我呢，这又是多么可悲啊。

难怪之前驹子仰望雪后的晴空感慨：“这样的日子，音色都会不一样呢。”的确，空气的质感完全不同。没有剧场里墙壁的阻隔，没有听众，没有都市的尘嚣。在冬日的清晨，这澄澈的琴音畅通无阻，直到响彻远方积雪皑皑的群山。

她平日里总以壮阔的自然为听众，一个人在孤独中练习，弹拨在不知不觉间愈加有力。这种孤独踏碎了哀愁，蕴含着野性的意志。她虽然有些基础，但只靠自学理解复杂的乐谱，并且能脱谱演奏，无疑需要坚忍的意志和不懈的努力。

驹子这种活法，岛村认为它徒劳无益，又悲叹它是渺茫的期盼。但这对她自己的确是有价值的，也充溢在那铿锵的琴音之中。

岛村仅能感悟琴音中的情感，无法领会她精巧的技法。但对驹子来说，他已是最好的听众了。

待到驹子开始弹奏第三支曲子《都鸟》时，优美柔和的曲调使岛村已感觉不到身体的战栗了。他平和下来，温情脉脉地凝视着驹子。这么一来，一种近似肌肤之亲的亲密感油然而生。

驹子的鼻子纤秀挺拔，原本稍显单薄；但红扑扑的两颊充满活力，衬得鼻子也十分可爱，仿佛在低语：我在这里呢。秀丽红润的双唇，噘起时也润泽得发光。纵然歌唱时张大了，很快又会合拢，可爱极了，就同她身体所散发的魅力一样。微弯的眉毛下，眼梢仿佛有意描直了一般，不垂不翘。她的眼睛此刻盈着水光，又带着几分稚气。她没有施白粉，陪酒卖笑的都市生活给她留下苍白得近乎透明的肌肤。而如今在山野的浸染下，她娇嫩得就像新剥的百合或洋葱，连脖颈处都微微泛红，显得分外纯净。

驹子坐姿端正，看上去比平时更像个少女了。

最后，她又照着谱子弹了一首正在学的《新曲浦岛》。弹毕，她默默地把琴拨夹在弦上，身姿也慵懒下来。

千娇百媚倏地向岛村袭来。

岛村简直不知该说些什么。驹子也全然不介意他会怎样评价，看上去怡然自乐。

“只听琴音，你能知道是哪个艺伎在弹三味线吗？”

“那当然。这里的艺伎，总共不过二十人嘛。弹《都都逸》时最容易分辨了，因为它最能展现出每个人的风格来。”

说完，她又拿起三味线，挪了挪压在身下的右脚，把琴身搭在小腿肚上。她向左扭了扭腰，将身子向右倾，望着琴把说：“小时候就是这样练习的。”

“黑——发——的……”她一边稚气地唱着，一边徐徐拨动琴弦。

“最早学的是《黑发》？”

“不是的……”驹子像小孩子一样摇了摇头。

这之后，即便留宿，驹子也不再坚持在天亮前赶回去了。

“驹子姐姐！”从走廊远处传来提高尾音的呼喊声。驹子常把旅馆里这个三岁的小女孩抱进被炉，陪她玩到中午，再带她去浴池泡澡。

这天洗完澡回来，驹子一面给小女孩梳头，一面说道：“这个小家伙，一看到艺伎就抬着尾音喊‘驹子姐姐’。照片也好，图画也好，只要见到梳着日式发髻的，都喊作‘驹子姐姐’。我喜欢小孩子，很懂他们的想法呢——小君，去驹子姐姐家玩，好吗？”她说罢起身来到走廊，悠闲地坐到藤椅上。“东京人都是急性子。现在就开始滑雪啦。”

这间屋子坐落在高高的坡道上，向南可以望见山脚下的滑雪场。

岛村也从被炉里转头望去。斜坡上只有零星的积雪，五六个穿着黑色滑雪服的人在山脚下的田地里滑行着。田埂尚未被积雪覆盖，坡度也不大，实在无趣。

“好像是学生。今天是周日吗？这样滑，能有什么意思呢？”

“不过，他们滑雪的姿势还不错呢。”驹子似乎在自言自语，“客人们说，在滑雪场碰见打招呼的艺伎，根本就认不出来，因为我们都晒得黝黑，夜里赴宴时又化着妆。”

“艺伎也穿滑雪服吗？”

“穿雪裤。啊，讨厌，真讨厌！在宴会上，客人说‘明天滑雪场见’，马上又要到这种时候啦。今年我干脆一次都不滑了。再见。喂，小君，走吧！今晚要下雪呢。下雪前是最冷的了。”

岛村坐到驹子刚才坐的藤椅上，看见她牵着小君的手，从滑雪场尽头的坡道走回去。

云起处，山的阴面与阳面奇妙地交错、变幻着，瞬明瞬暗，一派苍凉。不多久，滑雪场也倏地暗了下来。岛村把视线移回窗前，只见枯菊围成的篱笆上凝着霜柱。屋顶的融雪沿着排水管滴落下来，淅沥有声。

这夜没有下雪。冰雹过后，又下了一阵雨。

离开的前一晚，月光皎洁，岛村又叫来了驹子。已经快十一点了，空气冷得刺骨，驹子却一定要去散步。她野蛮地把岛村从被炉里拖起来，硬拽到屋外。

道路已经结冰。村子静静地沉睡在严寒之中。驹子把衣摆撩起来掖进腰带。月亮出来了，澄明得好似蓝冰中的一把刀。

“我们走去车站吧。”

“疯了吧？来回一里[①]多路呢。”

“你不是要回东京了吗？我要去看看车站。”

---

① 日本长度单位，1 里约为 3.9 千米。

岛村从肩头到大腿都冻僵了。

回到屋里，驹子忽然落寞起来，把胳膊深深地探进被炉。与以往不同，她连澡也不洗了。

被炉旁已铺好了一床褥子。被炉上原本罩着的被子没有撤掉，上面又加盖了一条被子。驹子在炉边烤火，低着头，沉默不语。

“怎么了？”

“我要回去了。”

“又说傻话。”

“没事。你休息吧。我这样就好。”

“为什么要回去？”

“不回了。我就这么待到天亮。”

“无聊。不要闹别扭了。”

“没闹别扭。我才不闹别扭呢。”

“那是怎么了？”

“难受。”

“哦，这么回事啊。没关系嘛，”岛村笑了出来，“我什么也不做。”

“不。”

“你也真够傻的，那么乱走一通！”

“我要回去了。”

“不回去也没事的。”

“心里难过。你快回东京去吧。我心里，真难过啊。”驹子轻轻地将脸伏在被炉上。

所谓难过，是对一个过客陷得太深的担忧，还是极力压抑自己而产生的痛楚？莫非她用情至深，已到了这种地步？岛村思忖着，沉默了好一阵子。

“你快回东京吧。”

“我本就打算明天回去呢。”

“啊，为什么要回去呢？”驹子清醒了似的仰起脸。

“无论我在这里待多久，对你而言，都无济于事呀。”

她呆呆地望着他，突然激动起来。

“你不能这样！不能！”

她急得站起来，冷不防地紧紧搂住岛村的脖子，几乎失去理智。

“你不该这样说！起来，给我起来嘛！”她胡乱说着，自己却跌倒了，狂乱得不能自已。

那之后，她睁开温暖湿润的眼睛。“明天，你真的要回去了吧？”她平静地说完，捡起掉落的发丝。

翌日，岛村准备下午三点动身。正换衣服时，旅馆的掌柜悄悄把驹子叫到走廊去。只听见驹子回答：“嗯，是呢。就按十一个钟头算吧。”大概是掌柜觉得十六七个小时太长了。

一看账单，才知道一切都是按时结算的：早上五点回去的，算到五点；次日十二点回去的，就算到十二点。

驹子一直把岛村送到车站。她在大衣外系了一条白色围巾。

时间很充裕，岛村去买了木天蓼果脯和滑菇罐头一类的特产。还有二十多分钟，两人就在站前高地的广场上散步。岛村眺望着积雪的群山，心中感叹，雪山下这片土地实在狭小。驹子乌黑的头发在幽暗山谷的清寂中，显得楚楚可怜。

远方河流的下游，山腰一隅，不知为何有一束微弱的日光投下。

“我来后，雪都融化得差不多了。”

“可是，只要再下两天，又能积到六尺厚呢。再接着下，电线杆上的路灯都要埋在雪里了。要是我一边走，一边想你，说不定脖子会挂到电线上受伤呢。”

“能有那么厚？”

“听说，前面那个镇子的中学里，有人在大雪的早晨光着身子从宿舍二楼的窗子往外跳呢。积雪一下淹没了身体，他们就像游泳一样在雪里划着走。看，那边也有除雪机。”

“我想来看雪。一月份旅馆人多得很吧？搭火车的话，会不会遇上雪崩？”

“你可真奢侈啊，一天到晚净干这些事！”驹子望着岛村，“你怎么不留胡子呢？”

“嗯，想留呢。”岛村摸着刚刮过的青色胡茬，心想：自己嘴边这道皱纹恰到好处，给柔和的长相增添了些许英气。驹子大概也是因此高看了自己吧？“你呢？你的脸卸去白粉，就像男人刚刮过胡子似的。”

“讨厌的乌鸦在叫呢，也不知道在哪里——好冷啊。”驹子说着抱起双臂，抬头看了看天空。

“去候车室烤烤火吧。”

正在这时，身着雪裤的叶子沿着由马路拐进火车站的宽道，急匆匆地跑了过来。

“啊，驹子姐！行男他……驹子姐！”她跑得上气不接下气，像被吓坏了的孩子扑向母亲一般，一把抓住驹子的肩头。

“快，快回去吧！情况不好了，快呀！”

驹子闭上眼睛，像是忍受着肩头的疼痛，脸色唰地变白了。没想到，她坚定地摇了摇头。

“我得送客人，回不去。”

岛村吃了一惊。“何必还送我呢？这样就行了。”

“不行！谁知道你还来不来！”

“来，肯定来。”

叶子就像什么都没听到一样，焦急地拉住驹子。“刚才给旅馆打电话，他们说你在车站，我就赶来了。行男在找你呢！”

驹子一动不动地站着，突然甩开她：“不！”

她踉跄了两三步，哇哇地想要呕吐，却什么也吐不出来。她的眼眶已湿了，脸颊也起了鸡皮疙瘩。

叶子愕然地盯着驹子，那神色过分认真，让人分辨不出她是愤怒，是惊讶，还是悲伤。她的脸像一张面具，呆板得只剩下一种表情。

叶子就这样转向岛村，突然抓起他的手，高声央求道：“对不起，请让她回去吧，让她回去吧！”

“好，我让她回去。”岛村大声说，“快回去吧，傻瓜！”

“有你什么事？”驹子冲岛村说，同时把叶子从他身边推开。

岛村指着站前的汽车，这才感到被叶子用力抓过的手指有些发麻。“我马上让那辆车送她回去，你先走好吗？别在这里这样子，让人看着，多不好啊。”

叶子用力点了点头。“要快啊，快点啊！”她说着转身就跑，果断得令人难以置信。

望着她远去的背影，虽不合时宜，岛村心头还是掠过了疑问：

为什么这姑娘总是一副严肃认真的模样呢？

她那美得令人心碎的声音，仿佛是某座雪山的回音，久久地萦绕在岛村耳畔。

“你要去哪儿？”见岛村要与汽车司机交涉，驹子一把拽住了他，“我是不会回去的。”

岛村突然对驹子生出一种生理上的厌恶。

“我不知道你们三人之间有什么事。但现在他快不行了，想要见你，才让人来叫你的，对不对？乖乖回去吧，否则会后悔一辈子的。也许就我们说话的这会儿工夫，他就咽气了，你该怎么办呢？别再固执了，过去的事就让它过去吧。”

“不是这样的，你误会了。”

“你被卖到东京时，不是只有他一个人来给你送行吗？你的第一本日记，开篇写的不就是他吗？你怎么能不去看他最后一眼呢？去吧，在他生命的最后一页，写上你的名字。”

“不，我不愿看到一个人死去。”

这听起来既像是薄情，又像是爱得极深，岛村感到困惑。

“日记是写不下去了。我都烧掉。”驹子呢喃着，不知怎的脸红了起来，“你是一个坦率的人。既然这样，我的日记都送给你吧，你是不会笑话我的。我知道你是个坦率的人。”

岛村心中涌上一股莫名的感动。是啊，没有谁比他更坦率了。他这样想，就不再勉强驹子回去了。驹子也沉默了。

旅馆在车站设了专门的接站处，掌柜走出来，通知他开始检票了。

只有四五个身着冬装的本地人默默地上下车。

“我不进站台了。再见！”驹子站在候车室的窗边，玻璃窗紧闭着。从火车里望去，她好似寒村商铺里一只奇异的水果，被独自遗落在煤烟熏黑了的玻璃箱里。

火车开动了，候车室的玻璃窗豁然明亮起来。驹子的面容在那光中倏地浮现，又蓦地消失了。这张脸红彤彤的，就像那时晨雪之镜中的一样。对岛村来说，那也是与现实世界告别时的颜色。

火车从北面爬上县界的山，穿过长长的隧道。此时，冬日午后的薄光仿佛被地上的黑暗吞尽了，陈旧的火车也在隧道中脱去明亮的外壳，在重峦叠嶂间，驶入暮霭沉沉的峡谷。山的这一侧还没有下雪。

火车沿着河流驶入开阔的原野。山巅柔美的曲线好似被雕琢过一般，远远地绵延开去，月色笼罩着山头。这是原野尽头唯一的风景。淡淡的晚霞将远山渲染成靛青，月光也是淡淡的，全无冬夜的清冷。天空中没有一只飞鸟。平原一望无际地舒展开来，临近河岸处，矗立着像是水电站的白色建筑。在萧瑟的冬日，这是窗外暮色中仅存的景物。

因为开了暖气，车窗蒙上了一层水汽。窗外流动的原野逐渐黯淡下来，而旅客的身影又半透明地映在了玻璃窗上。这便是暮色之镜的嬉戏。东海道线上的火车跟别处一样，只挂了三四节旧得褪色的客厢，灯光也是昏暗的。

岛村又落入恍惚中，仿佛乘上了什么虚无的东西，时间与距离的概念全然消失，任它徒劳地载着自己的躯壳前行。车轮滚滚向前的单调声音，变作女子的絮语，在他耳畔回响。

那是些断断续续的碎片，是女子竭力活着的象征，使聆听者痛苦，以致难以忘怀。对渐行渐远的岛村来说，这遥远的声音，更徒增了旅途的愁绪。

行男会不会就在此刻断了气？驹子为什么固执地不肯回去？她会不会真的没能见上他最后一面？

乘客少得可怕。

只有一个五十多岁的男人和一个红脸蛋的姑娘。二人面对面坐着，聊得很热烈。姑娘敦实的肩膀上披着一条黑围巾，面色红润似火。她探着身子专心聆听，快活地应答着。看两人的样子，像是去长途旅行。

然而，驶入耸立着缫丝厂烟囱的车站时，男人急忙从架子上取下柳条箱。他一边将行李从车窗卸到站台上，一边同姑娘道别："那么，有缘再会吧！"他说罢下车去了。

岛村几乎蓦地掉下泪来。他吃了一惊，于是越发感到，自己真的与她分别了。

岛村怎么也没有想到，那两人竟只是偶然在车上相遇。男人大概是个四处漂泊的商人吧。

临出东京的家门，妻子嘱咐他，正是飞蛾产卵的季节，衣服要及时收起来，不要一直挂在衣架或墙壁上。来到旅馆一看，果然，屋檐下挂着的装饰灯上，伏着六七只黄褐色的大飞蛾。三叠大的外间里，还有几只落在衣架上，个头虽小，躯干却鼓鼓囊囊。

窗子依然安着夏天防虫的纱窗。一只飞蛾一动不动地贴在铁纱上，好像被粘住了。它探出羽毛似的黄褐色触角，翅膀是近乎透明的淡绿色，有女人的手指那么长。窗外，县界连绵的群山被夕阳笼罩着，满目秋色，这一点儿淡绿反而显得死气沉沉。只有在前翅和后翅重叠的部分，绿色加重了。秋风袭来，那翅膀像薄纸一样轻轻飘动。

岛村想知道它是否还活着，于是站起身，隔着纱窗用指头弹了弹，它却纹丝不动。用拳头使劲敲打，它才像树叶一样坠下去，而后又轻盈地飞舞起来。

仔细看，杉林的那一头，成群的蜻蜓翩飞着，好似蒲公英的绒毛在飘摇。

山脚下的那条河，就像是从杉树顶梢上流出来的一般。

半山腰上开满了花，银光闪闪的，像是白胡枝子。岛村怎么也看不厌。

从室内温泉出来，岛村看到一个俄国女人坐在大门口卖东西。她怎么会跑到这样的穷乡僻壤来呢？岛村走近一看，女人卖的不过是日本的化妆品、发饰之类的东西。

她四十出头，脸上生着细小的皱纹，十分肮脏，但露出的脖颈却白亮而丰满。

“你从哪里来的？”岛村问。

“从哪里来？我算是从哪里来的呢？”俄国女人不知怎么回答，一边收拾摊子，一边思忖着。

她的裙子像是脏兮兮的布围成的，完全看不出洋装的影子。她好似早已入乡随俗，背起大大的包袱，起身走了。不过，她仍穿着一双西式鞋子。

老板娘也一起目送俄国女人离开，然后邀岛村来到账房。一个身材高大的女人背向岛村坐在炉边。她撩起衣摆站起身来。那是一身有家纹的黑色和服。

岛村觉得面熟。原来是在滑雪场的宣传照片上看到的那个艺伎。在照片上，她身穿礼服，套着雪裤，与驹子并肩坐在雪橇上。她人近中年，体态丰满，看起来雍容大方。

掌柜把火箸架在炉子上，烤着大大的椭圆形豆包。

“来一个吧！是贺礼来着，尝尝看吧？”

“刚才那位，不再做艺伎了吗？”

“是呢。”

“是一位出色的艺伎啊。”

“期满了，过来跟大家道别的。原来是个红人呢。”

岛村拿起热乎乎的豆包，一边呵着气，一边咬了一口。面皮有点硬，带着陈味，还有些发酸。

窗外，熟透的红柿子挂在夕阳下，那光亮一直投到了炉钩的竹筒上。

“好长啊。那是芒草吗？”岛村看着窗外的坡道，惊讶地问。

一个老妇人背着一捆草走了过去，草足足比她高两倍，穗子长长的。

“哦，那是白茅。”

“原来是白茅啊。”

“铁道省举办温泉展览会时，建了个休息室还是茶室，屋顶用的就是这里的白茅。听说，东京来的人把茶室整个买下来了。”

“原来是白茅啊。”岛村又自言自语般嘟囔了一声，“山里开的是白茅花啊。我还以为是白胡枝子花呢。”

一下火车，最先映入眼帘的就是漫山白花。从陡峭的山腰一直开到山顶，那遍地闪耀的银光，仿佛秋阳倾泻在山坡上，使岛村心中怦然。他一直以为那是白胡枝子花。

然而，从近处看，白茅坚韧挺拔，与眺望远山时那惹人感伤的白花迥然不同。一大捆一大捆的茅草，完全遮蔽了背着它们的女人，掠过坡道两侧的石崖，一路沙沙作响。连穗子也十分茁壮。

岛村回了屋。昏暗的外间点着十烛灯，一只硕大的飞蛾把卵产在黑色的衣架上，然后飞走了。檐前的飞蛾吧嗒吧嗒地撞在灯上。

秋虫从白天起就一直啾啾鸣叫。

过了一会儿，驹子来了。

她站在走廊上，直直地望着岛村。

“你来干什么？到这种地方来干什么？”

“来看你。”

“不是真心话吧？东京人净爱撒谎，真讨厌。”她跪坐下来，柔声低语道，“我啊，再也不给你送行了。真说不出那是什么滋味。”

“好，那这次我就不辞而别。”

“才不呢。我是说，不送你去车站了。”

“他后来怎么样了？”

“当然是死了。”

“就在你去送我的时候吗？”

“两码事。我没想到送行竟让人那么难受。”

“哦。”

“二月十四那天你是怎么回事？你这个骗子。我白白等了那么久。我再也不信你的话了。”

二月十四是赶鸟节，是孩子们的节日，很有雪国气息。十天前，村里的孩子就会穿上草鞋把雪踩实，再切成两尺见方的雪板，搭建一座三间四方一丈多高的雪堂。十四日夜里，孩子们把新年时挂在各家门前的稻草绳收集起来，堆在雪堂前焚烧。这个村子是二月一日过年，所以稻草绳都还留着。随后，孩子们爬上雪堂的屋顶，你推我挤，放声唱起赶鸟歌，再拥进雪堂，点上灯守夜。第二天黎明时分，他们会再次爬上屋顶，唱赶鸟歌。

那正是一年中积雪最厚的时候。岛村和驹子相约参加赶鸟节。

“我二月份回老家歇了几天，但想着你会来，十四日特意赶了回来。早知道你不来，我不如再多照顾她几天。”

“是谁生病了吗？”

“师傅去港市后得了肺炎。我正好在老家，接到电报，就去照顾她了。”

“病好了吗？”

“没有。”

“那太糟糕了。”岛村像是为失约而道歉，又像是哀悼师傅的死。

“没事。”驹子的语气突然温柔起来。她摇摇头，用手绢拂了拂桌子。“虫子真多啊。”

从矮桌到榻榻米，到处都落满了小羽虱。几只小飞蛾绕着灯泡飞来飞去。

纱窗外也星星点点地落着各种各样的飞蛾，多得让人叫不出名字。在澄澈的月光下，一一浮现出来。

“胃疼啊，好疼！”

驹子猛地把手插进腰带，伏在岛村膝上。

转眼间，她那从后领袒露出的、施了厚粉的脖颈上，就落下了一群比蚊子还小的飞虫。那些虫子一动不动，眼看着就要死去。

她的脖颈处比去年胖了些，显得很丰满。岛村心想，她已经二十一岁了。

一股温热传到岛村的膝上。

“刚才账房的人笑嘻嘻地对我说：‘阿驹，快去山茶厅看看吧。’我还有点不乐意呢，刚去车站送了阿姐，正想好好睡一觉，就听说有人来过电话。我特别累，真是不想动了。昨晚不是有阿姐的送别会嘛，我喝多了。可账房的人一个劲儿地笑。原来是你来了。又过了一年了，你是一年才来一次的人吗？”

“送别会上的豆包，我也吃了呢。”

“是吗？”驹子直起上身，伏在岛村膝上的地方压出一片红晕。她忽地显出几分稚气来。

她说，她一直把那位年长的艺伎送了两站地，才折回来。

“真没意思啊。以前大家无论做什么都一条心，可现在个人主义渐渐蔓延，大家就像一盘散沙。连这里也变了，合不来的人越来越多。现在菊勇姐也走了，我心里好难过。从前事事都是她拿主意，最叫座的也是她，没少过六百枝[1]的。主家也很器重她。”

岛村问：“听说菊勇是艺伎期满回老家去的。她是结婚去，还是重操旧业呢？”

“阿姐也是个可怜人。她嫁过一次人，过不下去了才来这里的。”驹子欲言又止。她望着月光下的梯田，犹豫片刻，才接着说：“看那条坡道，半路上有栋新建的房子，对吧？”

---

① 艺伎陪酒按点香数来计算时间。

“是那家叫‘菊村’的小饭馆吗？”

“对。她本来是要到那儿当老板娘的，结果自己变了心意，婚事吹了，闹了好一阵子。也是，人家连房子都给她盖好了，事到临头，她又把人家甩了。她喜欢上了别人，一心想着和对方结婚，到头来却被骗了。人要是真着了迷，就会变成那样吧？她被抛弃后，也不可能再去找先前的男人接手饭馆，没脸继续待在这儿，只好到别处谋生去了。想一想，也够可怜的。虽然我们知道的不多，但她一定有过形形色色的际遇啊。”

“男人吗？有五个没有？”

“也许吧。”驹子抿嘴笑了笑，突然扭过头去，“阿姐还是太软弱了，胆小鬼。”

“她也没法子吧。”

“可不是。男人都喜欢她，又能怎样！”驹子低下头，用发簪搔了搔头，“今天我去送行，心里特别难受。”

“那么，好不容易建好的饭馆怎么样了？”

“那人的正室过来打理呢。”

“正室过来打理？倒真有趣啊。”

“不然还能怎么办？开张的准备都做好了，没办法，只好让正室带着孩子，一块儿搬过来了。”

“那家里又怎么办？”

“听说孩子奶奶留下了。那人虽是庄稼汉，却有这种喜好，倒是挺有意思的一个人。”

“大概是个浪子吧。他年纪也不小了吧？”

“还年轻呢，才三十二三吧。”

“是吗？那要是真娶进门了，妾室比正室年纪还大？”

“同岁，都是二十七。”

“‘菊村’里的‘菊’字，是从菊勇的名字来的吧？正室也就这么接着用吗？”

“牌子都挂出去了，也没法改啊。”

岛村拢了拢衣领。驹子注意到了，起身关上窗子。

“阿姐也知道你的事。今天还对我说，你那个他来了啊。”

“她来辞行，我在账房碰上了她。”

“说了什么吗？”

“什么也没说。”

“你理解我的心情吗？”驹子把刚关上的窗子又倏地推开，重重地坐在了窗台上。

岛村半晌才说：“这里的星星和东京的完全不同，好像飘浮在空中。”

“今晚有月亮，否则也不是这样的。今年雪特别大。”

“听说火车停了好几次呢。”

“是的，真叫人害怕。汽车也到五月才通车，比往年晚了一个月。滑雪场里不是有家小卖铺吗？雪崩的时候，二楼被冲塌了。下面的人哪里想得到，听见奇怪的声音，还以为是厨房里闹老鼠呢。跑到厨房一看，不是；再上二楼，才发现满屋是雪，挡雨板什么的都整个被掀走了。虽然是表层雪崩，可广播里大肆报道，大家都很害怕，不敢来滑雪了。我本打算今年不再滑雪，去年年底就把滑雪板都送人了，结果还是滑了两三回。我是不是很奇怪？”

“师傅死了以后，你的日子是怎么过的？”

“我的事，你就别管了。总之二月我守约来这里等你了。”

“既然回了港市，来封信告诉我不好吗？”

“不，我才不做那种可悲的事呢！那种给你太太看到也无所谓的信，我才不会写。那样太可悲了！我用不着顾忌什么而撒谎啊。”

驹子情绪激动，猛地反驳道。岛村低下了头。

“别在虫子堆里坐着了。把灯关了吧。”

月光皎洁，深深地照进屋子里，连驹子耳朵起伏的线条都清晰可见。榻榻米泛着青色，看起来冷冰冰的。

驹子的双唇微弯，好似美丽的水蛭般柔嫩光滑。

“哎，让我回去。”

“又来了。”岛村向后仰着头，仔细打量驹子那鼻梁挺拔的圆脸，不知为何觉得有点好笑。

“大家都说我同十七岁刚来这里时相比，一点儿也没变。也难怪，每天的日子都一样，毫无变化。”

她的双颊，依然保留着北国少女那种艳丽的红色。月光照在她那艺伎特有的肌肤上，闪现出贝壳般的光泽。

“不过，我换住处了，你知道吗？”

“因为师傅去世了？不住在那间养蚕的屋子里了吗？这回是住进雇用艺伎的人家了吗？”

“嗯，是啊。店里卖些糖果和香烟，艺伎还是只有我一个。这回是真的替人做工了。夜深了，我就点上蜡烛看书。”

岛村抱着双臂笑了。

“那家安了电表，我不好意思浪费电。”

“是吗？”

“不过，那家人待我很好，有时候我甚至在想：这还是做工吗？孩子要是哭闹，老板娘为了不吵到我，就把孩子背到外面去。我没有什么不满意的。就是床总铺得歪歪斜斜的，这点我不喜欢。我要是回去晚了，他们会帮我把床铺好，褥子总是摞不齐，床单也歪歪扭扭。我看了很不自在，可又不好意思重铺，怕辜负了人家的一番好意。”

“你要是成家了，恐怕得成天操心呀。”

“大家都这么说。是天性吧。我家四个小孩，东西到处乱扔，我就整天跟在他们屁股后面收拾。我也知道，收拾了他们又会弄乱，但就是看着难受，没法视而不见。只要情况允许，我还是想过得干净些。”

“的确。”

“你明白我的心情吗？”

“当然明白了。”

“那你说说看，你说啊！”驹子突然激动起来，追问道，“看，说不出来了吧？净撒谎！你啊，每天过着奢侈的生活，什么都不在意，根本就不会明白。”然后，她又压低了声音，说：“真难过啊，我太傻了！你明天就走吧。”

“像你这样追问，我怎么说得清楚呢？”

“有什么说不清楚的？你就是这点不好。”

驹子无可奈何地哽咽着，默默闭上双眼。过了一会儿，她似乎想通了：岛村还是把她放在心上的吧。

“请你一年来一次吧。我还在这儿的时候，你一年一定要来一次啊。”

她说期限是四年。

“回老家时，根本没想到还会重操旧业，连滑雪板都送人了。与之前相比，就是把烟给戒了。”

“啊，你之前可没少抽烟。”

“是啊。宴会上客人给我烟，我就悄悄放到袖兜里，回去以后，有时能抖落出好几支呢。”

“不过，四年时间有点长吧？”

“一眨眼就过去了。”

“多温暖啊。”岛村搂住了靠过来的驹子。

“我天生就是温暖的嘛。”

“早上和晚上都已经变冷了吧？”

“我来这里都五年了。起初担心不能适应，火车开通以前，这里很荒凉呢。自第一次见到你，也过去三个年头了。”

岛村思忖，不到三年的时间来了三次，每次驹子的境遇都有变化。

突然，好几只纺织娘鸣叫起来。

“真讨厌！”驹子说着，从他的膝旁站起身来。

北风吹过，纱窗上的飞蛾一齐飞开了。

岛村知道，她看似半睁着眸子，其实是合上了浓密的睫毛。但他还是忍不住凑过去细看。

“戒烟后胖了呢。”

她腹部的脂肪变厚了。

一分开就捉摸不定的感情，经此一番又变得亲密起来。

驹子把手掌按在胸脯上。“一边变大了呢。”

“傻瓜。是那个人的习惯吧？只爱抚一边。”

“啊，你真讨厌啊。胡说八道，真讨厌！”驹子陡然变了脸。

这才是她。岛村想起来了。

“下次跟他说，两边要平均点。”

“平均点？要我这样告诉他吗？”驹子温柔地把脸贴过去。

房间在二层，可房子周围有癞蛤蟆在叫。不是一只，至少有两三只，跳来跳去的，叫了许久。

从室内温泉回来后，驹子卸下防备，平静地讲起自己的身世。

她甚至还谈起第一次接受检查的事。那时她以为和做学徒时一样，只脱到胸部就好，结果别人都嘲笑她，她为此哭了一场。对于岛村的问题，她也一一如实回答了。

“我很准的，每月都比上一月提早两天。”

“不过，那也不妨碍你赴宴吧？”

“嗯，你连这个也知道？”

每天都去有名的温泉洗澡，赴宴时还得在不同的温泉间往返一里地，山村生活又很少熬夜。她一天天健壮起来，体型与很多艺伎一样，腰身窄，前后却很厚实。岛村被她吸引着跋山涉水而来，是因为她身上蕴藏着一种深深触动人心的东西。

“我这样的人，不知还能不能生孩子？”驹子认真地问。

她的意思是，一直只跟一个人交往，跟寻常夫妻也没什么两样了。

岛村这才知道驹子还有这样一个对象。从她十七岁到现在，已经五年了。岛村想，原来驹子的无知和无畏正源于此。他从前一直感到难以理解。

那个在她还是学徒时就替她赎身的人去世后，她回到港市，随即委身给这个人。驹子说，也许因为这一点，她从一开始就讨厌他，至今也亲近不起来。

“能维持五年，很难得啊。”

“有两次机会可以分手。一次是在这里做艺伎的时候，还有一次是从师傅家出来、住进这家时。可是，我的意志太薄弱了，实在是太薄弱了。”

她说，那人在港市，不方便留她在身边。于是，趁师傅回这个村子时，托师傅把她带过来了。他是个亲切的人，可她就是不愿意托付终身，想想也很悲哀。因为年龄相差很大，他只偶尔来一趟。

“要怎样才能和他断了关系呢？我有时想，干脆做些越轨的事好了，真的。”

“那多不好。”

“我也做不来。还是那句话，是天性啊。我很爱惜自己的身体呢。要是我愿意，我能把四年期限缩成两年，多努力些，肯定能赚不少。但我不想太累，身体才重要呢。按年限工作，不让主家吃亏就行了。每月本钱多少，再加上利息、税金、伙食费，就知道每月该赚多少钱了。够用就行了，我才不多做呢。遇上麻烦的宴会，我就找机会溜走，不是熟客点名，旅馆也不会夜里打电话叫我。人要是大手大脚，赚多少都不够用的，够开销就行了。本金我已经还了一多半，才干了不到一年呢。不过，就这样，零用钱每月也得花三十元。”

她说，这样算下来，每月赚上一百元就够了。上个月，赚得最少的艺伎，也赚了三百枝，合六十元。驹子赴的宴会最多，有九十几场，一场宴会就能拿到一枝。她总是尽量多赶几场，虽然这样主家赚得少些。整个温泉浴场，没有一个艺伎因为债务增多而延期的。

翌日清晨，驹子仍是早早起来，她说：“我梦到和插花师傅一起打扫这个房间，一下就醒了。”

梳妆台挪到了窗口，镜子里映出漫山红叶。即使在镜中，秋日的阳光也明亮耀眼。

糖果铺的女孩来送驹子的换洗衣物。

不再是叶子，那个在隔扇后用清澈得令人心碎的声音唤着“驹子姐”的姑娘。

“那姑娘怎么样了？”

驹子瞥了岛村一眼，说：“她总是去上坟。你瞧，滑雪场下边是不是有片荞麦地？还开着白花呢。看到左侧的墓地了吧？”

驹子离开后，岛村也到村里散步去了。

屋檐下的白墙边，一个小女孩在拍球。她身着崭新的红色法兰绒雪裤，确乎是秋天了。

此地有许多古色古香的房子，像是江户时代留下来的。屋檐很深，二楼狭长的纸窗只有一尺多高。屋檐的一角挂着白茅编织的帘子。

土坡上的细叶芒围成了篱笆，淡黄色的花开得正盛。一株株芒草舒展着尖细的叶子，宛若一股股喷泉，美丽极了。

路边向阳的地方铺了张草席，叶子正在席子上打红小豆。豆子好似点点珠光，从晒干的豆萁里蹦了出来。

叶子头上裹着毛巾，没有看到岛村走来。她穿着雪裤，叉开双腿，一面打豆子，一面唱着歌。歌声袅袅，依旧清澈得令人心碎。

蝴蝶啊，蜻蜓啊，还有蟋蟀
在山间婉转啼鸣
金琵琶啊，金钟儿啊，还有纺织娘

还有这样一首民歌：晚风掠过杉林，大乌鸦啊，倏地飞起。

俯视窗外，今天也有成群的蜻蜓从杉林飞过。黄昏将至，它们匆匆飞舞着，加快了速度。

临行前，岛村在车站前的小卖铺里，买到了一本新版的这一带的登山指南。他囫囵地翻阅后，得知从这间屋子望去的县界群山中，有一座的山顶上有条横穿池沼的小径。那池沼美极了，周围的高山植物斗色争妍，使人目不暇接。到了夏天，红蜻蜓自在地飞舞，落在人们的帽子上、手上，甚至眼镜框上。它们闲适自在，同都市中受尽虐待的蜻蜓相比，真是天壤之别。

然而，眼前的蜻蜓却好似被什么追逐着。杉林总比天色幽暗得早一步，或许，它们急于逃离，是不愿叫杉林的晦暗吞没吧。

夕阳下，重重红叶将远山染透。

“人真是脆弱啊，从高处跌落，就会粉身碎骨。可是熊呢，哪怕从更高的峭壁上摔下来，也不会受一点儿伤。”

岛村想起驹子今早说的话。当时她指着那一头的山，告诉他岩壁上又有人遇难了。

人要是长着熊一样又硬又厚的皮毛，官能一定完全不同。可他们却彼此眷恋又薄又滑的皮肤。想到这些，岛村眺望着夕阳下的远山，不觉有些感伤，思念起人的肌肤了。

“蝴蝶啊，蜻蜓啊，还有蟋蟀……”

不知是哪个艺伎，在晚饭前的时间里，拙劣地弹着三味线，唱起了这首歌。

登山指南上只简单地介绍了路线、日程、旅店、费用等，反倒让岛村得以自在地遐想。山中的残雪与新绿相映成趣之时，自己漫步来到这个温泉村，与驹子相识了；而眼下又是最宜登高的秋季。岛村眺望留下了自己足迹的群山，不觉心驰神往。他终日无所事事，费半天劲爬山却不为了什么，可谓是典型的徒劳。但也正因此，登山又蕴含一种虚幻的魅力。

远远相隔时，他总想起驹子；可来到近旁，他又觉得，那种对人肌肤的依恋，和来自群山的诱惑，都变得像梦一样。是因为放下了心，还是因为与她的肉体过分亲近？又或许是因为她昨夜就在他枕边吧。岛村独自坐在寂静之中，期待驹子不请自来。屋外传来郊游的女学生们天真活泼的嬉闹声。岛村早早躺下，希望在这声音中睡去。

不久，似有秋雨袭过。

翌日早上一睁眼，只见驹子正端坐在桌前看书。她身着便服，是件绢绸羽织。

“醒啦？”她轻声道，望向岛村。

“怎么回事？”

“睡醒了？”

岛村看了看床铺，猜想她昨晚就悄悄来过夜了。拿起枕边的手表一看，才六点半。

"也太早了吧！"

"不早了，女佣都来添过火了。"

铁壶热气腾腾，确是一幅晨景。

"起床啦！"驹子起身，坐到他枕边，就像一位主妇。

岛村伸了个懒腰，顺势拉起她放在膝上的手，抚弄指尖上弹琴磨出的小茧子。

"还没睡够呢。天刚亮吧？"

"一个人睡得好吗？"

"嗯。"

"你果然还是没留胡子啊。"

"哦，对了，上次分别时，你让我留胡子来着。"

"就知道你是忘了。算了。你总是刮得干干净净，留下一片青色。"

"你平日卸去白粉，不也像刚刮过脸一样吗？"

"脸上是不是又长肉了？白白的，没留胡子，睡着的时候看着有点奇怪。真圆啊。"

"看起来很温柔吧？"

"看起来就不可靠。"

"哎，一直盯着我看呢？"

"是啊。"驹子微笑着点了点头，旋即像是忍不住了似的，放声笑了出来。握着他手指的手，也不觉加强了力道。"我躲进壁橱里了。女佣完全没有发觉。"

"什么时候？什么时候躲进去的？"

"就是刚才，女佣进来添火的时候。"大概是想起了刚才的情形，她又不住地笑出声来，脸唰地红到了耳根。像是要掩饰似的，她拎起被子一角，一边扇动一边说："起床啦。快起来吧！"

"太冷了。"岛村抱住被子，"旅馆的人都起来了吗？"

"不知道，我从后边上来的。"

"后边？"

"从杉林那边爬上来的。"

"那边有路？"

"没路，但是近嘛。"

岛村惊讶地看着驹子。

"谁也不知道我来了。厨房里虽有动静，可大门还关着呢。"

"你又起了个大早。"

"昨晚就没睡着。"

"你知道昨晚下过阵雨吗？"

"是吗？怪不得那边的山白竹都打湿了。我要回去了。你再睡一会儿吧。"

"我这就起来。"岛村握着她的手不放，一下子钻出了被窝。他来到窗前，俯瞰她爬上来的地方。只见茂密的灌木丛尽头，山白竹恣意蔓延。那是与杉林相连的小丘半腰。窗子跟前的菜地里，种着萝卜、甘薯、葱和芋头等。虽然十分寻常，但沐浴在朝阳下，叶子五彩斑斓的，给人一种初见的新鲜感。

通往浴池的走廊上，掌柜正给池子里的红鲤喂食。

"天冷了，鱼都不爱吃食了。"掌柜同岛村搭话，久久地望着水中漂浮的鱼食。那是把蚕蛹晒干磨碎制成的。

驹子坐在屋里，显得纯净无瑕。她对从浴池回来的岛村说：

“这儿可真清静啊，正好可以做针线活儿。”

刚打扫过的房间一尘不染，秋阳深深地照进来，落在微微发旧的榻榻米上。

“你还会做针线活儿？”

“太小瞧人了。兄弟姐妹里，我吃苦最多。回想起来，我长大那会儿，正赶上家里困难的时候。”驹子像是自言自语，又突然兴奋地抬高声音，“刚才女佣瞧见我，惊讶得不得了，还问我，阿驹，你什么时候来的？我也不能三番五次地往壁橱里藏，多尴尬啊。我要回去了，今天可忙呢。昨晚睡不着，就想着今天要洗头发。早些洗好，干了才能去梳头师傅那儿，不然中午的宴会就来不及了。其实这儿今天也有宴会，可是昨晚才来叫我，我已经接了别处的活儿，来不了啦。今天是周六，特别忙，不能来找你玩了。”

驹子嘴上这样说，却并不起身。

她改了主意，不去洗头，拉着岛村到了后院。连廊里放着淋湿的木屐和布袜，她刚才大概就是从这里溜进来的。

看来无法穿过她一路爬上来的那片山白竹了，二人只好沿着菜地循水声向下走去。河岸变得陡峭，栗树上传来孩子的声音。脚下的草丛里落着许多栗子，驹子用木屐碾碎外皮，剥出栗子来，个头小小的。

对岸陡峭的山腰上，白茅花怒放，摇曳着炫目的银光，又仿佛某种透明的、如梦似幻的东西，飞扬在秋日的长空中。

“我们往那边去吧。可以看见你未婚夫的坟呢。”

驹子蓦地踮起脚来，直直地盯着岛村，冷不防将一把栗子朝他脸上扔去：“你拿我当傻瓜捉弄吗？”

岛村来不及躲闪，栗子啪啪落在额头上，痛极了。

“跟你有什么关系，你要去看他的坟？”

“别这么当真嘛。”

“我就是当真了！不像你，饱食终日，什么都不在乎！”

“怎么会什么都不在乎呢？”岛村有气无力地嘟哝着。

“那你还说什么未婚夫？不是告诉过你吗，我不是他的未婚妻。你忘了？”

岛村当然没有忘记。

“师傅也许想撮合我和少爷，但也只是在心里想想罢了，从没有挑明过。当然，她的心思我们俩也多少猜到了一些。不过，我们之间终究什么也没有。我们一直是分开生活的。我被卖到东京时，只有他一个人来给我送行。”

驹子说的这些话，岛村都记得。

那个男人病危时，驹子还在岛村处留宿，近乎心死地说：“我想怎么做，就怎么做。一个快死的人，凭什么管得着我？”

她送岛村去车站的时候，叶子赶来告诉她，病人快不行了，叫她快回去。她却执意留下，似乎也没能见上病人最后一面。这一切，让岛村越发记住那个叫行男的人了。

驹子总是对行男的事绝口不提。即便二人没有订婚，她为了给他筹钱治病，不惜做了艺伎，说明她对他无疑是很“当真”的。

见岛村被栗子打到也没动怒，驹子愣了一下，随后身子一软，扑到他怀里。“哎，你是个坦率的人。我的人生是不是很悲哀？”

“孩子们在树上看着呢。”

“我真不明白。你们东京人太复杂了，周围老是闹哄哄的，所以心绪也说散就散，对吗？”

“什么都会散的。”

“早晚连自己的命都会散去呢。去上坟吗？”

“也好。”

“你看你，其实压根不想去上什么坟。”

“是你自己有心结。”

“我从没去上过坟，一次也没有。回回都拒绝了，真的。现在师傅也一同埋在这里，我想起来就觉得对不住她。事到如今更没法儿去了，多虚伪啊。”

“你才真是复杂呢。”

“我有什么复杂的？既然无法对活着的人表明心绪，那至少要对死去的人说个清楚。”

杉林是那样静，连寂静本身似乎都要化成水滴落。穿过杉林，沿着滑雪场下方的铁道一直走，很快就到了墓地。在田埂稍高的一角，立着十余座旧石碑和一尊地藏菩萨，光秃秃的，没有供花，荒凉极了。

然而，地藏菩萨后方低矮的树荫中，意外地出现了叶子的一半身影。她像是霎时戴上了面具，露出那副特有的认真神情，目光灼灼地望向二人。岛村停下脚步，向她行礼。

“叶子，来得真早啊。我正要去找梳头师傅……”

驹子刚说到一半，一阵黑色的旋风扫过，仿佛要把他们吹跑。驹子和岛村都缩成了一团。

一列载货的火车轰鸣着从他们身旁驶过。

“姐姐——”隆隆的巨响中传来呼喊声，一个少年在黑色火车的门边挥动帽子。

“佐一郎——佐一郎！”叶子喊道。

是那日在雪中的信号所呼喊站长的声音。那样凄美，好似在呼唤远方客船上听也听不清的人。

火车驶过后，像是摘掉了眼罩，铁道那头的荞麦花看得清楚分明。红茎上缀满了花，显得十分幽静。

意外地遇见叶子，两人完全没留意到火车正驶近。这么一来，好像什么都被这列疾驰而过的火车带走了。

但叶子的声音久久萦绕着，似乎比火车的隆隆声还要绵长。那是荡漾着纯洁爱意的回声。

叶子望着远去的火车，说道：“我弟弟在车上，我要去车站看看。”

驹子笑了。“可是火车不会在车站等你啊。”

“也是。”

“我啊，是不会给行男上坟的。”

叶子点点头，迟疑了一会儿，在墓前蹲下，合掌祭拜。

驹子一动不动地站着。

岛村移开视线，看向地藏菩萨。那是尊三面地藏，除了胸前合十的双手外，左右还各有两只手。

“我要去梳头啦。”驹子对叶子说罢，就沿着田埂向村子走去。

回去的途中，老乡们正在路边搭着“哈蒂”。“哈蒂”是当地土话，就是在树干和树干间系上一段段竹竿或木棒，就像晒竿那样，把稻子挂在上面晾晒。远远望去，好似一面面高大的稻草屏风。

年轻的姑娘穿着雪裤，轻轻一扭腰，就把稻捆扔了上去。爬到高处的男子灵巧地接住稻捆，再捋顺了挂到竿子上。他们就这样专心地重复着，麻利而熟练。

驹子掂了掂从哈蒂上垂下的稻穗，像是在估量什么贵重的物品。“多饱满的稻穗啊，光是摸一摸，就叫人心里舒畅。和去年大不相同呢。”她仿佛在细细体会那触感，眯起了眼睛。

在她头顶上空，成群的麻雀低飞而过。

路旁的墙上贴着张破旧的招工告示，上面写着：“插秧工人工钱协议。九十钱一天，包伙。女工六折。”

叶子的住处就在马路旁低洼的田地一角，家中也有哈蒂。其中一面哈蒂搭在院子左侧的柿子树上，十分高大，那排柿子树紧挨着邻居家的白墙。另一面搭在田地和院子相连的地方，其中一头还开了个口，从稻穗底下钻过就能进出。如此一来，看上去就像是用稻子而非草席搭成的棚子。田里的大丽花和蔷薇已经枯萎，芋艿舒展着肥美的叶子。养着红鲤的莲花池隐在哈蒂后面，看不见。

驹子去年住的那个原来养蚕的房间，窗子也被遮住了。

叶子有点生气似的低下头，穿过稻穗下的小口，回家去了。

岛村目送她那微微向前弓的背影，问道：“她一个人住在这儿吗？”

“也不是吧。”驹子冷淡地应道，“真讨厌啊，我不去做头发了。都怪你乱说话，打扰人家上坟。”

“是你太固执了吧，不愿在墓地见到她。”

“你不了解我的心情啊。等过会儿有空了，我再去洗头。也许会晚些，不过一定要去的。”

夜里三点钟了。

纸门被猛地推开，巨大的声音惊醒了岛村。驹子一下子扑倒在他身上。“我说要来，就真的来了吧。你看，我说来就来了吧？”她呼吸急促，胸脯剧烈地起伏着。

“怎么醉成这样子？”

“你看，我说要来，就真的来了吧。”

“知道了，你来了。”

“来这里的路看也看不清，怎么也看不清。唔，好难受啊！”

“醉成这样还能爬上那道坡，真行啊你。”

“管它呢，我什么也不管了！”

驹子猛地翻过身。岛村被压得气闷，想爬起来，可因为刚被惊醒，摇晃两下又倒了下去。脑袋枕在了热乎乎的东西上，岛村吃了一惊。

“热得像团火。真是个傻瓜！”

“是吗，成了火枕头了？小心烧伤你。”

“还真是。”岛村闭上了眼睛。热流一直涌到脑门，他真切地感到自己在活着。与驹子激烈的喘息一起传来的，是所谓的现实。那好似一种憾恨，使人依依难舍，却只能伺机而动，安然等待复仇。

“我说要来，就真的来了吧。”驹子一心重复着这句话，“既然来过了，就可以回去了。我要洗头去啦。”

她爬起身，咕嘟咕嘟喝起水来。

“这个样子，怎么回得去呢？”

“我得回去。我还有伴儿呢。我的浴具哪儿去了？”

岛村起身打开电灯，驹子用双手捂住脸，伏在榻榻米上。

“不要。”

她身穿华丽的圆袖夹衣，披了件黑领子睡袍，系着窄腰带，衬衣的领子没有露出来。她像要躲藏起来似的蜷着身子，醉得连光脚丫都泛了红，模样惹人怜爱。

浴具被她随手扔到地上，香皂、梳子散落一地。

“你给我剪，我把剪子带来了。”

“剪什么？”

“剪它！”驹子把手伸到发髻后，“我刚才在家就想把发绳剪断，可是手不听使唤，所以就想着来找你剪。”

岛村把她的头发分开，把发绳剪断。每剪一处，驹子就把假发抖落，渐渐平静下来。

“现在几点了？”

“已经三点了。”

“哎，这么晚了。可别把我自己的头发也剪啦。”

“你扎了好多假发啊。”

岛村握着假发。发梢还是温热的。

“已经三点了吗？从宴会回来，一躺下就睡着了。之前就和朋友们约好了，所以她们才来邀我的。她们准以为我跑哪儿去了。”

“她们在等你吗？”

“在公共浴池呢，有三个人。本来有六场宴会，结果只去成了四场。下礼拜就到红叶的季节了，又得忙了。多谢了。”驹子一边梳理散开的头发，一边仰头抿嘴笑了起来，“我才不管呢。嘻嘻，多好笑啊。”她随即无可奈何地捡起假发，说：“朋友们还等着呢，我要走了。回来也不再来你这里了。”

“能看清路吗？”

"能啊。"

她说着，却踩到了和服下摆，踉跄了一下。

清早七点，还有凌晨三点。一天两次，驹子总在这样特殊的时间偷闲来找他。岛村感到她实在不同寻常。

就像新年时摆上门松一样，伙计们正在旅馆门口装饰枫枝，欢迎前来观赏红叶的客人。

一个临时雇来的伙计，正颐指气使地指挥着。他自嘲是只候鸟。有这样一群人：从草木萌芽到秋叶变红，他们在附近山中的温泉干活儿；一到冬天，则去往热海、长冈等伊豆的温泉打工。他便是其中的一员，年年辗转于不同的旅馆。他卖弄从伊豆的繁华浴场得来的经验，背地里总是鄙薄这一带不会待客。他那副搓手揽客的模样，简直像个毫无诚意的乞丐。

"先生，您见过木通果吧？您要是想吃，我给您拿些。"他正把果子连同藤蔓系到枫枝上，对散步回来的岛村说道。

枫枝大概是从山上伐来的，立在门口，高得几乎触到屋檐，叶片也大得惊人。旅馆的大门顿时被这片艳红映得明亮起来。

岛村手里攥着冰凉的木通果，不经意间瞥向账房，发现叶子正坐在炉边。

老板娘在炭火里埋了铜壶温酒。叶子与她相对而坐，听她说着话，不住地点头。叶子没有穿雪裤和羽织，而是穿了件刚刚浆洗过的绢绸和服。

"是来帮工的吧？"岛村若无其事地问那个伙计。

"托您的福，是的。人手不够，忙不过来了。"

“她同你一样？”

“是的。不过，她是村里的姑娘，却有些与众不同呢。”

看来叶子是在厨房帮工，从未赴宴陪过客。客人多的时候，厨房里的女佣也提高嗓门说话，但叶子那优美的声音却从不在其中。打理岛村房间的女佣说，叶子入睡前总爱在浴池里唱歌。岛村从未听到过。

然而，一想到叶子在这里，不知为什么，他对唤来驹子有些顾虑了。尽管驹子爱他，但存在于他自身的虚无，使他认为这爱是一种美的徒劳。也正因为这虚无，他越发觉得，驹子那鲜活的生气如同赤裸的肌肤，贴近了他。他既可怜驹子，也可怜自己。他觉得叶子眼中有一种光芒，不动声色地看透了一切。他也因此被这个女子吸引了。

当然，不用岛村叫，驹子也总是会来找他的。

有一回，他去溪流深处赏红叶，从驹子门前经过。驹子听见汽车声就猜到是他，便跑出门来。驹子说他当时连头也不回，说明他很薄情。驹子只要到旅馆，就一定来岛村房间，去泡澡的时候也会顺道过来。她若是赴宴，就提前一个钟头来，直到女佣叫她才离开。她也常从宴会上偷偷溜出来，对着梳妆台补妆。“得接着干活儿去啦！我是个生意人呢。干活儿赚钱去喽！”说罢才起身。

不知为什么，她回去的时候，总喜欢把带来的装琴拨的小匣子、羽织一类的东西留在他房间。

“昨晚回去，没有热水了。到厨房丁零当啷乱摸了一通，用早上剩下的酱汤泡了饭，就着咸梅吃，特别凉。今早没人叫我起床，睁开眼睛就十点半了。本打算七点起床就来的，结果没来成。”

她把这些琐事，还有跑了几家旅馆、宴会的情形如何等，都细细讲给岛村听。

“我过会儿再来。”她喝了水站起身，又说，“也可能来不了了。三十人的宴会，只有三个人陪着，忙得抽不开身。”

然而，过了一会儿，她又来了。

“太累啦！三个人应付三十个人呢。她俩一个年纪最长，一个年纪最小，只好我累点了。客人也是抠门，一定是什么旅行团，三十人的宴会怎么也要六个人陪才行啊。我去喝点酒，吓唬吓唬他们。”

每天忙得不可开交，驹子身心俱疲，只恨无处可躲。流露出的那份孤寂，反为她增添了风韵。

“太难为情啦，走得再小心，走廊也有声响。路过厨房，他们就笑话我：‘驹子，又是去山茶厅吗？’真没想到，我居然会在乎这种话了。”

“小地方，很难办吧？”

“大家都知道了。”

“那可不妙啊。”

“是啊，在这种小地方，有点坏名声，就全完了。”她很快又仰起头微笑道，“也没关系啦。我们这种人，到哪儿都能干的。”

她说得率真又诚恳，这让坐食祖产的岛村为之一震。

“真的，在哪儿赚钱都一样，没什么好担心的。”

岛村从她若无其事的语气中，听到了她的心声。

“我知足啦。只有女人才会真心爱一个人啊。”驹子红了脸，低下头去。

她的后领敞开着，袒露的肩背好似张开了一把白扇子。施了厚厚白粉的肌肤，不知为何，饱满得使人感到一种悲哀，看上去像块毛料，又像只什么动物。

“如今这世道嘛……”岛村嗫嚅着，虚伪的话又让自己感到一阵寒意。

然而，驹子天真地说：“什么世道还不都一样。”她又抬起脸，茫然若失地补了一句：“你不知道吗？”

她衬衣的红里子贴在背上，看不到了。

岛村正在翻译瓦莱里、阿兰，以及俄国舞盛行时其他法国文人的舞蹈理论，打算自费出版少量的精装本。这书对日本舞蹈界没什么帮助，反倒让他心安理得。做点什么来嘲笑自己，让他感到某种骄纵的快乐。他那可悲的梦幻世界，或许就是这样营造出来的，所以也不必急不可耐地出来旅行了。

他仔细观察昆虫痛苦死去的样子。

秋凉渐至，房间的榻榻米上每天都有小虫死去。硬翅的昆虫，只要一翻身，就再也起不来了。蜜蜂是跌跌撞撞地走一段才彻底倒下。这死如同季节更迭，是静静的、自然而然的。然而凑近细看，虫子抽搐着足和触角，样子很痛苦。八叠大的榻榻米，用作这些小虫的葬身之所，未免是太宽广了。

岛村拾起那些死骸准备扔掉时，偶尔也会想起留在家中的孩子们。

有些飞蛾，看起来一直停在纱窗上，其实已经死了，就像秋叶凋萎。也有的从墙上掉落下来。岛村拿到手心上看，常常惊讶它们竟生得如此美丽。

后来，防虫纱窗也取掉了。虫鸣也日益稀疏了。

县界的群山，已染成浓重的红锈色，在夕阳的映照下好似冰凉的矿石，泛着暗淡的光。旅馆迎来了客人赏枫的旺季。

“今天大概不能来找你了，因为是本地人的宴会。”这天夜里赴宴前，驹子来到岛村的房间。她走后不久，大厅里响起太鼓声，还夹杂着女人的尖叫。在一片喧闹中，门外意外地响起了清澈的声音。

“打扰了，屋里有人吗？”是叶子在叫他，“这是驹子姐给您的。”

叶子站着，像邮差似的伸过手来，又慌忙跪坐下去。岛村打开这封折叠起来的信时，叶子已经不见了。岛村一句话也没来得及跟她说。

“现在闹得正欢。我喝酒了。”歪歪斜斜的几个字，写在便笺上。

过了不到十分钟，驹子踩着凌乱的步子走了进来。

“她给你送来了吗？”

“嗯，送来了。”

“真的？”她开心地眯起一只眼睛，“真快活啊！我说去叫酒，就溜出来了，被掌柜的发现，挨骂啦！喝酒太好了，挨骂也不在乎，也不怕人听见我来这儿。啊，怎么一来你这儿，我就忽然要醉了呢，讨厌！我还得去赚钱呢。”

“你连指尖都泛着好看的颜色呢。”

“真的吗？做生意赚钱嘛。她说什么了吗？妒火在燃烧，可吓人了，看出来了吗？”

“你说谁？”

“能把人烧死呢。”

“那姑娘也在这里帮忙吧？”

“她来上酒，端着酒壶站在走廊的阴影里，直勾勾地盯着，眼睛直放光。你喜欢那样的眼睛，是不是？”

“她是觉得那样太轻薄了吧。”

“所以我就写了纸条，让她送过来。我要喝水，快给我水。哼，谁更轻薄呢？女人啊，不追到手是看不出来的。我醉了吗？”她说着扑通倒了下去，一把抓住梳妆台的两端照了照，而后理好衣摆出去了。

不久，四周突然安静下来，大概是宴会结束了。远处传来杯盘碰撞的声音。岛村想，驹子一定跟客人去别的旅馆参加第二场宴会了。这时，叶子又送来了驹子的信。

“现在离开山风馆，去梅花厅。回来去看你。晚安。”

岛村不好意思地苦笑道：“谢谢你。你来这里帮工？”

“是的。”叶子点点头，用那双锐利而美丽的眼睛瞥了岛村一眼。不知为何，岛村有些狼狈。

岛村此前也见过她几次，每次都深受触动，印象深刻。此时这个姑娘闲坐在他面前，他反而莫名地感到不安。那过分认真的模样，让她看起来总像身处风波正中。

“你很忙吧？”

“是的。不过，我也做不成什么。”

“我见过你好几次了。第一次是在你回来的火车上。你照顾病人，还让站长关照你弟弟。你还记得吗？”

“嗯。”

“听说你喜欢睡前在浴池里唱歌？”

“啊，您知道？是我失礼了。真是的。”叶子的声音美得惊人。

"你的事我好像都知道。"

"是吗？是听驹子姐说的吧？"

"她不肯说。她好像甚至不太愿意谈起你。"

"是吗？"叶子轻轻把头扭向一边，"驹子姐是个好人，但很可怜，您要对她好些。"

她说得很快，尾音已经微微发颤了。

"可是，我并不能为她做什么。"

叶子的身体也颤抖起来。他感到她脸上有种危险的光向他迫近，便躲开视线笑着说："也许我该早点回东京。"

"我也要去东京。"

"什么时候？"

"随时都行。"

"那我回去的时候，带你一起走吧？"

"好，请带我走吧。"她若无其事地说着，但声音听起来很认真，岛村吓了一跳。

"你家人同意才行吧？"

"家人？只有一个在铁路上工作的弟弟了。我自己决定就可以。"

"去东京你有落脚的地方吗？"

"没有。"

"你跟她商量了吗？"

"您说驹子姐吗？我恨她，不想告诉她。"

叶子说着，许是放松了下来，抬起有些湿润的眼睛，望向岛村。岛村感到了某种奇妙的魅力，可不知为什么，内心反而燃起了对驹子炽热的爱。像私奔似的带个来历不明的姑娘回东京——用这种激烈的方式向驹子谢罪，或者，也可以说是一种刑罚。

“随便同一个男人去东京，不害怕吗？”

“为什么？”

“你在东京没有落脚的地方，也不知道要做什么，这不是很危险吗？”

“一个女人，总有办法的。”叶子提高了尾音，很是动听。她凝视着岛村。“到您家做女佣行吗？”

“什么？你想做女佣？”

“并不想。”

“你原来在东京做什么？”

“护士。”

“在医院还是学校？”

“都没有。只是想做护士罢了。”

岛村又回想起叶子在火车上照顾师傅儿子的身影。那认真的样子，原来隐含着她的志向。岛村不觉抿嘴笑了。

“那么这次去东京，也还是想学做护士吧？”

“我不当护士了。”

“这么漂泊着可不行。”

“哎呀，什么漂泊不漂泊的。无所谓了。”叶子反驳似的高声笑了起来。

这笑声澄澈得近乎哀戚，因此听上去并不疯狂。然而，它只是徒然叩响了岛村心灵的外壳，旋即消逝了。

“有那么可笑吗？”

“因为我只照顾一个人。”

“什么意思？”

“我再也做不到了。”

“是吗？”回答又超出岛村的意料，他低声道，“听说你每天都去荞麦地给他上坟？”

“是的。”

“你这辈子都不会再照顾别的病人，给别的人上坟了吗？”

“不会了。”

“那你舍得扔下那座墓，去东京？”

“哦，真抱歉。请带我去吧。”

“听驹子说你是个可怕的醋坛子。他不是驹子的未婚夫吗？”

“您说行男吗？不是，当然不是。”

“那你为什么恨驹子呢？”

“驹子姐？”叶子叫道，似乎驹子就在眼前。她目光灼灼，紧紧盯着岛村。“请您好好待她！”

“我什么也给不了她。”

泪水溢满她的双眼，滚落下来。她一把抓住一只落在榻榻米上的小飞蛾，哽咽道：“驹子姐说我快要发疯了。”她说罢转身走了出去。

岛村不觉打了个寒战。

他推开窗子，想把那只被捏死的飞蛾扔出去，却看见驹子正醉醺醺地欠着身，追着客人划拳。天阴沉沉的，岛村去了室内温泉。

叶子带着旅馆家的小孩，走进了相邻的女浴池。她给孩子脱衣服、洗澡，声音亲切悦耳，宛如一位年轻的母亲。

她又用这声音唱起歌来。

……

转到后院看一看，

三棵梨树，

三棵杉树，

一共六棵树。

乌鸦把巢筑下面，

麻雀把巢筑上面。

森林里的蟋蟀，

唧唧叫不停啊。

阿杉我的好朋友来上坟啊，

一次一次又一次。

这是一首拍球歌，叶子唱得欢快又活泼，与之前判若两人。岛村简直怀疑自己刚才是做了一场梦。

叶子对孩子说个不停，直到离开浴池，她的声音仿佛还留在那里，像笛声一样萦绕。玄关的旧地板泛着乌黑的光，一只桐木的三味线琴盒放在地上，越发衬托出秋夜的宁静。岛村不觉被吸引了，凑近去看琴主的名字。这时，驹子从传来清洗餐具声的那头走了过来。

“在看什么呢？”

“这人今天住这里吗？”

“谁？啊，这个呀。你真傻，哪能老带着琴盒走动啊。常常是撂在一处，一放就是好几天。”驹子笑了笑，随即苦闷地喘息着，闭上眼睛。她放下和服的衣摆，踉跄着扑到岛村怀中。“送我回去吧。”

“干吗回去啊？”

“不行，我得回去。今晚是本地人的宴席，大家都跟着去下一场了，就我没去。宴会若在这家旅馆，我过来一下倒也罢了。要是朋友们结束后约我去泡澡，我不在家，就说不过去了。”

驹子明明已经大醉，还是挺直了身板走下陡坡。

“是你把她弄哭的吧？”

“说起来，她真是有点疯了。”

“你这样说人，有意思吗？”

“这不是你说的吗？她是因为想起你说她快要发疯了，才哭的。”

“那就好。”

“哭完不到十分钟，她就在浴池里唱起了歌，歌声很动听。”

“那是她的习惯，总是在泡澡时唱歌。”

“她特别认真地托我好好待你呢。”

“真是个傻孩子。不过，你没必要跟我吹嘘吧？”

“我哪里吹嘘了？怎么一提到她，你就闹别扭呢？也不知是为什么。”

“你是想要她吧？”

“看，你又说这种话。”

“我不是开玩笑。我一看到她，就觉得她早晚会成为我的累赘。反正就是有这感觉。你就当你喜欢她，仔细观察观察，一定会和我有一样的想法。”

驹子把手搭在岛村肩上，依偎过去。她突然摇了摇头，说：“不对，要是落在你手上，说不定她就不会发疯了。你把我的累赘带走吧！”

“胡闹！”

“你以为我是在说醉话？你把她带在身边宠爱，而我留在这山里沉沦，清净痛快。”

“喂！”

“别管我！”驹子逃也似的挣脱开，一头撞到挡雨板上。两人已来到驹子家门前。

“他们以为你不回来了。”

“不，门开着。”

驹子抬起嘎嘎作响的门脚，把门拉开，小声说：“进来坐坐吧。”

“这个时候，不合适吧？”

“家里人都睡了。”

岛村还是有些迟疑。

“那我送你回去。”

“不用了。”

“别走。你还没看过我的新房间呢。”

一进后门，只见这家人横七竖八地躺着。被褥是用当地常见的棉料子缝制的，和雪裤同等材质，看上去硬邦邦的，又都褪了色。昏黄的灯光下，这对夫妻和一个十七八岁的大闺女，还有四五个小孩子，各朝各的方向睡着，贫寒中透着一股刚劲。

鼻息声此起彼伏，汇成一股热气扑面而来，岛村下意识地想往外退。驹子砰的一声合上纸门，踏着重重的脚步，无所顾忌地穿过铺着木板的房间。岛村也只好蹑手蹑脚地跨过孩子们的枕边，一种莫名的快感涌上心头。

“你在这儿等着，我去把二楼的灯打开。”

“不用。”岛村摸黑爬上了梯子。回头望去，越过那一张张质朴的睡脸，可以看到对面的粗点心铺。

二楼有四间屋子，和普通农家一样，榻榻米十分陈旧。

“就住了我一个人，倒是够宽敞。”驹子虽这么说，可隔扇全都开着，堆满了旧家具。拉开被煤烟熏黑的纸门，里间铺着一床小小的铺盖，墙上挂着赴宴的衣裳，看上去像是狐狸的巢穴。

驹子独自坐在榻榻米上，把唯一的坐垫让给岛村。她照了照镜子，说道：“哎呀，脸通红通红的。没想到醉成这样了。”她又在柜子上翻找起来。“给你，日记。”

“这么多啊。”

驹子又从旁拿出一个小小的彩纹纸盒，里面装满了各式香烟。“都是客人给的。我有时把它们放在袖兜，有时塞在腰带里带回来，所以皱巴巴的。不过不脏，种类大体上也齐全。”驹子一只手支在岛村面前，另一只手翻找着盒子。

“哎，没有火柴。我戒烟了，就不需要了。”

“不用找了。你在做针线活儿？”

“嗯，赏枫的客人太多了，就耽搁了。”驹子转过头去，把放在柜子前的针线活儿推到一边。

那精致的直纹桐木衣柜和奢华的朱漆针线盒，是她在东京生活留下的痕迹。放在二楼这冷清破败的屋子里，显得格外凄凉，就同她住在师傅家那旧纸盒般的阁楼时一样。

电灯上有根细绳垂到枕边。

“看完书想睡了，就拉拉它，把灯关了。”驹子摆弄着灯绳，安静而略带羞涩地坐着，好似一名主妇。

“真像狐狸出嫁啊。”

“是啊。”

“你要在这里待四年吗？”

“已经过去半年了。很快的。”

鼾声不时从楼下传来。岛村也没有什么话题可聊，很快就起身告辞。

驹子一边关门，一边探出头来。她仰面望了望天空。“快下雪了，红叶的季节也要过了。”接着，她跟了出来，“这一带都是山，不等红叶落完，就会下雪的。”

“那么，晚安了！”

“我送你，就到旅馆门口。”

结果，驹子还是跟岛村一起进了旅馆。她道了声晚安，就没了踪影，可过了一会儿，又突然回来了。她端着两个斟满了冷酒的杯子，一进屋就高声说：“快，把酒喝了！快喝嘛。”

“旅馆的人都睡了，你从哪儿拿的酒？”

“我知道酒放在哪儿。”

看样子，她从酒桶里打酒时便喝过了，醉意又回来了。她眯起眼睛，望着酒从杯中溢出。“酒一直放在暗处，就没有滋味了。”

岛村接过她递来的冷酒，一饮而尽。

本来这么点酒，岛村是不会醉的。许是在外面走了一阵子的缘故，身体还冻着没缓过来，酒一下肚，立刻就上了头。岛村只觉得胸闷恶心，想必脸色也发白了，只好闭眼躺了下去。驹子连忙照料着。女人温热的身体让岛村像孩子一样安下心来。

驹子却羞答答的。那举止像个还没生育过的年轻姑娘，正搂着别人家的小孩，探头看孩子入睡。

许久，岛村突然开口。“你是个好女孩。”

“为什么？我哪里好了？”

“是个好女孩啊。”

“是吗？你这人真讨厌，在说什么呢？你清醒些。”驹子转过脸去，一边摇晃着岛村，一边断断续续地说。她很快沉默下来。

半晌，她一个人抿嘴笑了。“一点儿也不好。我心里真难受，你还是回去吧。我已经没有新衣服可穿了。每次来找你，我都想穿漂亮的宴会服过来，可是每一件都穿过了。身上这件，还是跟朋友借的呢。你看，我是个坏女孩吧？”

岛村无言以对。

“我这样子，哪里好了？”驹子有些哽咽，“初次见面时，我觉得你这个人非常讨厌。哪有人说话那么唐突的呢？真是讨厌啊。”

岛村点了点头。

“瞧，这些我之前从没说过，你明白吗？一旦让女人说出这种话，也就什么都完了。”

“没关系的。”

“是吗？”驹子像是在回想往事，久久地沉默着。女人鲜活温暖的生气，向岛村传递过来。

“你是个好女人。”

“怎么个好法？”

“就是个好女人。”

“怪人一个。”驹子难为情地把脸扭到一边。不知想起了什么，她突然支起一只胳膊，托着脑袋责问道：“那是什么意思？你说，是指什么？”

岛村惊讶地看着她。

“你给我说说！你是因为这个，才几次三番跑来找我吗？你一直在笑我！你果然还是嘲笑我啊。”

驹子满脸通红地瞪着岛村，怒意使她双肩不住颤抖，脸色倏地苍白了，眼泪扑簌簌滚落下来。

“我真是又气又悔！太憋屈了。”她翻滚着出了被窝，背对岛村坐起身来。

岛村这才明白驹子曲解了他的话，胸口好似被猛扎了一下。他闭上眼，没有言语。

“多可悲啊。”

驹子喃喃自语，身子缩成一团，忽地伏在了地上。

许是哭累了，她拔下头上的银簪，在榻榻米上哧哧地扎了一阵子，又突然跑出了房间。

岛村没能追上去。被驹子这么一说，他心里生出一阵愧疚。

然而，驹子很快又轻轻地折回来了。她站在纸门外，提高了声音唤他。

“不去泡澡吗？”

“嗯，去。”

“刚才真对不起。我想明白了。”

她站在走廊里不肯露面，没有要进屋的意思，于是岛村拿了毛巾走出去。驹子避开他的目光，微微低着头走在前面。那模样好像罪行暴露、被人逮捕了似的。然而，在浴池中缓缓暖过身子后，她又兴高采烈地说笑起来，让人看了心疼。自然是睡意全消。

第二天早上，岛村被谣曲声吵醒了。

“是梅花厅的客人。昨晚宴会后，就是他们叫我过去的。”

岛村静静地听了一会儿。驹子在梳妆台前，朝他回眸一笑。

“是歌谣会的人一起来旅行？”

“是呢。”

“下雪了吧？”

“是啊。”驹子站起身，轻轻推开窗子给岛村看。

“红叶也落尽了吧。”

窗棂将灰色的天空裁成一幅画，大片雪花铺天盖地飘落到眼前。不知为什么，寂静得让人难以置信。岛村睡眼蒙眬地凝望着窗外。

唱歌的人们敲起了鼓。

岛村想起去年冬天那面映着晨雪的镜子，朝梳妆台望去。镜中，冰冷的雪花纷纷扬扬地飘落，在敞开领口揩拭脖颈的驹子身畔，画出丝丝白线。

驹子的肌肤像刚洗濯过一样洁净。她本不是因岛村随口一句话，就会那般误解的女人。如此看来，她内心定有着难以排解的哀伤。

远山上，红叶的锈色日渐暗淡。因着这场初雪，群山又明朗起来，仿佛复活了。

杉林披上了一层薄雪，一株又一株，格外分明地伫立在雪地上，锐利地直指天穹。

昔日有人在书中写道：雪中缫丝，雪里织布，雪水下洗涤，雪地上晾晒。从纺纱到织布，无不在雪中。有雪始有绉纱，雪乃绉纱之父母。

雪国特产的麻质绉纱，是山村女子在漫长的雪季里手工织成的。岛村曾到估衣铺来寻，做了件夏衣。岛村喜欢这种麻质绉纱。他经舞蹈界的朋友介绍，找到了经营能乐旧戏服的商店，甚至委托他们如有纹路不错的麻质绉纱，随时拿给他看。他还用这种布做了件和服里衣。

据说，从前春天冰消雪融、撤下雪帘的时分，买卖绉纱的市集就开市了。布商们特地从三都赶来，住进固定光顾的旅馆。姑娘们用半年心血织好布，为的就是开市这一天。远近村庄的男男女女都聚集在一起，加上各类杂耍和货铺，热闹得如同过节一般。绉纱上贴着纸牌，写着织布姑娘的名字和住址，还有专人评定品级。这也成了很多人选新娘的依据。姑娘们从小学习织布，却只在十五六岁到二十四五岁之间的年华能织出优质的绉纱。年纪一大，织出的布就失去了光泽。为了跻身一流的织女之列，她们个个专心学习技艺，苦练本领。从旧历十月开始缫丝，到次年二月中旬晾晒完毕，在这段冰封雪冻、别无他事可做的日子里，她们只做这件手工，所以格外用心，倾注了全部爱恋。

岛村身穿的绉纱中，或许就有明治初年甚至江户末期的姑娘织出来的。

岛村现在仍把自己的绉纱送去“雪晒”。每年将不知是谁贴身穿过的估衣送到产地去晾晒，是件麻烦事。但一想到织布姑娘在雪季付出的艰辛，他还是决定年年把衣服送回产地，用地道的方法晾晒。白色的绉纱晒在厚厚的积雪上，晨光洒落下来，把雪和布料都染得红彤彤。光是想想这场景，就觉得炎夏的污秽都一扫而光，连同自己的身体也被洗净了，真是神清气爽。当然，因为是托东京的估衣铺去办，是否仍在沿用古老的晾晒方法，岛村就不得而知了。

专业的晾晒铺自古就有。布料织好后，姑娘们大都拿去店里，很少在自家晾晒。白色绉纱织好后，直接在雪地上晾晒；染色绉纱则在纺成纱线时，就挂在竹架上晾晒。因为是旧历一月到二月，有人就把白雪覆盖的水田或旱地作为晾晒场。

无论是布还是线，都要在碱水里浸泡一夜，次日清晨用水反复漂洗，再拧干晾晒，如此重复几天。白色绉纱快要晒干时，朝阳照上去红彤彤一片，美得无法言喻。古书上说，恨不能让生活在南国的人也看一看。绉纱晾晒完毕，也预示着雪国的春天临近了。

绉纱产地离岛村住的温泉浴场很近，就在河流下游的原野上。此处山谷逐渐开阔，从他的屋子里就能看到。过去设立绉纱市集的镇子，如今已修了火车站，成了著名的纺织工业区。

无论在穿绉纱的盛夏，还是织绉纱的严冬，岛村都没有来过温泉村，也就不曾有机会与驹子谈起绉纱。

然而，听了叶子在浴池唱的歌，岛村却突然想到，这姑娘要是生在过去，必定一边纺纱织布，一边唱着歌。叶子的歌声确实给人那种感觉。

比发丝还要细的麻线，若缺了天然的雪气滋润，就难办了。所以，织绉纱要在阴冷的季节。古人说，依循阴阳自然的规律，严寒时织就的麻布，暑热时贴身穿上才分外清凉。总是徘徊流连在岛村身旁的驹子，骨子里似乎有种清冽，因此她身上迸发出的炽热感情，才让岛村格外爱怜。

然而，这种爱意所能留下的痕迹，恐怕都不及一块绉纱。纵令衣料在工艺品中寿命最短，但只要好好爱惜，五十年前乃至更早的绉纱，穿在身上仍不会褪色。而人的相依相伴，却未必能长久过绉纱。岛村想得出神，驹子忽然浮现在眼前，俨然已同别的男人生了孩子，是一位母亲了。他吃了一惊，连忙四下看了看，这才定下心来。大概是太累了。

这次逗留的时间很长，简直忘了该回到妻儿身边。不是因为离不开，也不是因为不想分开，只是习惯了等待驹子频频来见他。驹子越是痛苦地同他纠缠，他越是自责，觉得自己好似行尸走肉。也就是说，他分明感到寂寞，却只是一动不动地站在原地。不可思议的是，驹子居然能闯入自己的内心。岛村明白她的一切，她却完全不理解岛村。岛村听着驹子在墙上撞出的空虚回音，如同听见雪花落在心间。然而，岛村不可能一直这样任情下去。

他知道，这次回到东京，是轻易不会再来了。雪季将临，岛村偎依在火盆旁。旅馆主人特地给他拿来京都出产的老式铁壶，上面精巧地镶嵌着银丝花鸟，发出柔和的水沸声。听得出，这声音有两重，一远一近，而在远音的稍远处，似乎还有一只小铃铛在微鸣。岛村把耳朵凑近铁壶去听。就在响着铃音的远处，他忽然看到驹子的小脚，正踏着同样微弱细碎的步子走来。岛村心下一惊，觉得非离开这里不可了。

于是，岛村想到去绉纱的产地看看，也算是找机会离开这个温泉浴场。

下游有好几个镇子，岛村不知道该去哪一个。他不想去已经发展成纺织工业区的大城镇，索性在一个荒凉的车站下了车。走了一会儿，就来到了一条旧旅馆街。

家家户户的屋檐直伸出去，支撑屋檐另一端的柱子并排而立，类似江户时代被称为“店下”的檐廊。在雪国，它自古被称作“雁木”，雪季时供行人在廊下往来。道路一侧屋舍俨然，檐廊也就一直接续着。

房屋一幢接着一幢，屋顶上的雪被铲下来后，只能扔到马路中间。准确说来，是从屋顶直接抛到雪堤上。雪堤在马路中央，横穿马路时，要挖一条隧道钻过去。在此地，这叫作“钻胎”。

同样是在雪国，驹子所在的温泉村就没有这种檐廊。岛村在这里第一次看到雁木，觉得稀奇，就在下面走了走。古旧的屋檐下十分昏暗，倾斜的柱脚甚至有些朽烂了。他仿佛窥视到了房子的内部，世世代代掩埋在雪中，阴暗而沉重。

织女们在雪中专心致志地织布，生活却不似她们织出的绉纱那样清爽明丽。这古老街道给人的印象，正说明了这一点。记载绉纱的古书上，也引用了唐朝秦韬玉的诗。据说，之所以不雇佣纺织女工，也是因为织一匹绉纱过于费时劳力，并不划算。

呕心沥血织布的人早已无声地死去，只留下美丽的绉纱，变成夏季清爽宜人的奢侈衣物，穿在岛村这种人身上。这本不是什么新奇的事，岛村却突然感到不可思议。倾尽爱意的所为，终究会在某一刻鞭打到人身上吗？岛村穿过雁木，走到马路上。

这是典型的旅馆街，古老的街道又直又长，大概能一直通到温泉村。木屋顶上的细木板和防风石与温泉村的一样。

屋檐的柱子投下了淡淡的影子，不知不觉已是黄昏了。

没什么可观赏的，于是岛村又乘火车到了下一站。这个镇子与前一个很像，他无所事事地逛了逛，为了暖和身子，去吃了一碗乌冬面。

乌冬面店在河边。这条河应该是从温泉村流过来的。有尼姑正三三两两地从桥上走过。她们穿着草鞋，背着圆斗笠，大概是化缘回来。很有些乌鸦归巢的感觉。

“这里总有尼姑路过吗？”岛村问店里的女人。

“是啊。那山里有个尼姑庵。往后要下雪了，从山里出来，路很不好走呢。”

桥的那一头，山峦笼罩在暮霭中，已变成白色。

在雪国，每到树叶凋零、寒风萧瑟的时节，就多是阴冷天。那是下雪的预兆。远近的高山都变得白茫茫的，这叫“云雾环岳”。同样，有海的地方海水咆哮，深山之中可闻峡谷呜咽，像远雷一般，这叫作“海啸山鸣”。看到云雾环岳，听到海啸山鸣，就知道雪季不远了。岛村想起古书上有这样的记载。

初雪的早晨，岛村晚起，在被窝里听到赏枫的客人唱谣曲。这么说，今年已经有过海啸山鸣了吗？岛村独自在温泉休养，在和驹子相会的这段时间里，听觉之类的感官变得异常敏锐。只想象一下山和海的声音，耳底似乎就回荡起远处的轰鸣。

“尼姑也要深居过冬了吧？庵里有多少人呢？”

“不清楚，好像不少呢。”

“那么多尼姑聚在一起，在冰天雪地里待好几个月，不知道做什么？过去这一带有织绉纱的，她们若能织布，倒也不错。”

对岛村这番好奇的话，店里的女人只微微笑了笑。

岛村在车站等了近两个钟头，才等到回程的火车。阳光本就微弱，太阳落山后更是寒气逼人，像要把星星抛光似的。脚也冻得冰凉。

岛村漫无目的，又回到温泉村。车子经过熟悉的铁道口，来到村头的杉林边，眼前出现了一栋亮着灯的房子。岛村松了一口气。是那个叫菊村的小饭馆，三四个艺伎正站在门口聊天。

他正想着驹子或许也在其中，驹子便出现在眼前。

车子突然慢了下来。大概司机知道岛村和驹子的关系，有意无意放慢了速度吧。

岛村蓦地转过头，朝与驹子相反的方向望去。汽车的车辙清晰地印在雪地上，在星光下，远处的也分明可见。

车来到驹子面前。驹子忽地闭上眼睛，一步跳了上来。车没有停，安静缓慢地上了坡道。驹子躬身站在车门外的踏板上，攥住了门把手。

她猛地扑到车身上，如此异乎寻常的举动，岛村却并未感到出格或危险，仿佛有个温暖的东西依偎过来。驹子举起一只胳膊，像是要抱住车窗。她的袖口滑落下去，衬衣的颜色透过厚厚的玻璃窗，浸入岛村冻僵的眼睑。

驹子把额头紧紧贴在窗上。“你去哪儿了？你说，跑哪儿去了？”她尖声喊着。

“多危险啊！简直是胡闹！”岛村也高声回答，像一种甜蜜的嬉闹。

驹子打开车门，侧身栽了进来。此时，车已经停在了山脚下。

“你说呀，跑哪儿去了？”

“这个嘛……”

“到底去哪儿了？”

“也没去哪儿啊。”

驹子理了理衣摆，很有艺伎的派头。岛村忽然觉得新奇。

司机一动不动。岛村这才意识到，车已驶到路的尽头了，再这样待着，实在说不过去。

“下车吧。”

驹子把双手放在岛村的膝上。“啊，真冷，真冷啊！为什么不带我一起去呢？”

“倒也是啊。”

“说什么呢？真是个怪人。”驹子开心地笑着，爬上陡峭的石板路，“我看见你出去了，是两点还是不到三点的时候吧？”

“嗯。”

“听到汽车声，我就跑到门外看了。你连头都没有回，对吧？”

“什么？”

“你没看我。你为什么不回头看一看呢？”

岛村吃了一惊。

“你不知道我去送你了吧？”

“不知道。”

“是吧？你看。”驹子仍旧欢快地抿着嘴笑，把肩膀靠了过来，“为什么不带我走？天冷了，真让人受不了。”

突然，远处传来火警声。两人回头望去。

“着火了！着火了！”

“着火了！”

火舌从山下村子的正中央蹿上来。

驹子喊了几声，一把握住岛村的手。

滚滚上升的浓烟中，火舌时隐时现。火势似乎正在蔓延，吞噬着连排的屋檐。

“什么地方？是不是离你以前住的师傅家很近？”

“不是。”

“到底是哪边？”

“更上边，靠车站那边。”

火焰穿透屋顶，腾空而起。

“哎呀，是茧房，是茧房啊！天啊，天啊！是茧房烧着了！”驹子把脸紧紧贴在岛村肩上，不停地说，“是茧房，是茧房啊！”

火越烧越旺，然而从高处俯视，在无垠的星空下却好似玩具在燃烧，寂静无声。也正因此，恐惧不断从心底传来，仿佛可以听到火焰爆裂的声音。岛村抱住了驹子。

“没什么好怕的，不是吗？”

“不，不要！不要！”驹子摇着头，哭了起来。岛村感到她贴在手心上的脸庞比平时还小，紧绷的太阳穴突突直跳。

看见着火，驹子就哭了起来。她在哭什么呢？岛村没有追问，只管抱住了她。

驹子忽然不哭了，从岛村肩上抬起头来。“啊，今天茧房在放电影，挤满了人。你说，这可怎么办啊？”

“那可糟了！”

“会有人受伤的！会烧死人的啊！”

这时，上方传来一阵骚乱声，二人急忙沿着石阶向上走去。抬头望去，旅馆二三楼的纸门大多敞开着，人们从房间跑出来，到明亮的走廊里观望火势。庭院的角落里有一丛枯萎的菊花，也不知是因着灯火还是星光，浮现出轮廓来，差点让人以为是火光映在眼前。定睛一看，那花丛后也站了人。这时，掌柜带着几个人跌跌撞撞地跑了下来。驹子扬声问道："喂，是茧房吗？"

"就是茧房！"

"有人受伤吗？有没有人受伤？"

"正在往外救呢。电影胶片着了火，砰的一声，火势蔓延得很快。我也是听电话里讲的。快看！那里！"

掌柜迎头碰上他们，只挥了挥胳膊，便跑开了。

"说是正把孩子们从二楼往下扔呢，一个接一个地。"

"哎呀，这可怎么办啊？"驹子追着掌柜似的下了石阶。从后面跑下来的人不断超过他们，驹子跟着跑了起来，岛村也紧随其后。

来到石阶下方，由于房屋遮挡，只能看见火舌。火警声响彻四周，越发让人不安。

"雪冻住了，小心啊，路很滑。"驹子回头提醒岛村，顺势停下脚步，"对了，你就算了吧，不要去了。我是担心村里人。"

她的话不无道理，岛村有些泄气。一低头，才发现脚边就是铁轨，他们已来到了铁道岔口。

"银河真美啊！"

驹子低声说。她仰望着天空，又跑了起来。

啊，银河！岛村也仰头叹了一声，霎时觉得身体一轻，仿佛要向银河飘去。那光亮看上去那么近，近得似乎可以把岛村捞起。芭蕉周游各地，在荒海上所见的银河，想必就是这般广袤夺目吧。

银河飞流直下，要将夜色苍茫的大地赤裸拥入怀中。真是美得惊心动魄。岛村觉得自己渺小的影子，也从地上映在了银河中。银河繁星点点，却那么清澈，每一颗星辰都清晰可见。一片片光亮的云霭，也好似闪烁的银箔，格外分明。岛村的视线被吸入无底的银河深处。

“喂！喂！”岛村呼唤着驹子。

“你来吧！”驹子应道。

银河倾泻在昏暗的山峦上，驹子正朝那头跑去。她提着衣襟，每次挥动手臂，红色的衣摆便时隐时现。在洒满星光的雪地上，那红色越发明艳。

岛村拼命追赶上来。

驹子放慢脚步，松开衣襟，抓住了岛村的手。

“你也要去？”

“嗯。”

“真爱凑热闹！”她又提起拖在雪上的衣摆，说，“你回去吧。要不，我会被人笑话的。”

“我就到前面一点儿。”

“不合适吧？连火场都带着你去，我怎么好意思面对村里人呢？”

岛村点点头，停下了脚步。驹子却没有松手，仍轻轻拽着他的袖子，慢慢地向前走。

“你找个地方等我一下，我立刻就回来。你想在哪儿等？”

“哪儿都行。”

“那就再往前走一点儿。”驹子凑近岛村，直直地盯着他，忽然摇头说，“不，我受不了了！”

她把身子撞向岛村，岛村踉跄了一步。路边薄薄的积雪中，立着一排排大葱。

“多可悲啊！”驹子咄咄追问着，“你说我是个好女人，对吧？一个无论如何都要走的人，为什么还说这些？你倒是说清楚啊！”

岛村记起驹子用银簪一下又一下地扎着榻榻米的情形。

“我哭了很久，回家后也一直在哭。我害怕同你分开。不过，你还是快走吧。你把我说哭了，我是不会忘记的。”

那句话让驹子误解，侵蚀至她身体的最深处。想到这一点，岛村便被意犹未尽的感觉紧紧缠住。突然，他听到火场那边传来惊呼声，只见新的火舌又喷涌出火星。

“哎呀，烧得好厉害！火那么大！”

两人得救般松了口气，又跑了起来。

驹子跑得飞快，木屐在冰冻的雪地上掠过。手臂与其说是前后摆动，倒更像是一直夹在腰侧，力量全部集中于胸前了。岛村觉得她显得格外娇小。岛村原就微微胖了些，又分心观察驹子，很快就上气不接下气了。突然，驹子也喘息着，趔趄着倒向岛村。

“眼泪快要冻出来啦。”

她双颊发热，只有眼睛是冰冷的。岛村的眼睛也湿润了，每眨一下，银河便落入眼中。他忍住泪水，问：“每晚都能看见这样的银河吗？”

“银河？真美啊。但不是每晚都这样。今天格外晴朗。”

两人跑了过来，银河从他们身后倾泻到前方。驹子的面容似乎也映在了银河上。

然而，她那玲珑悬直的鼻子模糊了，小巧的嘴唇也失去了颜色。岛村无法相信，那横贯天空的光带竟如此昏暗。星光比没有月亮的夜晚更暗淡，银河却比满月时的夜空还要明亮。地上不见一丝投影，只有驹子的面容宛如古老的面具，在微光中浮现，散发出女人的气息。一切是那么不可思议。

岛村仰头望去。银河仿佛又要倾泻而下，与大地紧紧相拥。

岛村觉得，自己好似站在世界的尽头，银河仿若一束巨大的极光，从身上流淌而去。彻骨的冷寂，又伴随着难言的魅惑与悸动。

“等你走后，我要好好过日子。”驹子拢了拢松散的发髻，迈步向前走去。走了五六步，又回过头来。

“你怎么了？别这样呀。”

岛村站在原地一动不动。

“哦，这样啊。那等我一会儿，然后一起去你屋里。”

驹子扬了扬左手，跑开了。那背影仿佛正被黑暗的山坳吞没。银河在峰峦遮挡处散开衣摆，又反身向远空无限蔓延。群山越发暗淡了。

岛村也迈步前行。很快，驹子的身影在路旁的民宅后消失了。

“嘿哟，嘿哟，嘿哟哟——”

大路上传来号子声，消防队拖着水泵经过。不断地有人跑来，岛村也急忙赶了上去。他和驹子来时那条路的尽头，与大路连成了丁字形。

又有水泵通过，岛村让开路，随后跟了上去。

这是老式手压木制水泵。一队消防员在前头拉着长长的绳子，水泵四周也围满了消防员。相比之下，这水泵小得可怜。

驹子也让到了一边。她发现了岛村，两人又一同跑了起来。站在一旁让路的人群，仿佛被水泵所吸引，跟在后面追着。现在，他们不过是跑向火场的人群中的一分子罢了。

“你还是来了？好奇心真强啊！”

“嗯。这水泵能行吗？怕是明治以前的老古董了。”

“是啊。别绊倒了！”

“地真滑！”

“是啊。下回你赶在整夜暴风雪的时候，再来一次吧。山鸡啊，野兔啊，都逃到人家里呢。你来不了吧？”

伴着消防员的喊声和人们的脚步声，驹子似乎受了振奋，声音听上去响亮而快活。岛村也轻松起来。

火焰的爆裂声清晰可闻，火舌已近在咫尺，驹子一把拽住岛村的胳膊。街道两旁低矮的黑色屋檐，在火光中如呼吸般时隐时现。水泵喷出的水已淌到脚边。岛村和驹子自然也在人墙外停住了脚步。空气中弥漫着焦煳味，还夹杂着煮蚕茧般的腥气。

一开始，人们四处高声谈论着同样的话题：火灾是电影胶片着火引起的啦，二楼看电影的孩子被一个接一个地扔下来啦，没有人受伤啦，幸亏村里的蚕茧和大米还没收到茧房里啦，等等。然而，面对大火，人们不再言语。寂静支配了火场，只听见火声与水声。

不时有来晚的村民，呼喊着亲人的名字。若有人应答，便狂喜地呼唤彼此。警报已经停息，唯有这些呼唤带来生气。

顾及流言，岛村悄悄离开驹子，站在了一群孩子身后。火光灼人，逼得孩子们直往后退，脚下的积雪也有些松软了。人墙前方的积雪融于水火之中，脚印杂乱地踏在上面，泥泞不堪。

这是挨着茧房的旱地，一同赶来观看火情的村民大多聚集于此。

火是从入口处烧起来的，电影放映机就安在那里。大半屋顶和墙壁都已烧坍了，剩下的柱子和房梁还在冒着烟。木屋顶、木墙和木地板都烧毁了。屋里已不怎么冒烟，浇透的屋顶看上去也不再燃烧，可火势仍在蔓延，时时有火焰从意想不到的地方蹿出来。三台水泵急忙对准火焰喷水，轰的一声，火星飞溅，冒起黑烟来。

那火星直向银河扩散开去，岛村感觉自己仿佛再一次被银河捞起。黑烟涌上银河，而银河却相反，倏然倾落而下。没有落到屋顶的水柱，摇摇曳曳地变成了蒙蒙水雾，银河仿佛也映在其中。

驹子不知何时凑了过来，握住了岛村的手。岛村无言地回过头去。驹子一脸认真地望着失火的地方，发红的双颊似有火苗摇曳。岛村心中涌起一股激流。驹子发髻松散，正引颈张望，他指尖颤抖着，想伸手去触摸。他的手是暖的，而驹子的手更热。不知为何，岛村感到离别就在眼前了。

入口处，不知是柱子还是什么，又燃起了火焰。在水泵的喷射下，房梁吱吱冒着热气，开始倾塌。

啊的一声，人们倒吸一口凉气，眼看着一个女人坠落下来。

茧房有时也兼作戏棚，二层设置了简陋的看台。说是二层，其实十分低矮。从上面坠落下来，应该只是一瞬间的事，却漫长到让人觉得可以捕捉每个细节。也许是因为坠落的方式十分特别，像是人偶一般，一眼便可看出女人已失去意识，落下时也未发出任何声音。地上已被水浸湿，连灰尘都没有扬起。女人正好落在两团火焰中间，一侧正蔓延开去，一侧死灰复燃。

一台水泵正向灰烬中的火苗喷射弓形水柱。就在这水柱前，女人的身体突然出现了。她就是那样坠落下来的。她的身体在空中挺成水平的姿势。岛村心头一震，一瞬间却没有感到危险或恐惧，只觉得像是非现实世界的幻影。那僵直的身体在空中落下，变得柔软，又像是一只人偶，毫不挣扎，有的只是一种失了生命力的自由。这一瞬间，生与死仿佛都休止了。若说岛村脑中曾闪过一丝不安，那便是担心女人的身体不再挺直，脑袋是否会朝下坠落，腰或膝盖会不会弯曲。那身躯看上去确实显出过变化的迹象，但最终还是直挺挺地着地了。

“啊！”

驹子尖叫一声，用手捂住了双眼。岛村却眼都不眨地注视着。

岛村什么时候才知道坠落下来的女人就是叶子呢？

实际上，人群倒吸一口凉气，驹子失声尖叫，都发生在同一瞬间。似乎也就在那一瞬间，叶子的小腿在地上抽搐了一下。

驹子的叫声贯穿了岛村的身体。叶子小腿抽搐的同时，岛村的脚尖也冰凉得抽搐起来。难以言状的悲恸向他袭来，使他的心剧烈跳动。

叶子腿部的痉挛细微而短暂。

在那之前，岛村首先看到的，是叶子的脸庞和红色的箭羽纹和服。她落地时面部朝上，一侧的衣摆掀到膝上。身体着地时，只有小腿痉挛了一下，她已然毫无意识。不知为何，岛村没有感到死亡，只是觉得在叶子体内，生命在改变形状，而那一刻就是分界。

叶子跌落的二层看台上，又有两三根梁木倾倒下来，在她上方熊熊燃烧。叶子那美得几乎刺人的双眼紧闭着，下颌仰起，颈部修长。火光在她惨白的脸颊上摇曳。

岛村猛然想起，几年前他来看望驹子时，在火车上初遇叶子。

那时，她的面容映在车窗上，也曾摇曳着野山的灯火。他心中又感到一阵战栗，仿佛那火光中映着的是自己与驹子相随的岁月。他再一次感到一种无法言状的悲恸。

驹子从岛村身边冲了出去。这与她掩面呼喊差不多在同一瞬间，那也正是人群倒吸一口凉气的刹那。

焦黑的断木残垣散落一地，被水浸湿了。驹子拖着那长长的艺伎和服的衣摆，踉跄了一下，把叶子抱进怀里，努力想要往回走。在她决绝的面容下，叶子那消殒而空洞的脸低垂着。驹子抱着她，像是奉上祭物，又像是遭受天谴。

人群七嘴八舌地议论着，忽地拥过来，把两人围住了。

“让开！让开！”

岛村听见了驹子的喊声。

“这孩子，她疯了！疯了啊！”

驹子狂乱地叫喊着，岛村想要靠近她，却被一群男人连推带搡，踉跄着跌到了一旁。他们试图从驹子手中将叶子抱走。岛村勉强稳住脚跟，抬头望去。就在那一刻，银河仿佛哗啦一声，朝他心房倾泻下来。

伊豆的舞女

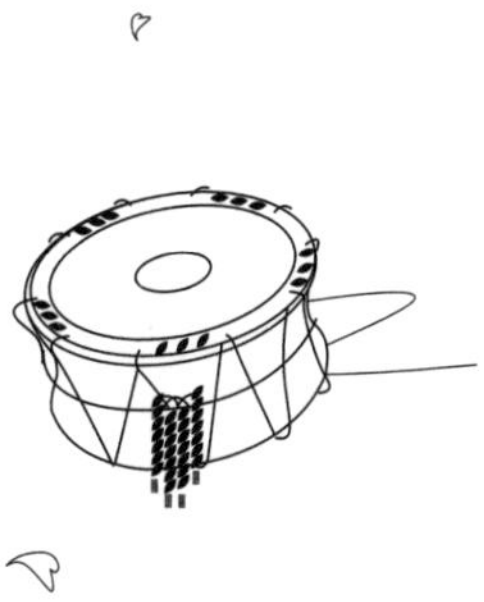

一

山路变得蜿蜒曲折，马上就到天城岭了。骤雨一路将茂密的杉林染成白色，迅猛地从山脚朝我追逼上来。

那年我二十岁，头戴高等学校的制帽，身着藏青碎白花纹和服与裙裤，肩挎学生书包。我独自到伊豆旅行，已经是第四天了。在修善寺温泉住了一晚，又在汤岛温泉过了两夜，然后蹬着高齿木屐来爬天城山。入目便是连绵的群山、原始的森林和幽深的峡谷，秋色让人陶醉。但我走得很急，一股期盼使我心潮涌动。转眼间，豆大的雨点已经打在我头上。我飞奔着登上陡峭曲折的山坡，好不容易来到山北口的一间茶屋。才松了一口气，我就愣在了门口。刚才的期盼分毫不差地变成了现实，流浪艺人们真在这里歇脚呢。

舞女见我站着不动，立刻将坐垫让出来，翻了个面，放在身边。

“哦……”我只应了一声，就坐了上去。由于爬坡气喘和惊讶，我的喉咙连“谢谢”都发不出来了。

和她面对面离这么近，仓皇中，我从袖子里掏出烟来。她把女伴面前的烟灰缸推到我手边。我仍没有说话。

舞女看上去约莫十七岁，梳着一个古雅的大发髻，我叫不上名字，只觉得形状奇特。透着英气的鹅蛋脸被头发衬得越发小巧，显出一种和谐的美，令人联想起野史故事里那些绿鬓如云的姑娘的画像。舞女有四名同伴，一个四十多岁的女人、两个年轻女孩，还有一个二十五六岁的男子，他身穿印着长冈温泉旅馆字号的和服外褂。

此前我已与舞女一行人有两次相遇。第一次是在我来汤岛的途中，在汤川桥附近，我与正前往修善寺的她们不期而遇。当时只有三个年轻女孩，舞女拎着鼓。我不断回头向她们张望，一种旅途特有的心绪涌上心头。接着是我到汤岛的第二晚，她们来旅馆演出。舞女在旅馆的门厅跳舞，我坐在楼梯中央看得入神。

她们那日在修善寺，今夜来了汤岛，明天应该就会越过天城山，向南去往汤野温泉了。天城山二十多公里的山路，我肯定能追上她们——我就这样遐想着，匆忙赶路。果真在避雨的茶屋相遇了，我反倒不知所措。

过了一会儿，茶屋的老婆婆把我领到了另一间屋子。也许是平时用不到，屋子没有安门窗。从这里鸟瞰，清丽的山谷幽邃不可测。我瑟瑟发抖，身上起了鸡皮疙瘩，牙齿也咯咯作响。老婆婆进来倒茶，我说了声："真冷啊！"

"少爷，您全身都淋湿了呀！请到这边烤烤火吧，把衣服也烤一下。"她说着拉起我的手，领我到自己的起居室去了。

这间屋子装有地炉，拉开纸门，一股热气扑面而来。我却迟疑地站在门槛边。一个全身青肿、状如溺死者的老人盘腿坐在炉边，用那双连瞳仁都黄浊得近乎腐烂的眼睛，疲倦地望向我。他身边旧信和纸袋堆积如山，说他被埋在废纸中也不为过。望着这个毫无生气的山中怪物，我完全僵住了。

“真不好意思，把您吓着了吧？这是我家老头子，您不用害怕。他看着是有点吓人，但人已经动不了啦，请您忍耐一下吧。”

老婆婆向我解释着。她还告诉我，老人中风多年，全身瘫痪。那纸堆成的小山是各地寄来的治疗中风的药方，还有订购来的药品的袋子。他向翻山越岭而来的旅人打听，也看报纸上的广告，凡是能找到的疗法和药物都试过了。这些药方和药袋子他一个都舍不得扔，搁在身边，每日看着它们打发时间。年复一年，也就堆成了一座废纸山。

我不知如何回应老婆婆的话，只低头在地炉边烤火。有汽车驶过山岭，把房子震得发颤。我心想，秋天都这么冷，不久大雪就要覆盖山岭了，老人为什么不下山呢？火势太猛了，我的衣服直冒热气，头也痛起来。老婆婆去到店里，和女艺人们聊天。

“瞧瞧，上次带来时还是个小孩子，现在都这么大了！姑娘出落得好，你也享福呀。长得多漂亮啊，姑娘家长得就是快。”

不到一小时的工夫，传来艺人们整装出发的声响。我已经待不住了，内心波涛汹涌，却没有勇气起身告辞。我在炉边焦灼地盘算着：流浪艺人惯于行路，但女人毕竟走不快。落后一二公里，赶一赶还追得上。舞女他们不在身边，我反而像被松了绑，浮想联翩起来。老婆婆送客回来，我问道：“这些艺人今晚住在什么地方？”

“少爷，那种人住的地方哪有谱啊？哪儿有生意做，就住在哪儿。今晚到底住什么地方，怕是自己都不知道。”

她的语气里满是轻蔑，反倒刺激了我：那好，今晚就让舞女住我的房间。

雨脚稀疏了，山峰也明亮起来。老婆婆一再劝我等等，再有十分钟天就将完全放晴。但我已经如坐针毡了。

“老爷爷，请多保重，天气越来越冷啦。”我由衷地说着，起身告辞。老人艰难地睁了睁发黄的眼睛，轻轻点了点头。

“少爷！少爷！”老婆婆喊着追了上来，“您给的太多了，真是过意不去！”

说着，她一把抢过我的书包，抱在胸前，坚持要送我一程。我再三婉拒，她都不肯回去。她迈着碎步，一直跟我走出一百多米，嘴里反复念叨着：“多谢您啦。这次没招待好您，但我记住了，下次再路过，一定给您补上。一定要来啊，我决不会忘了您。”

我不过留下一枚五十钱的硬币，老婆婆却惊喜万分，感动得几近落泪。我想尽快追上舞女，可老婆婆步履蹒跚，反倒使我为难了。我们终于走到了山岭的隧道口。

“谢谢您。老爷爷一个人在家，您快回去吧。”听我这样说，老婆婆总算放开了我的书包。

走进漆黑的隧道，冰冷的水珠滴滴答答落下来。前方露出小小的光点，正是通往南伊豆的出口。

二

山路一侧装着刷成白色的栅栏，从隧道口蜿蜒而下，宛如一道闪电。极目远眺，山麓好似一副模型，可以看见艺人们的身影。走了六百多米，我就追上了他们。我不好意思突然放慢脚步，便故作冷淡地从女人们身边走过。男人独自走在前边二十米远，一看到我就停下了脚步。

“您走得真快啊！正好，天放晴了。”

我放松下来，和男人并肩而行，他东拉西扯地和我攀谈起来。女人们见我俩聊到了一处，就快步跟了上来。

男人背着大大的柳条箱，四十出头的女人抱着一只小狗。年纪最大的姑娘拎着包袱，小点儿的姑娘手里是柳条箱，行李都很大。舞女则背着太鼓和鼓架。那个四十出头的女人也同我搭起话来。

“他是高等学校的学生呢。”大姑娘悄悄告诉舞女。

舞女见我回头，就笑着说：“是吧，这我还是能看出来的。岛上常有学生哥来的。”

他们是大岛波浮港人。春天出了岛便一直四处演出，现在天凉了，又没做过冬准备，便打算去下田待十天，再绕道伊东温泉回岛上去。听到“大岛”这个地名，我越发觉得有诗意，于是望着舞女美丽的头发，问起大岛的种种。

“好多学生哥来我们岛上游泳，是不是？”舞女对女伴说。

“你是说夏天吧？”我回头问道。

舞女慌了神，小声嗫嚅着：“冬天也来的……”

“冬天也来？”

舞女仍然看着女伴，笑了。

“冬天也能游泳吗？”我又问了一遍。

舞女红了脸，轻轻点了点头，神色非常认真。

“这个糊涂孩子！”四十出头的女人笑了起来。

从这里去汤野，要沿着河津川的溪谷走十几公里路下山。翻过山岭，连山峦和天空的颜色都呈现出一派南国风光。我和男人一路畅谈，彻底相熟了。过了荻乘、梨本等小村庄，山脚下已经看得见汤野温泉的茅屋顶。我鼓足勇气，说希望和他们搭伴去下田。男人听了非常高兴。

来到汤野的小客店门前时，四十出头的女人正想和我道别，男人赶紧替我说：“这位先生想和我们搭伴呢。”

“那好啊！出门靠同伴，处世靠人情嘛。我们这些无趣的人，也能给您解解闷！来来来，一起进来歇歇。”

她随口答应道。

姑娘们一齐看了看我，若无其事地没有说话，随后又有点羞涩似的望着我。

我和大家一起走上客店的二楼，放下了行李。榻榻米和隔扇又旧又脏。舞女从楼下端来茶水，在我面前坐下。她脸涨得通红，手也颤抖着，茶碗几乎要从托盘上滑落。她连忙就势把托盘放在榻榻米上，茶碗虽没落下，茶水却洒了出来。看她羞成这副模样，我也不知如何是好了。

“哎哟，讨厌，这孩子还知道害臊啦，瞧瞧，瞧瞧！”四十出头的女人惊讶地皱着眉头，把手巾扔过来。舞女捡起手巾，窘迫地擦着榻榻米。

她的话让我深感意外，我不由得反省起来。被山上的老婆婆撩拨起来的遐想，仿佛咔嚓一下折断了。

这时，四十出头的女人突然说：“您这身藏青碎白花的衣服真是不错！”她上上下下打量起我。

“这件衣服跟咱家民次的一样，是不是？花纹都一样的。”她一遍遍问着身旁的女子，然后对我说，“我还有一个孩子留在老家上学呢。您这件衣服跟他的一样，就想起他来啦。最近这种藏青碎白花布也贵了，真难为我们。”

“他上什么学校？”

“上普通小学的五年级。”

“哦，小学五年级，那是让人惦记。”

“他在甲府上学。我们到大岛好多年了，老家在甲斐的甲府。”

歇了一个多钟头后，男人领我去了另一家温泉旅馆。我原本打算和他们一同住小客店的。我们来到大街，沿着石子路和台阶往下走了百来米，到了小河边。这里有个公共浴池，旁边有座桥，过了桥就是温泉旅馆的院子。

我来到旅馆的室内浴池，刚下水，男人也跟了进来。他告诉我，他快二十四岁了，老婆两次怀孕，孩子都因流产或早产没活成。他穿着长冈温泉的和服外褂，我便以为他是长冈人。见他容貌、谈吐都很不凡，我就想象，他要么是出于热心，要么是喜欢上了哪个卖艺的姑娘，所以才帮她们拿着行李，一路追随过来。

洗完澡，我马上吃了午饭。早上八点从汤岛出发，此时还不到下午三点。

男人临回去时，站在院子里向我告辞。

“拿这个买点柿子吃吧。我就不下楼啦。见谅！”我说着，用纸包了钱扔下去。

男人谢绝了，径直走过去，但大概觉得落在院子里不好，又回过头捡起来。

“请别这样。”他说着把纸包抛上来。纸包落在了茅屋顶，我又一次扔下去，他才拿走了。

傍晚下起了大雨。群山被染成白茫茫一片，分不出远近了。窗前的小河眼看着浑浊发黄了，流水声越来越响。这样大的雨，舞女一行人不可能来演出了。我心中明白，却还是坐立难安，只好一次又一次去泡澡。屋子有些昏暗。与邻屋相接的隔扇上，开了个四方形的洞，电灯从门框那儿垂下来。两间屋子共用一盏灯照明。

咚，咚咚咚，激烈的雨声中隐约传来太鼓的声音。我不顾一切，像要抓破什么似的急忙打开防雨窗，探出身子去。鼓声越来越近。暴雨打在我头上，我闭起眼睛侧耳细听，想弄清楚鼓声从何而来，又是如何传来的。很快，又传来了三味线的琴音，还有女人的尖叫和嬉闹声。原来，艺人们被叫到小客店对面的饭馆，去宴会上演出了。我分辨出两三个女人和三四个男人的声音。那边结束后，他们也会到这边来吧？我等待着。然而，酒宴喧嚷起来，好像变成了胡闹。女人的尖叫不时像闪电般刺破暗夜，呼啸而来。我紧张地绷起每一根神经，一动不动地坐在敞开的窗子前。每当听到太鼓的声音，心中就明快起来。

“啊，舞女还在宴席上坐着。她正坐着打鼓呢。”

鼓声一停，我便难以忍受了，整个人仿佛沉入雨声中。

不久，传来一阵纷乱的脚步声，像是追逐嬉戏，又像是在跳舞。过了一会儿，一切重回寂静。我的眼睛明亮起来，似是想穿破黑暗，看透那寂静到底意味着什么。我心绪烦乱，舞女今夜不会被玷污吧？

我关上防雨窗钻进被子，心中仍然苦闷。又跑去洗了个澡，暴躁地搅动着温泉水。雨停了，月亮也出来了。秋夜被雨水洗刷后分外清澈明朗。我心想，即使跳出温泉赤脚冲过去，我又能做什么呢？已是夜里两点多了。

三

第二天早上九点过后，男人来到我屋里。我刚起床，邀他一起去泡温泉。正是南伊豆的小阳春天气，天空彻底放晴了，美不胜收。从浴池望下去，小河涨了水，暖洋洋地晒着太阳。我感到昨夜的烦恼也如梦一般了，却仍对男子说："昨天晚上闹腾到很晚吧？"

"什么，您也听到了？"

"当然能听到。"

"客人都是本地人。这里的人净爱胡闹，没什么意思。"

看他满不在乎的样子，我不再说话。

"她们在那边泡温泉。看，好像发现我们了，在笑呢。"

我顺着他手指的方向，朝河对岸的公共浴池望去。热腾腾的雾气中，隐约浮现出七八个裸露的身体。

一个赤裸的女子忽然从昏暗的浴池深处跑出来，站在更衣处的边缘，像要跳下河岸似的，伸开双臂喊着什么。周身连块毛巾都没有，真正的一丝不挂。那是舞女。她像株小梧桐，双腿笔直地伸展着。望着她雪白的躯体，我心中仿佛有股清泉流过，深深吸了一口气，扑哧笑出了声。她还是个孩子呢。看到我们，高兴得情不自禁，就这么赤条条地跑到日光下，踮起脚挥手致意。她实在还只是个孩子啊。豁然开朗的喜悦涌上心头，我笑起来，头脑也像被濯洗过一般干净。我的微笑一直挂在脸上。

舞女浓密的头发，使她看起来有十七八岁，再加上那一身妙龄女子的装扮，我完全猜错了。

我和男人回到了我的屋子。不久，就看到大姑娘在旅馆院子里望着菊花田，而舞女正过桥向这边走来。四十出头的女人走出公共浴池，看见了她们俩。于是，舞女使劲一缩肩膀，朝我们笑了笑，仿佛在说："会挨骂的，我回去啦。"随后就匆匆返回了。女人来到桥边，高声喊道："您来我们这边玩啊。"

"您来我们这边玩吧。"大姑娘也说道。

她们回去了。男人则在我屋里一直待到傍晚才走。

晚上，我和一个纸张批发商下起了围棋，旅馆的院子里突然传来鼓声。

"流浪艺人来了。"我说着要起身。

"哎，那玩意儿有什么好看的。该你了。我下这儿了。"纸商指着棋盘，一心要决出胜负。我心神不定地敷衍着。

艺人们大概是要走了，我听到男人在院子里跟我打招呼。"晚上好！"

我来到走廊上，招了招手。艺人们在院子里低声商量了一会儿，绕到正门去了。

"晚上好！"三个姑娘跟在男人身后，双手扶地，依次向走廊这边行礼，庄重得像艺伎一样。棋盘上，我的颓势赫然可见。

"不行了，我认输。"

“怎么会？输的是我吧？输赢都差不了几个子儿。”

纸商看也不看艺人那边，挨个数起棋盘上的棋子来，下得越发谨慎了。姑娘们把太鼓和三味线放在屋子一角，在象棋盘上玩起了五子棋。我很快就转胜为败，可是纸商不依不饶：“再下一局吧。来来来，再来一局！”

我只是笑了笑，他不再坚持，起身回屋去了。

姑娘们凑到棋盘边。

“今天晚上还要去哪里演出吗？”

“要去的。不过……”男人看了看姑娘们，又说，“怎么样？要不今晚咱们休息休息，玩一会儿吧。”

“太好啦！好开心！”

“会不会挨骂呀？”

“怎么会！再说，出去也不一定有客人。”

于是大家玩起了五子棋。过了十二点，他们才离开。

舞女走后，我睡意全无，头脑也异常兴奋，于是到走廊上喊了喊。

“纸屋老板！纸屋老板！”

“来嘞！”年近六旬的老人从屋子奔出来，振奋地应道。

“今晚别睡了，我们下个通宵！”

我也突然变得好战起来。

四

我们约定翌日早上八点一起离开汤野。我把高等学校的制帽塞进书包，戴上在公共浴池旁买的便帽，向沿街的小客店走去。见二楼的门窗全敞着，我径直走了上去。不料，艺人们还都躺在床铺里。我不知如何好，呆呆地站在走廊上。

舞女就在我脚边的床铺里。她双颊涨得通红，赶忙用手捂住了脸。她和那个年纪稍小的姑娘睡在一个床铺里。舞女脸上还残留着昨夜的浓妆，嘴唇和眼角微微泛着红。这副别具韵味的睡相，使我怦然心动。她像是觉得晃眼般翻了个身，仍用手掌捂着脸，钻出了被窝，跪坐在走廊上。

“昨晚打扰您了。”她说着行了个优美的礼。我仍站在原地，不知所措。男人和大姑娘睡一床。在此之前，我完全不知道他们是夫妻。

“太对不住啦。本该今天出发，可是晚上有个宴会，我们打算推迟一天再走。要是您今天一定得动身，咱们就在下田见吧。我们住的客店叫‘甲州屋’，很好找的。”四十出头的女人从被子里半坐起身来。

我顿时感觉被人推开了。

“您也明天再走吧！阿妈坚持再住一晚，我也劝不动她。还是搭伴好，咱们明天一起走吧。”男人说。

四十出头的女人又补充道：“是啊，一起走吧！好不容易跟您搭上伴，我又强留您，对不起啦。明天就是天上下刀子我们也走。后天是路上夭折的孩子的七七，我们老早就想在下田给孩子办法事，这才急着赶路。和您说这些真是冒昧，但咱们好像特别有缘分。后天还希望您能给那孩子祭拜一下。”

我答应推迟一天出发，就下了楼。我等着他们起床，就在肮脏的账房里和客店的人聊起天来。不一会儿，男人邀我去散步。沿着大街向南走一点儿，有座漂亮的桥。我们凭栏远眺，男人又讲起了他的身世。他曾在东京做新派剧演员，如今也时常在大岛的港口演戏。演戏用的刀鞘像条腿似的，从他们行李的包袱皮里露出来。他有时也在宴席演上一段。柳条箱里有戏装，还有锅碗瓢盆之类的生活用品。

“我走错一步，落到如今这般田地。好在甲府老家有哥哥继承家业，他干得不错，所以我怎么样倒也无所谓了。”

“我一直以为你是长冈温泉旅馆的人呢。”

“是吗？那个大姑娘是我老婆，比您小一岁，十九了。我们的第二个孩子在旅途中早产，只活了一个星期就断气了，我老婆的身体到现在还没完全恢复。那个婆婆是我老婆的阿妈，舞女是我亲妹妹。”

“你说有个十四岁的妹妹……”

“就是她。我实在不想让她跟我干这一行，但还是走到了这一步。”

男人告诉我，他叫荣吉，妻子叫千代子，妹妹叫阿薰。还有一个姑娘叫百合子，是雇来的，今年十七岁，唯独她是大岛人。说罢，荣吉感伤得几乎要哭出来，静静凝望着河滩。

我们回到客店时，舞女已经洗掉脸上的白粉，蹲在路边抚摩一只小狗的头。我要回旅馆，就对她说：“你来玩吧。”

“嗯，不过，就我一个人……”

“跟你哥哥一起来吧。”

“那我这就过去。”

很快，荣吉来到我的房间。

“大家呢？”

“她们怕阿妈唠叨，所以……”

然而，我们刚下了会儿五子棋，她们便穿过小桥，上了二楼。和之前一样，她们郑重地行过礼，就跪坐在走廊上，踟蹰不前。最后还是千代子第一个站了起来。

“这是我的房间，大家别客气，进来吧。”

玩了差不多一个钟头，艺人们起身去旅馆的室内浴池洗澡，热情地邀我同去。但一想到有三个年轻女子，我便搪塞说过会儿再去。很快，舞女独自回到楼上。

她来替千代子传话。“嫂嫂说给您搓背，请您过去。”

我没有去浴池，而是和舞女下起五子棋来，出乎意料的是，她棋艺高超。之前对弈时我连战连胜，荣吉和其他姑娘都不堪一击。很少有人能在五子棋上胜过我。现在我棋逢对手，不必手下留情，自然感到舒畅。屋里只有我们，起初她离棋盘较远，要伸长手臂才能落子。可她渐渐下得忘我，身子越凑越近，最后整个人都要扑到棋盘上了。那一头美得惊人的黑发，几乎要碰到我的胸口。她倏地红了脸。“对不起。我要挨骂啦。”说罢扔下棋子，跑了出去。原来阿妈就站在公共浴池前。千代子和百合子也急忙出了浴池，没上二楼就溜回去了。

这天，荣吉从早上到傍晚一直都在我屋里玩。纯朴亲切的旅馆老板娘好意劝我，说请那种人吃饭太不值当了。

入夜，我来到小客店。舞女正和阿妈学习三味线，一见到我，她立刻停了手。阿妈说了她几句，她才又抱起三味线。她一提高声音，阿妈就立刻说："不是让你别扯开嗓门唱嘛！"

荣吉被对面的饭馆叫了过去，从这边能看见他正在二层的宴会上吟唱。

"他在唱什么？"

"那个啊……谣曲吧。"

"在那种场合唱谣曲，有些奇怪。"

"他是个多面手，谁知道他会唱什么呢。"

这时，一个四十开外的男人推开隔扇，请姑娘们过去吃饭。他租了这家客店的一间屋子，经营鸡肉火锅店。舞女和百合子带着筷子，去邻屋吃剩下的火锅。回来时，男人轻轻拍了拍舞女的肩膀。阿妈立刻板起脸来："喂，不许碰她！她还是个姑娘呢。"

舞女连声叫着大叔，求男人给她念《水户黄门漫游记》，但他只读了一会儿就离开了。舞女不好意思直接对我说"接着给我读吧"，就不住地央求阿妈来拜托我。我怀着期待，故意拿起话本，她果然立刻靠过来。我一开始朗读，她就把脸凑近，几乎触到我的肩膀。她看起来是那么认真，眼睛闪着光，一眨不眨地凝视我的前额。这似乎是她听书时的习惯。刚才火锅店老板念书时，她也同样贴近了脸。我一直在观察她。她身上最美的就是那双乌黑的大眼睛，亮晶晶的。双眼皮的线条也美得无以复加。用笑靥如花来形容她，是再贴切不过了。

不久，对面饭馆的女佣来接舞女。舞女换上戏装，对我说："我马上就回来。请等着我，接着给我读呀！"她出了走廊，两手扶地行了个礼。"我去了。"

"千万不要唱歌啊。"阿妈叮嘱道。舞女拎着太鼓，轻轻颔首。

阿妈回头对我说："她正是变声的时候呢……"

舞女端坐在饭馆的二楼，敲打着鼓。我望着她的背影，感到我似乎就在与她相邻的宴席上。鼓声牵动着我的心，让我也跟着雀跃起来。

"太鼓一响，宴席的气氛就活跃起来啦。"阿妈向对面望去。

千代子和百合子也去了宴会。

约莫一个钟头后，四人一同回来了。

"只赚了这些……"舞女把手心攥着的五十钱银币抖落在阿妈的手上。我接着给她读《水户黄门漫游记》。他们又聊起旅途中夭折的孩子。听说婴儿生下来时全身透明如水，连哭的力气都没有，但还是撑了一周。

我对他们既无好奇之心，也无轻蔑之意，甚至忘了他们流浪艺人的身份。我表现出来的这份寻常的好意，似乎也深深渗进了他们心中。不知何时，我要去他们老家大岛这事就定了下来。

"还是爷爷那间好，地方也宽敞，让他搬出去就清净了。您想待多久都行，还可以学习呢。"他们先是自己商量好，然后来告诉我，"我们家有两间小房子，山上那间差不多是空着的。"

他们还定了正月在波浮港演出，我也一块儿帮忙。

我渐渐明白，他们的旅途并不像我最初想象的那样全是艰辛，反而伴随着一种不失野趣的闲意。他们是母女兄妹，骨肉之情将他们联结在一起。只有雇来的百合子，正值最容易害羞的花季，在我面前总是沉默不语。

夜深，我才离开小客店。姑娘们出来相送，舞女帮我摆好木屐。她从门里探出脑袋来，望着晴朗的天空。

“呀，月亮……明天就到下田了，好期待啊！先给宝宝做七七，然后让阿妈给我买头梳，还有好多事呢。您带我去看电影好不好？”

下田是座港口城市，对辗转于伊豆、相模温泉浴场的流浪艺人来说，那里就如同旅途中的故乡，空气中飘荡着令人眷恋的味道。

五

艺人们各自带着翻越天城山时的行李。小狗把前足搭在阿妈的臂弯里，显然已习惯了旅行。我们一行人离开汤野，又进了山里。海上升起的旭日，把山腰照得暖洋洋的。我们尽情欣赏着朝阳，顺着河津川望去，河津的海滨明亮而开阔。

“那就是大岛啊。”

“看上去真大啊。欢迎您来呀！”舞女说。

秋日的天空一碧如洗，海天相连处云雾朦胧，宛如春日。从这里到下田，得走二十多公里。其中有段路程，大海时隐时现。千代子悠然唱起歌来。

走了一会儿，他们问我，接下来是走险峻的山路，还是走平坦的大道，山路可以少走大约两公里。我当然选择抄近路。

这条山路十分陡峭，树木夹道，地上铺满落叶，滑得厉害。我上气不接下气，索性豁了出去。我把手按在膝上，加快了步伐。一行人很快被甩在后面，只有说话声从林间传来。舞女将衣摆高高提起，一个人急匆匆地跟在我身后。她和我保持着约两米的距离，不再靠近，也不远离。我回头和她搭话，她吃惊似的笑了笑，停下脚步回答我。她说话时，我便等她赶上来，可她驻足不前，直到我迈步了，她才动身。道路转了个弯，越发陡峭起来。我加快了步子，舞女依然保持着相同的距离，埋头攀登。山中静悄悄的，其他人已远远落在后面，连说话声都听不见了。

"您家在东京的什么地方？"

"不，我住学校宿舍。"

"东京我也去过的。赏花时节去那儿跳过舞，不过那时我太小了，什么都不记得。"

"您父亲健在吗？""您去过甲府吗？"她东一句西一句问了许多，还说一到下田就要去看电影，也谈到了夭折的婴儿。

终于来到山顶。枯草中有一条长凳，舞女把太鼓放在上面，掏出手绢擦汗。她似乎要掸去自己脚上的尘土，却忽然蹲到我跟前，帮我掸起裙裤的下摆来。我急忙向后退，引得她一下跪到地上。她索性就这么弯着身子为我掸去周边的尘土，然后才放下撩起的衣摆，对站着直喘粗气的我说："请坐。"

一群小鸟从长凳旁飞起来，落在树枝上。四下安静得只能听到鸟儿晃动枯叶的沙沙声。

"您为什么走得那么快？"舞女看上去很热。

我用指尖敲击太鼓，小鸟四散飞走。

"真想喝水啊。"

"我去找找看。"

不一会儿，舞女从枯黄的杂木林间空手而归。

"你在大岛干什么？"

于是，舞女没头没脑地列举了两三个女孩的名字，就此打开了话匣。我有些摸不着头脑，她似乎不是在说大岛，而是在讲甲府的日子，想到什么就说什么。她上到小学二年级，那几个女孩似乎是她的朋友。

大约十分钟后，三个年轻人爬了上来。又过了十分钟，阿妈才到达山顶。

下山时，我和荣吉有意殿后，慢慢地边走边聊。刚走了两百多米，舞女从下面跑了上来，说："下边有泉水，您快来。大家等您先喝呢。"

听说有水，我立刻跑了下去。只见树荫掩映的岩缝间，清澈的泉水汩汩流出，几个女人正站在泉边等我们。

阿妈说："来，您先喝吧。把手伸进去水就浑了，女人先喝就更不干净了。"

我用手掬起清凉的泉水。女人们又是洗手巾又是擦汗，迟迟不舍得离开。

下了山，来到下田的街道上，可以看见几缕烧炭的青烟。我们坐在路旁的木料堆上小憩。舞女蹲在路边，用粉色的木梳给小狗梳理垂下的长毛。

"梳齿会断的。"阿妈微微责备道。

"没关系，反正要在下田买新的。"

这把梳子她一直插在额发上，在汤野时，我就想好了要讨回去做纪念。现在她用来梳狗毛，我内心暗暗叫苦。

我和荣吉看见道路对面堆放着许多捆矮竹，便讨论说正适合做手杖，于是先一步起身了。舞女跑着追上来，手里拿着一根又粗又长的竹子，比她个头还高。

“你这是干吗？”荣吉问。

她有些慌张，一把将竹子递给我，说：“给您做手杖。我挑了一根最粗的。”

“这可不行。这么粗，别人一看就知道是偷来的，被发现就不好了。快还回去。”

舞女跑回竹堆，又折返回来，拿了一根中指粗细的竹子给我。然后她身子一晃，险些倒在田埂上，气喘吁吁地等着其他人赶上来。

我和荣吉走在前头，和她们相距十多米。忽然，舞女的声音传入我耳中。

“把它拔了，再镶一颗金牙就好了呀。”

我回过头去，只见舞女和千代子并肩走着，阿妈和百合子则在她们身后。

二人似乎没有注意到我回头。千代子又说：“那倒是。那你告诉他怎么样？”

看来她们在谈论我。也许是千代子说我牙齿不齐，舞女就想出了镶金牙的办法。知道她们在议论我的长相，我既不生气，也无意偷听，只觉得十分亲切。一阵低语后，我又听见舞女说：“是个好人呀。”

“的确，看上去是个好人。”

“真是个好人，好人多好呀。”

措辞是如此简单直率，没有任何修饰，带着一种纯真的余韵。这般稚嫩的声音，完全是感情的自然流露。听了她们的话，连我也能坦然地觉得自己是个好人了。我心情愉悦，举目眺望明亮的群山，眼角隐隐作痛。我是孤儿，今年二十岁，总为扭曲的性格深深自责，陷入痛苦的阴郁中无法自拔，所以决定来伊豆旅行。现在，我被看作世间一个再普通不过的好人，这让我心怀感激，更感到温暖。群山明亮起来，离下田的海越来越近了。我挥舞着竹杖，劈开秋天的衰草，大步前行。

一路上，每个村庄前都立着木牌，上面写着：

乞丐与流浪艺人禁止进村。

六

小客店甲州屋就坐落在下田北口附近。我跟在艺人们身后，上了似是阁楼的二层。那里没有天花板，窗子临街。我坐在窗边，脑袋几乎碰到房顶。

“肩膀不疼吧？”

“手不疼吧？”

阿妈一再叮咛着舞女。

“不疼。还能敲，还能敲呢！”

舞女做出敲太鼓的漂亮手势。

“那就好。”

我试着把鼓提起来。“哎，这么重啊！”

“比您想象的重吧？肯定比您的书包重。”舞女笑了。

艺人们和其他住店客人互相亲热地打招呼。他们也都是卖艺和跑江湖的。看来，下田港是这些候鸟的巢。客店的小孩跑了进来，舞女拿了个铜板给他。

我正要离开甲州屋，舞女抢先一步来到门口，替我摆好木屐，自言自语般轻声说道："请带我去看电影吧。"

有个无赖汉给我和荣吉带了一段路。我们来到一家旅店，据说店主是前任镇长。泡完澡，我们一起吃了午饭，菜肴中有新打捞的鱼。

"一点儿心意，拿去买束花什么的，给明天的法事用吧。"

我把为数不多的钱包好，给了荣吉，让他带回去。我明早就要乘船回东京了，旅费已经所剩无几。我对艺人们说是学校里有事，她们也不好再多做挽留了。

午饭过去不到三个钟头，我又吃了晚饭，然后独自过了桥，向下田北走去。我爬上下田的富士山，眺望海港。归途中，我顺道去了甲州屋，艺人们正在吃鸡肉火锅。

"您也尝一尝吧。虽说女人先动了筷子不干净，但以后倒是可以当个笑话讲呢。"阿妈说着从行李中取出碗筷，让百合子洗净拿来。

大家又开始劝我，说明天就是夭折婴儿的七七了，哪怕再多留一天也好。我仍托词说学校有事，没有答应。

阿妈一再说："那寒假您来的时候，我们去船上接您。请一定告诉我们日期，我们等着您呀。就别住旅馆啦，我们去船上接您。"

屋里只剩下千代子和百合子，我邀她们一起去看电影。

千代子捂着肚子对我说："我身体不太好，一路走来，已经吃不消了。"她脸色苍白，看起来十分疲惫。百合子拘束地低下头，一言不发。

舞女在楼下和客店的小孩玩耍，一看见我，就缠着阿妈让她去看电影。最终她带着失望的神色，怅然若失地回到我身边，为我摆好木屐。

荣吉也为她求情："就让她一个人跟着去吧，不好吗？"阿妈还是没有同意。为什么只带她一个人去就不行呢？我着实感到不解。我走出大门时，舞女正抚摩小狗的头。她神情淡漠，让我没法子搭话。她似乎连抬头看我的气力都没有了。

我独自去看电影，女解说员在煤油灯下读着解说词。我很快就离开了，回到自己的住处。我将肘部支在窗台上，长久地凝望着夜晚的街道。街景是如此暗淡，远处不断地有太鼓声传来，隐隐约约，细若游丝。我的眼泪无缘无故地扑簌落下来。

七

动身这日的早上七点，我正吃早饭时，听见荣吉从马路上叫我。为了给我送行，他特意穿了正装，是件带家徽的黑色羽织。我没有看见姑娘们的身影，心中顿觉落寞。

荣吉来到我的房间，说："原本大家都想来送您，可昨天睡得太晚，没能起来，实在是对不住了。她们说，冬天等着您来。请一定要来啊。"

秋日的晨风掠过街道，带来阵阵寒意。荣吉在半路上为我买了四包敷岛牌香烟、柿子，还有薰牌口腔清凉剂。

"我妹妹的名字叫薰。"他微笑着说，"船上不适合吃橘子。柿子倒是能缓解晕船，您可以吃一些。”

“这个给你吧。”

我从头上摘下便帽，戴在荣吉头上，又从书包里拿出皱巴巴的学生制帽，试着把褶皱抚平。我们两人都笑了。

快到码头时，舞女的身影蓦地映入我的眼帘。在我们走近以前，她一动不动，只是默默垂着头。她脸上还有昨夜的残妆，更牵动了我的情思。眼角那一抹红似嗔似怒，给稚嫩的面庞添了一分英气。

荣吉问：“其他人也来了吗？”

舞女摇了摇头。

“都还睡着吗？”

舞女点了点头。

趁荣吉去买船票和舢板票的工夫，我找了许多话题同她攀谈。可她一言不发，只顾低头望着运河入海处。我的话每每未说完，她就一个劲儿地点头，算是回应。

这时，一个建筑工人模样的男人走了过来。

“老婆婆，我看这个人很合适。”

“学生哥，您是去东京的吧？您看起来值得信赖，我想请您帮个忙。请把这位老婆婆带到东京去吧。她是个可怜人，本来有个儿子在莲台寺的银矿上干活儿。没想到赶上流感，儿子、儿媳都死掉了，给她留下三个这么小的孙子。没办法，我们大伙儿商量着，还是把他们送回水户的老家。老婆婆什么也不懂，船到了灵岸岛，您送他们坐上开往上野站的电车就行了。给您添麻烦了。我跟大伙儿给您作揖了。唉，您看到这种情形，也觉得可怜吧。”

老婆婆呆愣愣地站在那里，背上背着一个吃奶的婴儿，两手还各拖着一个小女孩，小的约莫三岁，大的也不过五岁。脏兮兮的包袱里露出几个大饭团和梅干。五六个矿工正在一旁安慰老婆婆。我欣然答应路上照顾她。

“拜托您了！”

“太谢谢了。我们也想送她到水户去，可没有法子啊。”矿工们纷纷向我致谢。

舢板剧烈地摇晃着，舞女依旧紧闭双唇，凝视着一个方向。我抓着绳梯，回过头去。有那么一瞬，她好像要开口同我说再见，却终究没说出口，只是再一次向我点了点头。舢板回岸去了。荣吉不停挥动着我送他的帽子。直到轮船驶远，舞女才开始挥舞手中白色的东西。

轮船离开下田海域。我久久地凭栏眺望海上的大岛，直到伊豆半岛的南端远远地消失在身后。同舞女分别，仿佛已是很久以前的事。老婆婆怎么样了呢？我望向船舱，只见人们围在她身旁，不住地安慰着她。我放下心来，去到相邻的船舱。相模滩波涛汹涌，人们坐在船上，被颠得左摇右晃。船员把金属小盆分发给大家。我枕着书包躺了下去，脑中一片空白，已感受不到时间的流逝。眼泪簌簌地滴落在书包上，我脸颊冰凉，只好把书包翻了过来。

我身旁躺着一个少年，他是河津一家工厂老板的儿子，去东京准备入学考试。见我戴着第一高等学校的帽子，便对我表现出好感。交谈了几句后，他问我：“您是遇上什么不幸的事情了吗？”

“没有，我只是刚与人分别了。”

我非常坦率地说了。哪怕让人看见我在哭泣，我也毫不在意了。我停止思考，仿佛置身于静谧的梦乡，舒畅而惬意。

不知何时，夜幕已降临海上，网代和热海亮起了灯火。我感到肌肤上传来一阵凉意，肚子也有些饿了。少年打开竹叶包着的食物。我全然忘了这是别人的东西，抓起紫菜饭团就吃，而后又钻进他的学生斗篷。别人的一切好意，我都可以坦然接受了，这感觉既美好又虚无。明天一早，要把老婆婆带到上野车站，给她买去水户的车票，这也是理所当然的。我心中所有的隔膜都已消融。

船舱里的煤油灯熄灭了。船上活鱼和潮水的腥气越发浓重。黑暗中，我感受着少年的体温，任凭泪水流淌。我的头脑仿佛变成了一汪清水，缓缓溢出，消逝而去，只留下畅快与甘甜。

渔火

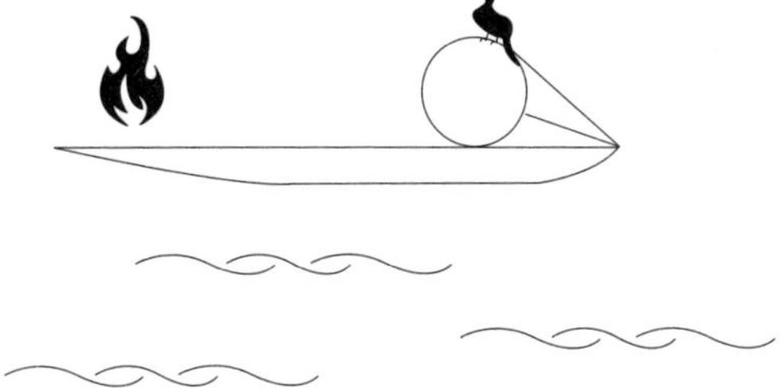

澄愿寺所在的乡村小镇，有很多作坊生产雨伞和灯笼，那是有名的岐阜特产。寺院没有大门，朝仓站在路边，透过稀疏的树篱向里张望。

“美智子在这里！她在呢！快看，就站在那儿！”

我凑到他身边，踮起脚张望。

“你往梅树的枝丫间看，看见了吧？她正帮和尚抹墙呢。”

我心里乱乱的，甚至连梅树也没分辨出来。美智子正把用水拌好的墙泥盛在小木板上，端给梯凳上的和尚。这情形我虽看不到，但那感受就像一滴水，啪嗒一声落在我心头。我向院子走去，心里仍带着一丝羞耻和落寞，仿佛和弄墙泥的是自己。

我们登上正殿前崭新的木台阶，拉开了簇新的纸门。难道人——不，美智子就住在这样的地方吗？正殿还在修缮。说是修缮，只是在屋顶上铺了瓦而已。正殿很大，空空荡荡的，显得虚空而荒凉。墙壁的竹木骨架裸露着，透过缝隙，可以看到外侧已粗粗地抹了层泥。墙泥黑乎乎的，还带着水分，室内很是阴冷。仰头看，屋顶极高，丑陋地裸露着，没有一点儿装饰。地面铺着柔道馆那种没有包边的榻榻米。佛像放在低矮的白木台上，我们面朝佛像落座。美智子从东京带来的梳妆台放在角落里，小得很不相称。

寺院的厨房铺了草席，美智子赤脚走了出来。彼此寒暄后，她问："你们去名古屋了？和大家一起吗？"

"昨晚我们住在静冈。今天大家去名古屋，只有阿俊和我没去，跑到这里来了。"朝仓答道。

这是我们事先商量好的谎话。半个月内，两次从东京跑来岐阜探望美智子，太招摇了。为了让美智子好和养父母交代，我们在给她的信里写道："我们要到名古屋修学旅行，顺路去看看你。"其实昨晚我们不是睡在静冈，而是在火车上度过的。我吃了安眠药，本想偷得一点儿睡眠，让脸色在早晨好看些。然而，幻想与美智子今后的每一天，将我引向了无尽的远方。我一遍遍描画着同样的梦，每一遍都是新鲜的。周围全是修学旅行归来的女学生。她们连过道也给铺满报纸，挤坐在一起，有背靠背的，有下巴托在同伴肩上的，也有把脑袋埋在膝头的行李上的。她们熟睡的脸透着旅途的倦意，仿佛朵朵绽放的白花。只有我还醒着。车厢里坐满少女，我们简直像闯进了女校包租的客车。入睡后，少女们脸庞显得格外稚嫩和苍白。美智子年纪比她们小，脸上却没有这种稚气。我只觉得，她的睡脸比这车厢中任何一张都要美丽。这些女学生来自和歌山和名古屋，大体上，名古屋的女孩头发要丰盈一些。我凝视着那个让朝仓连连夸赞的少女。她的同伴伏在窗边，而她熟睡着，半张脸贴在同伴圆润的背上，眉毛、睫毛和嘴唇的颜色都艳丽极了，显得分外匀称。她看上去很纯真，使人心生爱怜。我焦急地闭上眼睛，试图在脑海中清晰地描绘美智子的面容。我又急又恼。若非用双眼直接捕捉，我根本无法如愿使她重现在眼前。

此时此刻，美智子身穿旧单衣，就坐在我面前。然而，这真是我二十天来魂牵梦萦的那个人吗？我突然醒悟过来，我的遐想与眼前的现实毫无关联，于是惊讶地望向她。这个轻声微笑的人分明就是美智子。摆脱了让头脑困乏的幻想，我感到轻松而惬意。这个小姑娘美不美，我也无力判断了。不过，一眼看去，她脸上的缺陷格外突出。这是美智子的脸吗？而且，她还分明只是个孩子。她腰身纤弱，坐下时把腿伸得老长，显得很不自然。把这个小女孩同结婚联系在一起，太滑稽了。她比火车上那些幼稚的女学生更像个孩子。

很快，养母出来了，美智子起身离开。我看着她的背影，和服腰带很细，打着一个小小的结，孤零零、轻飘飘地吊在腰间。孱弱无力的腰部，让她显得高而单薄，既不像个小姑娘，也不像个女人。一双与身材极不协调的大脚赤裸着，在我眼里无限扩张，压迫着我。这就是被驱使去和墙泥的脚。

养母左眼下有一颗很大的黑痣。初次见面，这副轮廓就使我生厌。

又过了一会儿，当我抬头看到她的养父时，更是吃了一惊，心中立刻浮现出两个词：院政时代的僧兵，高耸入云的秃头大汉。这个和尚身材魁梧，却耳背得厉害。

这两个人和美智子怎么能和谐相处呢？我原以为不论对方是谁，与人为善总不是什么难事。看到这两个人，才发觉自己过于乐观了。坐垫挪到了梳妆台旁，茶也端上来了，我却仍不知说什么才好。我与他们素不相识，登门的结果，也许只是让美智子背叛和伤害他们。好在这时朝仓大声与和尚搭话，用下棋救了我。

“阿美，把棋盘拿过来……阿美！”和尚叫着美智子。

“好重啊，真重！”棋盘像是实木的，美智子抱着它踉踉跄跄地走过来。

我下棋时，美智子和朝仓站在正殿的后窗下。这个秋天阴雨连绵，难得的阳光洒在院中的山茶叶上，反光把二人的身影描绘得分明。我漫不经心地下着棋。连日来对美智子昼思夜想，使我异常兴奋，此时所有疲倦一齐袭来，我的棋越下越糟了。

酒菜端上来了。看得出来，在乡下，这样一桌食物定是提前一天就备好的。我又为自己不合情理的来意歉疚起来。

“最近岐阜有什么可观赏的吗？”

“哦，公园你都去过了吧？说起来，柳濑——柳濑的菊花人偶展开始了吧，阿美？”

“有菊花人偶展吗？那倒想去看看。”朝仓趁机接过话头。

“柳濑在哪里……美智子知道吗？”

“怎么会不知道呢……我知道的。”

“那中午就带我们去看看吧……他连这里的公园都还没去过呢。”

朝仓专程陪我跑到岐阜，为了把美智子领出去，他面不改色地撒了许多谎。

也许是脑子太累，才吃了一点儿东西，我就感到想吐。幸好养父母饭后就离席了，只有美智子留了下来。一两杯酒下肚，我便红了脸，索性肆无忌惮地躺在了佛像前。

又下起雨了。隔壁的伞铺传来收纸伞的声音，大概是在拾掇成排晾在院里的雨伞。

美智子拿出半年前的《女学世界》[①]给我们看，着实像是寺院的女儿了。

“我们出去走一走吧。”朝仓说。

“好，我去跟养父说说。”

美智子站起身，把厨房里的和尚拽出来，消失在佛像后面。

朝仓凑到我耳边。

“美智子说，你的信被他们看到了。”

“什么？”

“她正读信时，被和尚抢走了……和尚很生气，说如果我们再来，也只能在寺里走走，不许她出门。”

“也难怪，要是看到信上那些话……没想到被他看到了，那他肯定不会放她出去了。”

我也变了脸色。

“没事，和尚虽然那么说了，但他脾气好，当着我们的面就开不了口了。如果他真不同意，我去和他交涉。”

“我原本不知道他看了信，所以才能若无其事。不知道倒是万幸了！”

嘴上这样说，但听闻和尚看了信，我还是立刻紧张起来。我的信，不就等于在这寺里铺上针毡，让美智子坐上去吗？刚才我还嫌她踩在草席上的大脚难看。我怎么能如此摇摆不定呢？美智子踩在

---

① 创办于1901年的女性杂志，曾在女学生、年轻家庭主妇间十分流行。

针毡上，仍对我笑脸相迎，想到这里，我的心情沉重极了。

> 下月（十月）八日，我们到名古屋修学旅行，顺便去岐阜看你。关于你今后的生活，有些话我要当面对你说。我到之前，你要好好待在家里，遇事一定要忍耐，不要吵架。如果不得已出走来东京，就给我发电报，我去接你。如果你定要独自来东京，切记直接投奔朝仓或我，万勿去找别人。切切。信看后就撕掉或烧掉。

恐怕看到我这封信，养父母才知道美智子对他们很不满，甚至想要离家出走。知道她有出逃之意，他们一定十分愤怒，不愿继续抚养这个狂妄固执的小姑娘了吧？此外，这封信也让我这个书生——美智子从前在咖啡馆的顾客，成了他们眼中不知天高地厚的家伙。怂恿她忘恩负义，还妄谈人家女儿今后的生活，简直是讨厌至极。

衣柜上的铁环叮当作响，美智子忙着找外出用的腰带。我望着她，疲倦突然都消失了。

养父母一再跟我们说："今晚住在岐阜的话，不要去旅馆，一定回这里来。我们等着你们。"

"就住我们家吧。虽然简陋些，还是住得下的。"美智子换上呢子和服，来到院子里，笑着抬头望了望修缮中的正殿。

出了寺院来到马路上，美智子用伞指了指路边的伞铺。"这里，"她显得有些羞涩，"我在外面等你们。"

可她又快步走到店门口，对正在干活儿的男人说："让这位先生看看伞吧。”然后，她跟着我们穿过工作间，一直走到账房。“让东京来的客人看看伞吧。”

“是你的客人吧？”店主大声说，看样子是个爱打趣的人。

“是呀。从东京来的。”

“那我必须给个好价钱。”

朝仓要在美浓纸的产地买把特产的雨伞。

“你是学生吧？这是哪儿的帽子？给我看看吧。哦！还真挺特别的。”店主感到很稀奇似的，把我的学生帽拿在手上，翻来覆去地看。

离开时，美智子不知为何红了脸，独自飞快地从工作间的匠人们面前走过，到门外等我们。对面几家伞铺的匠人站在工作间的窗边，齐刷刷地望向我们。真不知有什么好看的。朝仓半撑开伞挡住脸，大步前行。美智子也撑开了伞，和我保持着距离。我凑近她说：“雨都停啦！”

朝仓和美智子装模作样地仰头看了看，把雨伞收好。

走了一会儿，美智子说抄近路，带我们拐进了天满宫狭小的院内。樱树对寒冷十分敏感，叶子已落了一地。突然，落叶像想起什么似的，在潮湿的地面上翻飞着，发出了秋天的吟唱，随即又被风抛弃，静静地死在地面上。我们穿过寺院后的田间小径，又上了大路。朝仓快步走着，美智子落在后面，我陪在她身旁。望着她的步态，我心想，只有走在阳光里，女子的美才会一览无余。我觉得她定是个没有一丝体臭的姑娘。她苍白得有些病态，笼罩在消沉中，仿佛始终凝视着内心深处的孤独。我不习惯与女人同行，身高的差距也让我无所适从。美智子的高齿木屐踩在铺满沙砾的地上，很是吃力。

“不能再走快些吗？很费劲吧？”

“嗯。”

“朝仓，慢一点儿吧。她走不快。”

“哦，是吗？”朝仓应声放慢了脚步，但很快又撇下我们走到前面去了。我明白朝仓的用意，可他做得太露骨了。我们俩早已商量好，到旅馆安顿之前，谁都不对美智子透露一点儿消息。

美智子突然开口。

“阿俊多大了呢？”

“什么？我二十三。”

“哦。”美智子没有再说什么。

朝仓在东海道线的天桥上等着我们。

“看到那个道口了吧？穿过道口去办事时，我常盯着开往东京的火车。”美智了在天桥上凝望远方。

我们从岐阜站乘电车去长良川。到了南岸的旅馆门前时，老板娘出来说，一二楼的挡雨板都被前阵子的风暴刮坏了，现在不营业。我觉得这简直是不祥之兆。

我们慢悠悠地往回走。

“去公园看看吧。”在半路上，朝仓提议道。

“公园？去公园做什么……去河对面那家旅馆吧。刮的是北风，对岸应该没受灾。”

河滩上，四五个男人正赤着身子拉纤。他们俯身用力，看起来就像在起跑线上蓄力的运动员。我们望着他们，向桥头走去。这时，传来了美智子落寞而沉重的声音。

“你们怎么办呢？”

这句话听起来很不自然，简直可以错解为“你们拿我怎么办”。的确，拿这个不谙世事的十六岁小姑娘怎么办呢？难道说，活跃在我遐想中的，并非眼前这个活生生的美智子，而只是个没有血肉的玩偶？这就是所谓的恋情吗？我美其名曰婚姻，难道不是杀死一个女人，去成就自己的幻想吗？你们怎么办呢——听起来就像是粉身碎骨前的哀叹。其实我所愿的，不过是让纯真、要强、闪闪发光的美智子摆脱一切阴郁和沉重，轻盈自在地飞上蓝天；至于这是恋情还是婚姻，又有什么关系呢？

我们走过了长良桥。

秋雨无声地飘落在湍急的河流上。我们被带到二楼八叠大的房间，窗口正对着河面，景色十分开阔。我来到走廊上，极目远眺。对岸的金华山一片青葱，细雨好似给山峦笼上了白色的轻烟。山顶上浮现出仿建的三层高的天守阁。先前的拖船已经行到上游去了。壮阔的景色让人心旷神怡。

“阿姐，洗澡水烧好了吗？岐阜哪家照相馆好呢？”我拉住女佣一口气问道。

“现在客人少，得等到傍晚才烧水呢。哪家照相馆好，我去账房给您问问。”

“哦。那什么时候能洗澡？水烧好了立刻告诉我啊。”

水还没烧好，打乱了我的计划。我一直觉得，我和朝仓只有轮流去洗澡，才能自然地分别和美智子独处。在站前旅馆吃早餐时，我已经和朝仓商量过了。

“你先说。”

“可以。”

“不行，还是我先说。”

“我都行，你觉得怎么好就怎么做。”

“在我开口前，你可一句也别跟美智子透露。”

“不会的。”

热水要傍晚才烧好，我该如何打发这段难熬的时间呢？十月初，屋子里还没生火盆。在我的设想中，向美智子求婚时，我们之间应该有一只火盆。

我们打起牌来。美智子的手渐渐无力，偶尔露出的微笑也没了生气。

“美智子，你病了吗？”

“没有啊。”

“脸色很难看呢。”

“有吗？我没事的。”她的声音十分虚弱。

对着这副憔悴的面容消磨时间，我越来越焦虑。我甚至感到气馁。美智子正等我跟她讨论未来呢，索性丢下她逃回东京算了。我一次次地向女佣打探水是否烧好，与此同时，又害怕水真的烧好了。

“让您久等了，可以入浴了。”女佣跪坐在走廊上，双手扶地行了个礼，笑着说道。

命运的鞭子终于抽打下来，我浑身战栗，望向朝仓。他轻轻松松地站起身，拿出了毛巾。

“朝仓，我先去。”我颤抖着说。

“哦。”他应声道，甩着毛巾迈向走廊。

“两位可以同去。”女佣说。

“那就一起洗好了。来吧。”

朝仓说完，头也不回地朝通往浴室的台阶走去。我只觉得脑袋里有什么在哗啦啦地坍塌，急忙追上去。这意外的羞怯使我忐忑不安。

“还是你先替我说吧。”我感到自己的声音有些激动。

“我已经跟美智子说过了。”

“什么？你什么时候说的？”我失声叫道。

“在寺里就说了。到这里以后，趁你不在时又提了几次。”

“哎呀，原来你已经说了！我真是做梦也想不到！”

“她说你的信被养父母看见了，所以我很担心。万一不能出门，她甚至都不知道我们从东京跑来是为了什么。所以，趁你跟和尚下棋，我把她叫出去，都告诉她了。”

“那她怎么说？”

“一句话，她对你有好感，但不能立刻答复，还得考虑考虑。刚才在电车里，我提议三个人一起照相，她不是同意了吗？应该没问题。走吧，我们一边泡澡，一边慢慢聊。”

我这才发现自己呆呆地站在楼梯口，急忙走下去。“你是怎么和她说的？”

“我告诉她：阿俊想和你在一起，这对你来说是件大好事，你们俩也很般配。”

般配——这个词使我羞愧。从这个词里，我清楚地看到了朝仓眼中的自己，忽然感到有些落寞。美智子坚强，而我软弱；美智子是开朗的，而我是阴郁的；美智子华丽地浮在空中，我则落寞地沉在地下。我在心里反驳道，若有谁这样想，就是不了解我。

“我跟她说：反正你在寺里待不下去了，要是回老家，你又不是能过乡下生活的姑娘。单身去东京闯荡的女人，大多没有好下场。想依靠大连的姑妈，更是大错特错。以你的性格，嫁去双亲健在、又有兄弟姐妹的人家，也过不下去。这些她自己也很清楚。”

“不管她怎么答复，我再去和她谈一谈。”进了浴池不到两分钟，我就赶忙擦干身子，“你尽量多泡一会儿。别回来得太早。”

我走上台阶，发现美智子已出了房间来到内走廊上，正扶着栏杆发呆。

“怎么了？”

“哎，真快啊！已经洗好了吗？”她向我走来，尽力摆出若无其事的样子，笑容却有些僵硬，“真快啊。”

“乌鸦洗澡①嘛。”

我果断地答道，心想机不可失，决不能跑题。我把毛巾挂在衣架上。美智子就安静地坐在棋盘对面，双目迷离，视线落在自己膝头。我走到她面前坐下，她也不看我。她已紧张得说不出话了，只是忐忑地等我开口。

“朝仓和你说了吧？”

血色唰地从她脸上消失，又慢慢泛回。她飞红了脸。

“是。”

我叼起烟斗，琥珀烟嘴嗑在牙齿上，咯咯直响。

---

① 日本熟语，比喻洗澡时间极短。

“你怎么想呢？”

“我没什么可说的。”

“什么？”

“我没有意见。你能娶我，我很幸福。”

幸福这个词来得太突然，我吃了一惊，良心也惊跳起来。

“幸不幸福，也很难说……”

她果断地打断了我，声音锐利而干脆，像一根尖细闪亮的钢丝。

“不，我是幸福的。”

她的气势使我沉默了。什么是幸福，什么是不幸，又有谁知道？今天的婚姻，给明天带来的是欢乐还是悲伤，也无人能知晓。我们唯有祈祷是欢乐，只能梦想是欢乐。既然如此，能拿明日欢乐的话语，来换取今天的婚约吗？那看不见的幸福，无法预知的明天，只有当作希望才是真实的，视为承诺就成了谎言。可这些大道理又有什么用？眼前这个女孩，单纯地说她会幸福，我能体会她的心就够了，我应该好好保护她的梦——和我结婚会幸福的美梦！

“所以，请先把我的户籍落在澄愿寺，然后您来娶我。那样，我会很开心的。”

比起谈论感情的事，谈论户口更让我感到轻松。于是，我问了几个有关她和养父母家关系的问题，虽说有些是我已经了解的。

“大连的姑妈说，只要有意中人，我就可以出嫁。养父也催促父亲，说把我的户口迁过去，好让我从寺里出阁。我说要走，他会同意的。我这种人还是出去的好。”说话间，美智子渐渐垂下肩膀，身子也放松了。

“你也知道，我什么也没有，你还有父亲……”

我本想说我自幼失去至亲，美智子幼年离家，可话到嘴边又咽了回去。

“嗯，我都知道。”

“你现在无处可去，希望你不要以为我向你求婚是乘人之危。”

“怎么会呢？我怎么会有那种想法？”

“今后我还要写小说，你……”

“嗯，没问题，我没有意见。”

我无法用言语表达我的感受，这一切和想象中完全不同。美智子远比我坚定。我陷入沉默，心也安定下来，化作一池幽静清澈的水，汩汩向远方流去。我仿若进入了梦乡。这女孩同我订婚了！就是这个女孩！我望着美智子，既惊又喜，就像一个孩子撞见了绝世珍宝，感到难以置信。我遥远的过去沐浴着新的光辉，轻轻凑近现在的我撒娇说，看啊，看看吧！不知为什么，我觉得美智子很可怜，居然轻率地答应我这种人的求婚。认命——也许对她来说，婚约只是一种落寞的认命？忽然间，我看见两颗火球向无垠的黑暗坠落下去，世上的一切都退成了远景，渺小而又悄无声息。

“浴室空出来了。”女佣说道。朝仓洗完了澡，让她前来告知。

“你也去洗一洗吧。”我站起身，取下衣架上的湿毛巾，递给美智子。她没有拒绝，接过毛巾走了出去。

美智子回来时，屋子里只有我一个人。她没有看我，摸了摸手提包，就拉开纸门到走廊上去了。也许是不好意思在房间里化妆吧，我错开视线，不去看她。过了一阵子，天渐渐黑了，灯亮了起来。我朝走廊望去，只见美智子面向河滩，脸贴在栏杆上，双手捂着眼睛。啊，原来是这样。啊，原来是这样！她在偷偷地哭泣。那情绪也感染了我。美智子发现我正看着她，立刻起身回到屋里。她眼睛红红的，看上去实在柔弱，仿佛要依偎过来似的微笑着。那表情和我想象中一模一样。

就在这时，朝仓回来了，晚饭也送到了。

美智子的脸色焕然一新。浴室里没有脂粉，在走廊上也没见她带什么。然而，她那从早晨起就苍黄的皮肤，此刻变得白皙了，双颊也泛起红晕。她由病人变回了少女。她大概一直想着朝仓在澄愿寺说的话，所以整日都面色晦暗。离寺时没来得及打理的头发，也在浴后梳得整整齐齐。她本就五官分明，现在眉眼和嘴巴似乎分得更开了，透出一丝迷惘。

晚饭后，朝仓和美智子到走廊聊天，眺望暮色下的河流。我躺在房间里，享受着情感的餍足。

“出来吧。”朝仓喊道。我在美智子让出的藤椅上落座。急流的对岸夜色茫茫，街市尽头的灯火远远摇曳着。

“午年作祟呢……”美智子似乎在自言自语。

她是说丙午年出生的事。回想往昔，如今发现崭新的自己……丙午年生，十六岁的少女——这个古老的日本传说，又在我心中掀起波澜。[1]

美智子开始说些不着边际的话，就像任性的小孩随意挥舞手中的烟花棒。

“看，渔火，是鱼鹰船！”我喊道。

“啊，鱼鹰！”

---

① 在日本，有丙午年出生的女人克夫一说。受这种迷信观念影响，生于丙午年的女性在婚姻上常遇到阻碍。

“会到我们这儿来吧？”

“会的，会的。会从下面经过的。”

金华山幽暗的山脚下漂浮着点点渔火。

“没想到还能看见鱼鹰。”

“是六艘还是七艘？”

湍流中，渔火急速移动，离我们越来越近，也燃起了我们心中的灯。黑色的船身、跳动的火焰，还有捕鱼人、徒弟和船夫，一一映入眼帘。船夫击楫扣舷的激越声音，火把哔剥燃烧的声音，也都清晰地传来。渔船顺流而下，飞速向旅馆所在的河岸驶来。转眼间，我们已站在簇簇渔火之中了。黑色的鱼鹰在船舷上骄傲地拍动翅膀。浮在波间的，潜入河底的，跃出水面的，捕鱼人掰开尖喙吐着香鱼的……它们好似一群黑色的小精灵，轻捷地在水上狂欢。小小一叶舟，就有十六只鱼鹰，叫人一时竟不知看哪儿才好。捕鱼人站在船头，熟练地操控着十二根拴鱼鹰的绳子。渔火将水面烤得通红，给人一种错觉，仿佛从二楼也能看见香鱼似的。

于是，我拥着红彤彤的渔火，一次次望向火光中美智子的脸庞。在她一生中，这样美丽的容颜，恐怕不会再出现第二次了。

旅馆位于下鹈饲。我们三人目送着渔火，直到船驶过长良桥消失不见，才出了旅馆。我连帽子都没戴。朝仓在柳濑站突然下了电车，显然是想让我和美智子独处。乘客只剩下我们两人了。街道上，灯火星星点点，电车就这样飞驰而去。

母亲的初恋

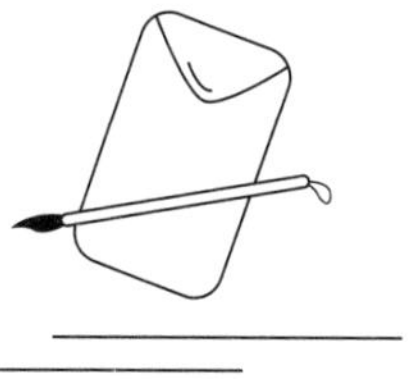

一

佐山提醒妻子时枝，不要再让雪子做沾水的家务，免得婚礼的时候搽白粉不好看。

这种事本该身为女性的时枝想到，再者雪子是佐山初恋情人的女儿，关系微妙，佐山开口前，着实踌躇了一番。

然而，时枝听他说完，丝毫没有不快的样子。

“对呀！”她点头说，“至少得去美容院试两三次妆，让皮肤适应适应，不然，突然搽那么厚的白粉，不容易上妆呢。”

于是她叫来雪子。

“雪子，别再做饭洗衣服了。杂志上说，婚礼上手粗糙了不好看。还有，睡前要在手上涂护肤膏，戴着手套睡。”

“嗯。”

雪子擦着手从厨房跑过来，微屈双膝，跪坐在门边听完。倒不至于羞红了脸，但她起身向炉边走去时，仍一直低着头。

这是前天傍晚的事了。然而今天中午，雪子又在厨房忙碌起来。

看样子，婚礼当天，她也会做好早饭才出门。佐山这么想着，看到雪子从锅里舀了一勺汤放在小碟子里，探着舌头尝味道。她微微眯起眼睛，显得十分陶醉。

佐山不由得走过去。

“真是个漂亮的新娘子！”他说着，在她肩上轻轻拍了一下，“做饭的时候想什么呢？”

“做饭的时候……”雪子嗫嚅着愣住了。

雪子喜欢做菜，从女校三年级开始给时枝打下手，去年毕业后，就已经可以独立掌厨了。

“雪子，帮我尝尝这个怎么样？”现在，时枝连调味都让雪子来了。

雪子做菜，味道跟时枝完全一样。最近佐山开始操办雪子的婚事，才突然意识到这一点。

即使是母女或姐妹，做菜的味道也未必会如此相同。佐山乡下老家有两个姐姐，出嫁前都学过烹饪。佐山现在还记得，二姐做菜就是口味发甜，一直招人揶揄。

佐山偶尔回老家，尝到老母亲做的菜，仍感到很熟悉，但口味已经完全不合了。现在佐山家的饭菜，都是时枝娘家的味道。雪子十六岁时被佐山家收养，完全继承了时枝的手艺。她也会把这些味道带去婆家吧，想来有些不可思议。当然，其他方面肯定也类似。

雪子做的菜，不知合不合她丈夫若杉的口味？

佐山觉得雪子有些可怜。

他走进起居室，看了一眼布谷鸟挂钟，怒吼道：“饭还没好？你们看看几点了？一点零三分就发车了。”

"来了。"

雪子赶紧上菜，同时叫来在屋后劈炭的女佣。

雪子也一同落座，伺候佐山和时枝用餐。

佐山望着雪子的手，倒也看不出被家务活儿弄粗糙了。可能因为她肤色白皙，也可能因为她毕竟才十九岁，正是花样年华。她的手腕肉嘟嘟的，透着少女的娇羞与温暖。

佐山不禁微微一笑。

"怎么了？"时枝抬起脸问道。

"没什么。我看雪子戴着戒指。"

"怎么了？这是订婚戒指，人家既然给了，我就让她戴上了。有什么好笑的？"

雪子满脸通红，摘下了戒指，慌慌张张地藏在坐垫下面。

"抱歉，抱歉！我不是觉得可笑，怎么说呢，我有这个毛病，经常无缘无故地发笑……有时候无聊，就突然笑起来。"

佐山解释着，雪子好像羞得更厉害，几乎快要坐不住了。

佐山说不清楚自己为什么笑。而雪子那么害羞，也很不寻常。

佐山吃饭前已经换好了出门穿的西装，所以饭后立即出去了。

雪子拿着他的皮包，站在门口等他。

"不用送了。"佐山说着，伸手来接皮包。

雪子却扬起脸，有些悲伤地看着他，摇摇头说："我送您到公共汽车站。"

佐山想，也许她有什么话要说。

佐山去热海，是要给雪子和若杉预订新婚旅行的酒店。

佐山故意走得很慢，但雪子什么也没说。

"你想住什么样的酒店？"

佐山又问起这个问了无数遍的问题。

"叔叔您喜欢的地方就好。"

雪子站在他身边，再没有开口，直到公共汽车进站。

佐山上车后，雪子仍在原地目送他，随后走到路边的邮筒旁投了一封信。显然，她不是随意投的，仿佛有些迟疑，却又带着一分沉静。

佐山回过头从车窗望去，看见雪子站在邮筒前的背影。他的目光落在雪子肩头，心想，也许该让这孩子长到二十二三岁再结婚。

信封上似乎贴着两张四分钱的邮票，不知要寄去哪里。

二

预订新婚旅行的酒店，本可以按时枝说的，打个电话或者寄张明信片就好。但佐山借口要顺便构思新剧本，专程跑来了。

雪子从懂事起，就受尽了继父和贫穷的折磨，来到佐山家后生活安定，但总归寄人篱下。而且，寄宿在亲戚家还好说，偏偏佐山家跟雪子关系特殊。对雪子来说，不知是否有进了牢狱的感觉。

只有结婚才能让雪子拥有属于自己的生活和家庭。

佐山煞费苦心地挑选酒店，就是希望婚礼后的第一个早晨，雪子能在解放和独立的强烈感受中睁眼醒来。因此，从酒店要能看到云开雾散，眼前一亮，如同从洞穴来到广阔的原野。

热海酒店向南可以望见海峡和海面，是很合适的。但西式酒店的构造，还有被其他新婚夫妇环绕，可能会让腼腆年轻的新娘雪子感到不自在。最近新建的独栋和室，又有点像情人茶屋，过于露骨了。

佐山终于看中了一家酒店。庭院宽广，树木与山丘之间，散布着独栋的复古小别墅，错落有致。瀑布和池塘很有田园风味。因为是独栋，便可以像在自己家一样放松，还设有浴池。酒店坐落于城郊的山脚下，地段也恰到好处。

佐山选定其中一栋别墅，从庭院望进去有点昏暗，但还是立刻预订下来，然后就回到自己的酒店房间。

佐山本想在这里度过悠闲的两天，所以一本书都没有带。然而，他才坐了两个小时，竟感到无聊起来。

“怎么会这样？真奇怪！”他自言自语起来。

佐山突然意识到，自己思考和想象的源泉已经干涸了，不觉悲从中来。

自己究竟被什么蒙蔽了，竟每天都煞有其事地忙碌着？

制片厂的工作并不繁忙。佐山不过四十岁出头，作为编剧，已经退居二线了。他不用每天上班，不感兴趣的小说也可以推给后辈去改编，他只跟意气相投的导演合作，写些自己喜欢的剧本。他能如此自由，要归功于他在制片厂的老资历，也可以说，他已经功成名就了。

不过话说回来，这也说明他不再是在职的剧作家，在制片厂里成了可有可无的人。

电影圈风水轮流转，对此他已习以为常，但真轮到自己时还是有些狼狈，好像大牌女星忽然发现自己成了明日黄花，只能饰演老年角色一样。这使他心烦意乱。

是该以剧作家的身份重整旗鼓，还是干脆离开制片厂，回到老本行做戏曲呢？佐山犹豫不决。

有一家大剧院委托他写一部剧本，明年二月份上演。佐山很久没有写戏剧剧本了，这正是打翻身仗的机会。他原本打算在温泉酒店静下心来构思。

然而，思来想去，只有他多年来胡乱写就的电影情节，断断续续地在他脑海中沉浮，再没有新东西萌生。这些画面里还出现了几位如今早已不知去向的女演员，简直就像是过去的亡灵。

他极力将这些情节组织起来，可编出来的都是老一套的电影故事，毫无特色可言。想到自己居然为这些东西耗尽青春，他懊悔不已。

他试着摆脱电影编剧的思维定式，可大脑一片空白，无聊得竟如坐针毡。

“还是得把老婆叫来。”他苦笑着，拿起剃须刀慢慢刮胡子。

时枝比佐山小十一岁，在他们的小家中却更沉稳持重。她把一切希望都放在孩子身上，几乎忘了自己还年轻。佐山觉得，像时枝那样才合乎天理；而他出于职业需要，在某些方面必须跟孩子比拼活力，早晚要遭到上天的惩罚。

佐山想起了雪子的母亲民子那疲惫不堪的模样。她不过三十出头，周身的关节却像要散架了一般。

那是他和民子分手十余年后第一次见面。民子对他说：“看到你事业有成，我也很高兴。”

民子说得直接而肯定，看上去也确实发自内心这么想。佐山一时不好否认。

民子又说："你的大作我都看了。我经常带孩子一起去看。"

佐山很意外。"大作"一词实在让他脸红。他不过是把小说改编为电影剧本，再由导演将其拍成电影。对于一个改编剧本的人来说，这其中有哪部分能算是自己的"大作"呢？就说改编剧本，也要满足各方面的要求，并不能自由发挥。被民子说成是他个人的"大作"，听起来倒像在讥讽了。

当然，那不是他为电影编剧诉不平的时候。于是他换了话题，问起民子的孩子。那孩子就是现在要出嫁的雪子。

六年前的一天，妻子时枝带孩子购物回来，看到一个女人正扒着自家的大门朝里面窥探。

时枝本想从后门绕回家，那女人看到时枝，却像只偷食的猫一样转身就逃。还没跑上大路，便跌在一户人家的院墙下，就势蹲在那里不动了。

时枝感到害怕，跑来叫佐山。

"老公，你出来看一下。"

佐山还以为是制片厂的女人，起身走到外面时已不见人影，回来后便问时枝，是个什么样的人。

"打扮倒也不奇怪。像是个病人。"

"病人？"

两人正说着，门口传来女人的声音。

时枝看了佐山一眼，自己去玄关招呼。她回来时已经变了脸色。

"老公，是民子。"

"民子？"佐山霍地站起身来。时枝一把将他按住，说："你还要见她？”

时枝气势汹汹，佐山被她的态度震慑了。

“什么？为什么不……”

“真没骨气！”

时枝不屑地冷笑一声，见佐山往玄关走，就高声唤着两个孩子，带他们从后门扬长而去。

佐山吃了一惊，既觉得有点对不起时枝，又因时枝的做法感到生气。

当年背叛自己的恋人突然找上门，他还老老实实出门迎接，确实很窝囊。对妻子来说，也是不堪忍受的侮辱吧。

其实，对于昔日恋人，佐山心里丝毫没有泛起波澜，只猜测她此行大概是来要钱的。

时枝这样闹，民子在玄关肯定都听到了，白白让她看笑话。佐山反倒想替妻子挽回些面子。

他努力做出若无其事的样子，把民子让进书房。

“夫人一定觉得我是个厚脸皮的人。”民子反复说，“要不是夫人已经看见我了，我今天也就这样回去了。最近我已经来过两三次，觉得太难为情，就没敢进来。”

民子态度卑微得可怜。她述说着自己对佐山的思念，言辞恳切，态度也很真诚。

佐山听着很不自在，仿佛背叛了对方又厚颜无耻地找上门来的不是她，反倒是自己。

于是他问起民子的近况。民子说，第一任丈夫婚后得了肺结核，她随丈夫回乡下老家，看护了他四年，他还是死了。民子带着女儿跟现在的丈夫根岸再婚五年了。她的语调，好像在与一个熟悉自己过往的朋友倾诉。

“这些年我吃了很多苦，也是罪有应得……谁让我当年错过了幸福呢，没有办法，只能认命。很苦的时候我会想起你，于是难过起来。我真是自作自受。”

她说这是自己背叛佐山的报应。如果跟佐山结婚，现在一定很幸福。

根岸是个矿山工程师，曾流落到朝鲜，回本土后仍喜欢投机冒险。他运气好时在矿山找到工作，很快就因暴露出投机的野心被赶了出来，常常走投无路，民子只能跟着他在山间奔波。偶尔在东京落脚，丈夫就让她去酒吧赚钱，手里一有点钱又不知去向了。

民子常年劳累，积劳成疾，心脏和肾脏都很衰弱，连医生也不相信她居然还能出来工作。刚才碰到时枝，她仓皇而逃，结果眼前发黑摔倒在地。她经常晕倒，感觉随时都会死掉。

民子脸上没有血色，手又青又黑，瘦骨嶙峋。头发也很稀疏。

民子说，她这次到底是下定决心与根岸离婚了。

接着，她终于开口说要带女儿开一家咖啡馆谋生，希望佐山借给她五百元。

五百元开不了像样的咖啡馆。如今咖啡馆越来越多，像传染病一样到处蔓延，她的店真能站得住脚吗？另外，民子的身体恐怕也支撑不住。

民子却说：“附近有家很好的店，现在店主要回老家，如果我接手，他就低价转让给我。店里的东西都是现成的，接手就能开张。女儿讨厌现在这个继父，盼着我带她出来开店。”

“你女儿多大了？”

“十三岁。马上就毕业了，可以来店里帮我。”

接着，民子兴致勃勃地说起了店铺的样子和所在的地段。

佐山告诉民子，自己拿不出五百元来。东挪西凑也许能凑出来，但是他手头没有闲钱。

认为佐山“事业有成”的民子，似乎并不相信佐山的话。但是她碰了一鼻子灰，终于明白自己根本没有向佐山借钱的资格。她羞愧难当，号啕大哭起来，一副走投无路的样子。

佐山和民子没有过肉体关系，这更显得她讨钱这件事毫无道理。

佐山又问起她的孩子。他想，或许她女儿身上，还残存一些他爱过的人的影子。

“孩子像你吗？”

“不太像我。她是大眼睛，大家都说她长得好看。我带她来就好了。”

“是啊。”

“我带她看你的电影，也常跟她说起你。雪子对你很熟悉。”

佐山露出愁苦的表情。

时枝还没有回来。但她是带着孩子出去的，佐山倒也不太担心。

民子继续哭诉自己的生活如何艰难，如何怀念两人的过去。她突然感叹说：

“你是个正人君子……”

佐山不明白她的意思。莫非她有意要和根岸分手，做佐山的情人，再开间咖啡馆谋生？还是说，她只是在赞叹佐山当年的为人？

民子待了两个小时才走。

天色微暗时时枝才回来。一看到佐山的样子，她就放下心来，不再为民子的事与佐山计较。佐山告诉她，民子是来借钱的，又给她讲了民子这些年的遭遇。

“再怎么说，她竟然好意思来找你借钱……你打算借给她？”

“没钱我拿什么借啊——你刚才去哪儿了？”

“带孩子去公园玩了。”

三

在给雪子新婚旅行选定的热海温泉酒店里，佐山想起了雪子母亲说过的话：

“你是个正人君子……”

听起来像是在嘲笑他，又像是在感叹自己遇人不淑。

给民子送葬，为雪子操办婚事，做出这些事，正因为佐山是这样的人，再加上时枝善良又心软。

民子来他家后又过了两个多月，一天傍晚，佐山从制片厂下班回家。

“今天民子来了。”时枝说，“带着孩子来的。”

“什么？带着孩子来的？孩子怎么样？”

“那孩子还挺不错的。长得好看，比她妈妈漂亮。要是你的孩子，就有点意思了。”

时枝很冷静，甚至开他的玩笑，佐山有些意外。

“你让她们进门了？”

“是呀。她跟我聊了好多，刚刚才走。她真是个可怜人，经历的事多得说不完。”

看样子，时枝对民子已不再反感，甚至还很同情。而且，时枝似乎也相当满意自己如此有同情心。

的确，民子不再对他的家庭和睦构成威胁，但是时枝和民子居然凑到一处说起女人的知心话，这种关系的飞跃实在超乎他的想象。

现在时枝似乎比佐山还了解民子了。

“她说，已经跟那个姓根岸的矿山工程师离婚了。”

“离婚了？她开咖啡馆了？”

“那倒没有。”

时枝还说，民子为孩子考虑得很长远，是个有头脑的女人。

从那以后，民子再没有来过。大概半年后的一天，佐山在银座偶然碰上了她。

民子仍很亲热地凑了过来。

佐山说起时枝夸她女儿可爱，民子立刻咧嘴一笑，请佐山也见一下雪子，说罢便去叫出租车。

“现在就去？”佐山被她拽着，有些不情愿。

“就孩子一个人在家，你不用在意。”民子说。

民子家在麻布十番的小巷里，雪子穿着水手服，正趴在简陋的书桌前学习。她大概在上女校。

民子叫雪子打招呼，雪子站起身，孩子气地鞠了一躬，然后就低下头沉默着。看来不用母亲介绍，她早就知道佐山是谁了。

“没事，去学习吧。”佐山说道。雪子莞尔一笑，点了点头，却在佐山面前坐了下来。

这家里空荡荡的，没有什么家具，收拾得一尘不染，显得越发冷清。佐山想，民子可能跟了别的男人才搬到这里来。她的身体看上去也好些了。

“那时候我还是个孩子，不懂事，做起事来不管不顾。后来慢慢明白了，就一直在心里向你道歉。从来没敢想，还能像现在这样见到你。”

民子又提起往事。

孩子还在场呢，佐山很是尴尬。

民子看了一眼雪子，说：“没关系，她都知道的。她还问过我，咱们这样接受佐山夫人的关照，合适吗？”

雪子听母亲初恋的故事时，不知怀着怎样的心情。

“雪子没有什么人可以依靠，要是我有个三长两短，能请你照顾她吗？你的事情，我都跟她详细讲过了。”

民子的话让人感到奇怪。

诚然，佐山把这话当作民子对自己的一种信任。可是，如果往歪了想，民子之前说开咖啡馆就是想当佐山的女人，现在难不成是在暗示他去爱雪子？民子结过两次婚，大约也给人当过妾室、做过情人，像她这样的女人，为无依无靠的女儿安排这样一条出路也不足为奇。

不管怎么说佐山已人到中年，不再是纯洁的少年，很难不作他想。

没有肉体关系的男女之情，只不过是儿戏——有好几个女人给他上过这堂课。

当然，这其中第一位老师就是民子。

民子和佐山订婚时，正如她自己所说，还是个孩子，两人如胶似漆，可她转身就和别的男人结婚了，这让年轻的佐山百思不得其解。最后的结论是，因为他没有占有民子的身体。这再普通不过的一件事，却让佐山感到十分痛苦。

他视如珍宝、倍加爱惜的东西，却被别的男人粗暴地糟践了。少女的肉体如此盲目，佐山束手无策，只能眼睁睁看着她堕落。

民子跟男人跑了以后，佐山还去住处找过她一次，她耸着肩膀，说："我已经完了，都成这样子了。"

"怎么就完了？你不是好好地在这里吗？"

佐山是真心这么想。可民子却突然站了起来，咣当咣当地开始打扫房间，像是要赶他走。

佐山后来才明白，那时就该强行把她带走。谁更爱她，更能给她幸福，这些都不是问题。谁更简单粗暴谁就是赢家。

民子背叛了他，他也没有怪民子，反而认为是自己的错。当时他和朋友一起组织了一个戏剧研究会，经常举办一些学生的戏剧演出，民子来帮忙做替代演员。后来佐山求婚，她不假思索就答应了。佐山毕业后进了制片厂，比起戏剧，他对电影这门新兴艺术更满怀热情与梦想，希望能借心爱的民子之力开花结果，于是他安排民子进了同一家制片厂。如果立刻结婚，民子演戏的才能就无法充分发挥，而且他还年轻，不好意思厚着脸皮到处推荐自己的妻子。于是他把婚姻当作美好的理想，心想至少要让民子演过几个好角色后再结婚。而这时，一家末流电影小报的记者，有意无意地在制片厂进进出出，说要给民子包装宣传，一来二去就把她骗走了。

于是，民子生下雪子，到乡下看护生病的男人，直到男人去世。

刚失去民子那会儿，连坐电车不经意触到年龄相仿、十七八岁的女孩的和服时，佐山都会难过得哭出来。

他甚至不敢轻易外出，担心民子回来找他，两人错过了。

如今，十几年过去了，她就站在他面前，已是别人的残羹剩饭，他再无心品味。

如果真如民子所说，她无法忘记佐山，一直思念着他，为自己的行为忏悔，甚至对女儿雪子也谈起他，那么，背叛爱情的到底是谁呢？

民子潦倒失意，而佐山——用她的话来说，已经“功成名就”。所以，每当她伤心难过，便会想“如果当初嫁给佐山，一定很幸福”。她就这样追逐着佐山的幻象来抚慰自身的不幸。

纵使她有些小算盘，但不管怎么说，到现在她还持守着这份爱。佐山有些惊讶，当年自己那幼稚的爱情，竟没有泯灭。

他曾播下的、已被他遗忘的爱的种子，而今竟然挣扎着结出了果实。一颗干瘪的酸果子，到底该怎么处理呢？

更惊心的是他意识到，其实自己才是那个始作俑者，打乱民子的人生轨迹，把她推进不幸的深渊。他爱过民子，遭她背叛，伤心痛苦，而后就完全忘记了。他受到什么实质性的伤害了吗？并没有。

佐山匆匆告辞。

民子带着女儿出来相送。

在坡道上，雪子与二人拉开一段距离，沿着一侧的水沟边缘走。

“雪子！”

民子叫她，她越发朝水沟边缘靠过去。

四

母亲民子去世　雪子

第二年四月，雪子发来这样一封电报。

“雪子……发信人是雪子啊。那孩子一个人多不容易啊，你去看看她吧。”时枝说。

不知为什么，“雪子”两个字让佐山心头一紧。

他又去过她们在麻布的家中一次，那之后便失去了音信。现在雪子忽然用自己的名字落款发来电报，不知她是怀着怎样的心情通报母亲去世的。

“葬礼安排在什么时候？下葬前过去的话，我得准备点钱。”

“不用吧？你……”“没义务”这三个字就写在时枝的脸上，不过她又改口道，“没办法，你肯定会说这是尽最后一次义务。不可思议，真是场灾难啊。”

她一边笑着掩饰尴尬，一边替佐山备好丧服。

民子家里挤满了邻居，他当然谁都不认识，只能连声唤着“雪子、雪子”。

雪子跑了出来，是个活泼的女孩，完全看不出刚刚丧母。

看见佐山，她显然吃了一惊，但顿时露出纯真的笑容，随即微微羞红了脸。

佐山心里泛起一阵温暖，不禁觉得自己来对了。

佐山默默走到遗体前，雪子在身后跟了过来。

佐山为民子焚了香。

雪子在民子头部旁边坐下，微微弯腰，叫了一声“妈妈”，然后拉下了盖在死者脸上的白布。

雪子向母亲汇报佐山到来，又向佐山展示民子的遗容，这给佐山带来极大的震动，甚至大过民子的死讯本身。

佐山看着面如白蜡的民子。

“多安详的一张脸啊。”

雪子点了点头，说：“妈妈她说……”

“说什么？”

“说给您带好。”雪子突然双手捂脸，抽泣起来。

“所以你给我发了电报？”

“是的。”

“谢谢你通知我。”佐山把手放在雪子肩膀上，“雪子，不要哭了。你一哭，大家更难过了。”

雪子听话地点了点头，擦干了眼泪。

佐山把白布盖回民子脸上。

天色渐晚，已到点灯时分。

佐山不好立刻回去，久留也有些奇怪，就暂且躲在角落里，打算看看情况再定。结果雪子兴冲冲地拿来烟灰缸和坐垫，又给他端茶送水，一门心思招呼他，眼里完全没有其他客人。她做得如此露骨，纵使还是个小孩子，也难免会被人侧目，于是佐山把她叫到门口。

可是，雪子深陷悲痛之中，只是下意识地在做事，佐山很难张口让她不要只照顾自己。

“是谁负责帮忙料理丧事？”

“我叫他过来吧？”

“好啊。守夜时的食物准备好了吗？”

“我不知道。”

“那得买点什么才行啊。附近有寿司店吗？”

“有。”

“我们一起去吧。”

黑暗中两人一起顺着坡道往下走，佐山突然难过起来。

雪子又贴着水沟边缘行走。

“走中间吧。”佐山说道。雪子受惊似的，紧靠了过来。

“哎呀，樱花开了。”

“樱花？”

“嗯，在那儿。”她指着一座大宅院的围墙上方说道。

佐山拿钱给她，可她坚决不肯收，仿佛那是什么可怕的东西。

“小雪，你身上要有些钱，说不定会需要的。”

佐山试图把钱塞到她衣兜里，她闪开身子，钞票散落一地。

佐山正要去捡。

“我来！”

她的声音十分坚定。一蹲下去，泪水便如开了闸一般扑簌而下。

起身后，她还一直边走边哭。

“等到家了，可就不能再哭了啊。”

两个人回到家。这期间邻居们似乎已经达成共识，要听佐山的，或者说仰仗佐山，于是大事小情都来找他拿主意。

民子年迈的父亲从老家赶了过来，可这个贫苦的农民还摸不清东西南北，什么都不敢做主。

邻居们与佐山不熟，大概还是觉得拘谨，就不住地劝佐山先去休息。

“小雪这几天也够累的，今晚就好好休息吧。不睡个好觉，明天可撑不住啊。好了好了，隔壁楼上已经铺好睡铺了，带叔叔去吧。”

雪子在佐山旁边站着等他，于是佐山和她一起去了隔壁的二楼。

六叠大的房间里，铺了三床被褥，边上已经睡了一名女子，佐山就选了靠近壁龛的那一床。

雪子躺在中间的，一直发出窸窸窣窣的声响。

“睡不着吗？”佐山问，雪子又抽泣起来。

佐山远远地伸出手，轻轻搂过雪子的头。雪子一把抓住他的手，把脸贴了上去。

雪子的热泪濡湿了他的手掌，他从中感受到的是民子那充满哀伤的爱意。

“睡不着？”

“嗯。”

“我知道，你很难过。”

雪子摇了摇头，说：“被子有股怪味儿，让人不舒服……”

“什么？”

佐山探过头去闻，被子里散发着一股强烈的男人体臭味。

佐山突然感受到雪子是个女人了。

“把我的换给你吧。你那床大概是哪个男人用过的被子。”

第二天早上，雪子在火葬场用佐山给她的钱付了款。

五

雪子结婚当天，还是为全家准备了早饭。

“小雪，你别做了。”

随后传来时枝责备孩子们的声音，佐山被吵醒了，过去一看，雪子正在给孩子们装带去学校的便当。

时枝又去责怪女佣。

“没关系的。阿姨，这是最后一次了，就让我来吧。”

“给。”雪子把便当交给小朋友们，一边一个牵着他们的手出门了。

目送着她们的背影，时枝笑着对佐山说：“尽最后一次义务，你还记得吗？”

“嗯。马上就要出嫁了，这回真是最后一次了。”

“不好说……以后也许还会发生点什么呢。”

收留雪子这件事，与其说是佐山的主张，不如说是出于时枝的同情心。

民子葬礼过后不久，佐山曾给雪子寄信，却被退了回来，退回的信上面附着便笺：已搬家，新址不明。

后来有一天，时枝去百货商店，碰到在餐厅打工的雪子。

时枝说：“看见熟人，她那高兴劲儿可不是一星半点。她也真够可怜的，说是已经从女校退学，现在就住在百货商店的宿舍里。你要是看见了，肯定会让她来我们家吧。”

就这样，雪子成了佐山家的一员。

他们供雪子念完女校，雪子也十分勤快，不论照顾孩子还是下厨，都做得很好。时枝非常喜欢雪子，早把她是丈夫昔日情人的女儿这档子事抛到脑后了。

出嫁也是时枝张罗的。为以后着想，还正式收雪子为养女，把户口迁进了佐山家。

跟制片厂有生意往来的一个裁缝，兼职给人说媒，他见过雪子，就找时枝提亲，时枝一听很感兴趣。

“小雪性格开朗，什么都好，就是时常发呆，看来该让她出嫁了。到底是别人家的女儿，也不能老抓在身边不放。”时枝如此说道。

相亲对象名叫若杉，三年前大学毕业，现在是银行职员，家里也没什么负担。这对雪子来说，无疑是一门再好不过的亲事。

雪子回答说，一切都听佐山夫妇的安排。

婚礼当天早晨，雪子出门前，家里准备了简单的宴席以示庆祝，雪子按规矩向父母致谢告辞。

“小雪，要是在婆家碰上难过的事，实在忍不下去了，就回娘家来。”

听到时枝的话，雪子突然哽咽起来，双手不住地颤抖，跑出了房间。

“哪有你这样的，乱说话。”

“要是自己的女儿，当然不会这么说，可是……”时枝反驳道，“我要不这么说，雪子那孩子就太可怜啦。”

“那也不该这么说啊。”

“没事。哪家女儿出嫁都得哭一场。雪子这么一哭，也算真正成了我们家的女儿。”

婚礼仪式在饭田桥的大神宫举行，新郎若杉家有十四位亲戚出席，新娘这边却只有佐山夫妇两人，偌大幽暗的会场显得冷冷清清。

喜宴上，除了佐山的朋友、两对夫妻外，还邀请了十几个雪子女校的朋友，女孩们鲜艳的和服一下子让婚礼热闹喜庆起来。

佐山坐在新娘双亲的席位上。

“新娘子真漂亮啊，落落大方。”

“那是。穿礼服时，我特意让造型师把胸部弄得丰满来着。”

“把胸部……塞东西了？”

“你别乱问了。”时枝嗔怪道。

可是，佐山却无法沉默不语，他不禁想起了民子，心中怅然，不时向窗外张望。女儿大喜的日子，不知民子的魂灵是否也在默默观礼。

“怎么回事？宴会上的料理，雪子怎么吃那么多？”

“就是要吃呀。是我让她吃的。现在的新娘都要吃的，要是什么都不吃，反倒不自然呢。”

“是吗？我怎么看着她有点自暴自弃的样子。”佐山小声嘀咕道。

新婚旅行，他们没有去送。时枝想送到车站，被佐山拦住了。

“这可不是新娘子的父母该去凑的热闹。”

席罢，两人一起回家，车中满载着落寞。

片刻沉默后，佐山恍恍惚惚地说道：“婚礼很正式，真不错。”

“是啊。这下，我算是对民子仁至义尽了吧？”

“瞎说什么呢！”

“嗯，不说了。你喜欢过小雪吧？”

“喜欢过。”佐山平静地答道。

“其实你不用顾虑我，这么早就把她嫁出去的。应该让她在家里再待上三四年。我没想到她一走我们会这么寂寞。”时枝也平静地说道。

“嫁女儿真是件残酷的事。”

“真可怜啊。要是让他们多交往交往再结婚，两个人再熟悉一些，我们说不定会好受些。”

“也许吧。”

“我们自己的孩子，到时候我可不想就这么嫁掉了。我要让她先恋爱，一定让她先恋爱。”

佐山家第一个孩子是女孩。

新婚第三天，新人旅行回来，按礼数要去媒人家致谢。佐山来到若杉和雪子的新居，没想到居然看见根岸正坐着责骂雪子。

看见佐山，根岸又转而指责他，说什么招呼都不打一声就把雪子嫁掉了，真是岂有此理。根岸曾是雪子的继父，这是事实，可雪子没有落户到他家，他和民子也早就分道扬镳，现在来这里纯粹是无理取闹。

根岸嚷嚷着也要一起去见若杉的父母和媒人，跟着钻进汽车里。半路上，佐山在一幢大厦前停了车，带根岸去地下室，说服他回家。雪子说下车片刻，可等了许久也不见她回来。

估计是跑回佐山家躲起来了，于是佐山请若杉先回家去。

可是，当晚雪子没有回到佐山家中。

难道她是怕根岸威胁到新的家庭，离家出走了？不会因此自杀吧。

佐山给她学生时代最好的朋友打去电话。

“是的，她结婚前给我写了一封好长的信。但……”

“信里写了什么吗？”

“我不知该不该说。”

“请一定告诉我。”

“我也不太确定，雪子是不是有喜欢的人？”

“什么？有喜欢的人？是指情人吗？”

“我不知道……她在信里写了些奇怪的话，什么‘母亲告诉过我，初恋是不会被结婚或其他任何事情所磨灭的，所以我会乖乖嫁人’之类的话。”

“什么？”

佐山手握听筒，闭上了眼睛。

第二天，因为有要事处理，佐山得到制片厂露个面，雪子已经早早地等在那里了，看上去有些无精打采。

佐山立刻叫了辆车，载上雪子。

也不知该说自己是愚蠢还是疏忽，事到如今也无法再提，他只能说：“根岸那家伙，你不用怕他。”

“嗯，那种人，没什么好在意的。”

“还有什么不开心的事吗？时枝说了，要是不开心了，就回家里来。”

雪子直直凝视着前方的车窗，缓缓说道：“那时，我觉得您夫人好幸福啊。”

这是雪子唯一一次爱的告白，也是对佐山唯一一次抗议。

带雪子上车，真是为了送她回若杉身边去吗？佐山自己也不清楚了。

只有一道爱的闪电，那是民子传给雪子的爱的闪电，一直在佐山心中闪耀。

水月

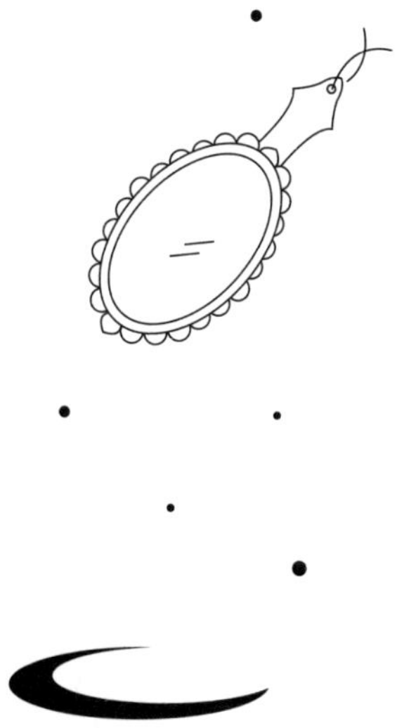

一天，京子灵机一动，把手持镜拿给躺在二楼的丈夫，这样他便能看见京子的菜园了。就是这面镜子，让卧床不起的丈夫从此打开了新生活的大门——绝不仅仅是一面镜子这么简单。

那面手持镜是京子陪嫁的梳妆台附带的。梳妆台不大，是桑木制的，手持镜的边框也是桑木的。记得刚结婚时，为了瞧见自己脑后的头发，京子就拿手持镜和梳妆镜对照着看。抬起手臂的时候，和服袖子从手腕滑下去露出胳膊肘，她的脸都会羞得通红。就是那面手持镜。

有时洗完澡，丈夫会说："你怎么笨手笨脚的？来，我帮你拿着。"说罢便夺过京子手里的镜子，从各种角度照着她的后颈。他自己似乎也乐在其中，好像这样做会让他有什么新发现。其实京子并非手笨，而是被丈夫从后面看着，有些紧张。

此后，这镜子便一直放在抽屉里，所经历的岁月本不足以让桑木变色。然而，遭遇了战乱、下乡避难、丈夫病重等种种，当京子初次想起用手持镜照菜园给丈夫看时，镜面已变得模糊不清，边框也沾着脂粉和灰尘，脏兮兮的。当然，照人或物还是无妨的，所以京子不是不在乎，而是根本没有觉察。后来镜子便再未离开丈夫枕边，他没别的事可做，加上病人特有的神经质，竟把镜面和边框都擦得铮亮。京子经常看到丈夫对着本就光洁的镜面哈一口气，然后仔细擦拭，她甚至想，镜框那肉眼看不见的缝隙里，说不定藏了好多结核菌。京子每次给丈夫的头发抹上些茶油，梳理整齐后，丈夫就会用手掌抹抹头发再去揉搓镜子的手柄。尽管梳妆台的桑木已经有些晦暗污浊了，手持镜的桑木仍光润如新。

京子带着这个梳妆台再婚了。

不过，手持镜却放进前夫的棺材里烧掉了。梳妆台另配了一面镰仓雕漆的手持镜。这件事她从未对如今的丈夫提起过。

前夫去世后，按照习俗，将逝者的双手合拢，十指交叉放在胸前。所以入棺时京子无法将手持镜放进他手中，便放在了他的胸膛上。

“你总说胸口憋闷，再加上这样一面镜子，一定很重吧？”

京子呢喃着，把手持镜挪到了丈夫的肚子上。这面手持镜是两人婚姻生活中最珍贵的东西，所以京子一开始才想着要放在他的胸膛上。她不想让婆家人看到手持镜也入了棺，便在那上面又放了几朵白菊。果然最后谁也没注意到。殓骨时，镜玻璃已经被火熔化变形，成了厚厚一团，表面凹凸不平，黑一块黄一块的。

“这是玻璃吧？原来是什么东西啊？”看见的人这样说。

其实，手持镜上还放了另一面小镜子。那是洗漱包里配的长方形双面镜，京子曾梦想在新婚旅行时用上它，但战争让计划成了泡影。前夫生前一次也没能在旅行中用上它。

要跟如今的丈夫去度蜜月的时候，京子发现洗漱包的皮面已经发霉得厉害，便新买了一个。当然，也是带镜子的。

新婚旅行的第一天，丈夫抚摩着京子的手说："你就像个姑娘嘛，怪可怜的。"语气里丝毫不见嘲笑，而是带着意料之外的喜悦。从再婚丈夫的角度看，当然乐于见到京子还像个姑娘。可是这短短的一句话，却让京子的心蓦地一痛。难以言状的悲伤使她的泪水盈满眼眶，身体也缩成了一团。也许丈夫会觉得她这副样子也像个姑娘。

京子不知道这眼泪是为自己还是为前夫流的，而两者本就没什么区别。意识到这点时，她觉得很对不起如今的丈夫，心想着要多哄他高兴才好。

"也没有啦。有那么大区别吗？"她随后说道。说完又觉得不太好，羞得面红耳赤，丈夫看起来却很满意。

"也没怀过孩子吧。"

这句话又在京子心口深深剜了一刀。

他那异于前夫的男性力量，反而让京子感受到了屈辱，仿佛自己成了他的玩物。

"可我就像带过孩子一样呢。"

京子只说了这一句，算是反抗。

久病的前夫，在京子心中就是个孩子，他去世后依然如此。

然而，既然早知他终究会死，当初严格禁欲又有什么用呢。

"森这个小镇，我只是坐上越线火车的时候，从车窗里看到过……"

新夫提起京子故乡的名字，又将她拥了过来。

“名副其实，是个坐落在森林里的美丽小镇啊。你在那儿待到多大？”

“到女校毕业。毕业后被征召到三条的军需工厂做工。”

“确实，离三条挺近的。人们都说越后的三条出美女，怪不得你身子这么好看呢。”

“我可不好看。”

京子说着用手掩住胸襟。

“当时看你的手脚都漂亮，就知道身子也一定很美。”

“没有啦。”

京子的手放在胸上到底碍事，轻轻挪开了。

“你就是有孩子，我也会娶你的。我会把孩子接过来好好疼爱的，要是个女孩就更好了。”丈夫在京子耳边呢喃着。他这么说也许是因为他已有个男孩，可就算这话是向京子示爱，京子听着也觉得别扭。丈夫安排了长达十天的蜜月旅行，大概也是体恤京子，毕竟他家里有孩子。

丈夫旅行用的洗漱包是高档皮制的，又大又结实，京子的简直无法相比，只是他的不是新的。不知是丈夫旅行的次数多，还是保养得好，洗漱包的皮面泛着一种陈旧的光泽。这让京子想起了自己的旧洗漱包，一次都没用过，放得长了霉。好在里面的镜子给前夫用上了，陪着他一同去了另一个世界。

那面小镜子烧熔了，跟手持镜粘在一起，除了京子自己，没人看得出那是两件东西。京子不说，亲戚们也不会想到那团奇怪的玻璃疙瘩原来是镜子。

京子觉得，两面镜子曾映出的那些丰富多彩的世界，都被残忍地烧成了灰烬。就如同前夫化成灰的身体一样，不复存在了。起初，京子让丈夫用梳妆台的手持镜看菜园，丈夫就将它放在枕边片刻不离。但那镜子对病人来说到底有些沉了，京子得常给他按摩手腕和肩膀，后来便给他找了面更轻巧的小镜子。

丈夫在世时，用这两面镜子看的，绝不只是京子的菜园。镜子里映现过天空、云彩、雪花，也映现过远山、近林和明月。他用镜子看过野花，也看过迁徙的鸟儿。镜中，行人从路上走过，孩子们在院中游玩。

从小小的镜中所见的世界竟如此广阔丰富，京子惊叹不已。镜子不过是人整理仪容时用的化妆工具，何况还是这种用来照脑后头发和脖颈的手持镜。但对病人来说，却成了全新的自然和人生。京子常坐在丈夫枕边，同他对镜谈论镜中的世界。后来，就连她自己也分不清肉眼看到的世界和镜中的世界了。仿佛本就有两个不同的世界，而镜中那个是新造的，甚至那才是真实的。

“镜子里面，天空闪着银色的光呢。”

京子说，然后仰头望向窗外。

“明明是灰蒙蒙的阴天啊……”

那种阴沉的氛围，在镜中一扫而光，唯有一片闪亮的天空。

“是因为你精心擦过镜子吗？”

丈夫躺着没动，只抬头看了看天空，说：“还真是灰蒙蒙的。不过，人的眼睛所看到的天色，同狗呀麻雀呀眼中的天色也许是不一样的呢。也不知道谁看到的才是真实的。”

“那么镜子里面的，或许就是镜子看到的？”

京子想说，镜子就是两人爱情的眼睛。镜子里，树木的颜色比现实中的更加苍翠，百合的花瓣也比现实中更洁白耀眼。

“这个是京子拇指的指纹吧，右手的……”丈夫让京子看镜子的一角。京子心里一惊，赶忙哈了口气，把指印擦掉了。

“没关系的。第一次给我看菜园时，镜子上就留着你的指纹呢。”

“我没注意到。”

“你不会注意到的。多亏了这面镜子，我连你拇指和食指的指纹都牢牢记住了。也只有长期卧病在床的人，才记得住自己老婆指纹的模样吧。”

可以说，与京子结婚后，丈夫除了生病便几乎没干别的事。战时全民动员，他都没有参军。战争临近尾声，他虽应征，可也只在机场工地干了几天就病倒了。与战败同一时间，他回来了。那时，他已不能独立行走，京子和他的哥哥一同去接他。丈夫离家期间，京子去了已迁到乡下避难的娘家，两人结婚的家什也基本搬到了那里。新婚的房子被战火烧毁，两人在京子的朋友家租了间屋子，丈夫每天通勤上班。在婚房里住的一个多月，加上后来在友人家的两个月，算起来，只有这点短暂的光阴，京子是和没有生病的丈夫一起度过的。

丈夫在高原租下一处小房子，开始疗养。这房子原先住着一户来此避难的人家，战争结束后便回东京去了。京子从他们那儿接过一块菜地。说是菜地，不过就是在长满杂草的院子里开垦出来的一片地，大约五米见方。

住在乡下，要买两个人吃的菜倒不是什么难事。只是好好的菜地荒着也是可惜，京子就到地里劳作，渐渐对亲手种菜产生了兴趣。倒不是想借机离开病人一会儿，只是对编织、缝纫之类的事提不起兴致。同样是心里想着丈夫，种地比其他活儿更能让她心情明朗、充满希望。在菜园里，她可以心无旁骛地沉浸在对丈夫的爱中。至于读书，她每天在丈夫枕边读给他听，便也读了许多。在照顾病人的疲惫中逐渐失去的自我，也因菜园的劳作重新找了回来。

他们是九月中旬搬到高原来的，避暑季已过，秋意渐浓，整日阴雨连绵。一天傍晚，天色尚明，在小鸟清脆的啼鸣中，天空突然放晴，强烈的阳光照射进菜园里，绿油油的蔬菜闪着光。远方天际桃色的云彩也让京子沉醉。突然，她听见丈夫的喊叫，也来不及清洗满手的泥土，便急匆匆跑上二楼。只见丈夫正痛苦地大口喘气。

"我叫了那么久，你听不见吗？"

"对不起，我刚才没听到。"

"别侍弄菜园子了。我这么叫上个五天，还不得死了。最重要的是，我看不见你在哪儿，也不知道你在干什么呀！"

"我就在院子里呀。不过听你的，我不种了。"

丈夫平静下来。

"煤山雀在叫呢，你听见了吗？"

丈夫唤她就是要跟她说这件事。正说着，附近的树林里又传来煤山雀啾啾的啼鸣。树林在晚霞的映照中浮现出来，京子就此记住了煤山雀的叫声。

"你要是手边有个铃铛就方便多了。买来铃铛之前，先在你枕边放个能扔的东西吧。"

"那我从楼上扔个饭碗试试，一定很有意思。"

于是，丈夫同意京子继续侍弄菜园。京子想到用镜子把菜园照给丈夫看时，高原漫长而寒冷的严冬已经过去，春天来临了。

小小的一面镜子，却给病人带来了极大的快乐，他仿佛也置身于万物复苏、新绿吐芽的世界里。京子给蔬菜捉虫，虫子太小，镜子上照不出来，她就把虫子拿到二楼去给丈夫看。有一回，京子正在翻地，丈夫说："镜子里也能看见蚯蚓呢。"

有时，日头已经西斜，京子却忽然感到眼前一亮，向楼上望去，原来丈夫正在用镜子反射阳光。丈夫让京子把他学生时代穿过的藏青碎白花纹和服改成裤子，在镜子里看她穿着这条裤子种地，似乎也是种乐趣。

京子知道丈夫在镜中端详着自己。在菜园干活儿时，她忽而意识到这一点，忽而又忘记。新婚时，她举着镜子照脑后的头发，露出胳膊肘来都会羞涩不已。与那时相比，现在的变化太大了。想到这儿，京子不禁心里一暖。

说是对镜梳妆，当时正值日本战败，并没有多少脂粉可以涂抹。后来忙着看护病人，再后来丈夫新丧，京子一直没有心思化妆。直到再婚以后，她才开始精心梳妆，眼看着人越来越美，这一点连京子自己都能感觉得到。和如今的丈夫共度的第一夜，他说她身子好看，想来确是真话。

沐浴过后，看着梳妆镜里映出的身体，京子也不再害羞。她从中看到了自己的美丽。然而，对于镜中之美，受前夫影响，京子有着不同于常人的感受，这一点现在也没有改变。不是不相信镜中之美，恰恰相反，她深信镜中存在着另一个世界。曾经，灰色的天空在手持镜里变得银光闪闪，如今真实的肌肤与镜中肌肤的差异倒是没有那么大。也许，这不仅是因为距离不同，卧床不起的前夫心中的渴望与憧憬也在发挥作用。这样想来，菜园中京子的身影，映入二楼的手持镜时到底有多美，京子再也无从得知了。即使在前夫还活着的时候，她也不清楚。

前夫在世时，映在他手中镜子里的一切，都是京子与他共享的另一个世界。那里有京子在菜园里耕耘的身影，有鸭跖草花的莹蓝、百合花的洁白，有村野里嬉戏的孩子们，还有远处雪山上初升的朝阳。对这一切，京子与其说是怀念，不如说是满怀憧憬。那憧憬几乎变为赤裸裸的渴望，为了现在的丈夫，京子竭力克制着，将那一切想成遥远而神圣的世界。

五月的一个清晨，京子在收音机里听见野鸟的啼鸣。广播里介绍的山，离前夫去世前疗养的高原很近。送走去上班的丈夫，京子取出梳妆台的手持镜，照照晴朗的天空，又凝视起镜中自己的脸。她发现了一件奇怪的事。人只有照镜子才能见到自己的脸。唯有自己的脸是无法直接看见的。人们相信镜中映现的就是肉眼所见的容颜，天天侍弄着。造物主不让人看见自己的面孔，其中又有什么深意呢？京子沉思了片刻。

“人要是能看见自己的脸，就会发疯，会什么都做不下去吧。”

不过，这也许是人类自身进化的结果。蜻蜓、螳螂之类的，也许可以看见呢，京子想。

容颜最是属于自己的，却仿佛是为了让他人看而存在着。这是不是和爱情很像呢？

京子把手持镜放回梳妆台。她再次注意到，镰仓雕漆手持镜和桑木的梳妆台很不相称。那面手持镜给前夫殉葬了，剩下的梳妆台也许该称为寡妇。当初把手持镜连同另一面小镜子给前夫用，想来亦是有利有弊。前夫也一直用镜子照自己的脸，在镜中目睹着病情的恶化，这种恐惧也许不亚于面对死神吧？如果说这是用镜子完成的心理自杀，那京子就犯下了心理杀人罪。意识到这一点，京子曾试图从前夫手里拿回镜子，当然，他不可能放手。

他说："你是要让我什么都看不见吗？我想在还活着的时候，去爱我能看到的。"也许，他是为了镜中世界的永存，牺牲了自己的性命。有一次，暴雨过后，院中积水，月亮倒映在里面，他用镜子照着水中的月亮，细细端详。那轮水月至今仍存于京子心中，它是那般鲜活，让人无法把它仅仅当作影中之影。

"健全的爱只能存于健全的人心中啊！"当如今的丈夫这样说时，京子尽管心里并不完全认同，也只能羞涩地点点头。前夫去世时，她也疑惑过，两人一直坚持严格的禁欲，对病人真的有益吗？但过了一段日子，她发现当初的禁欲都化作了带着浅愁的甜美回忆，而回忆中的岁月充满着爱，她无怨无悔。倒是现任丈夫把女人的爱看得过于简单了。

"你人这么好，为什么和妻子离婚了呢？"她曾问过如今的丈夫。他没有回答。京子与他结婚，是经他哥哥热心撮合。两人交往了四个月多一点儿，年龄相差十五岁。

得知自己怀孕，京子吓得失了色。

她常拉着丈夫说："我好害怕啊。好怕啊。"她妊娠反应严重，神志也有些恍惚。会光着脚跑到院子里，揪松树的叶子。丈夫和前妻的孩子去上学时，她甚至会塞给孩子两个饭盒，里面装的都是米饭。两眼盯着梳妆台，忽然就觉得能透视到放在抽屉里的镰仓雕漆手持镜。她半夜醒来，坐在被子上，低头看睡梦中的丈夫。人的命运是多么脆弱啊，她一边因恐惧而战栗，一边解开睡衣带子，似是要去勒丈夫的脖子。她忽然失声惊呼，随后号啕大哭。被惊醒的丈夫温柔地帮她系好了衣带。仲夏之夜，她却冷得浑身发抖。

“京子，别怕。你要相信肚子里的宝宝！”丈夫晃着她的肩，安抚道。

医生建议住院，京子一开始不同意，后来还是被说服了。

“请给我几天时间，我要回趟老家。回来就去住院。”

丈夫送京子到娘家。第二天，她从娘家跑出来，去往和前夫生活过的高原地区。正是九月初，比当初两人搬来时早了十来天。京子在火车上涌起吐意，头晕眼花，甚至担心自己会跳下车去。可一出火车站，呼吸到高原上清凉的空气，她立刻浑身舒坦起来，仿佛附体的邪气一下子被吹散了。京子自己也感到不可思议。她站在那里，环顾群山，心里有种奇异的感觉升起。蓝天下，翠绿的山峦轮廓鲜明，分外醒目，京子感受到了这个充满生机的世界，眼底涌出温热的湿意。她一边擦着眼角，一边向从前的家走去。那天映在桃色晚霞中的树林里，今天也有煤山雀在啼叫。

房子里已经搬进了新的住户，二楼的窗户挂着白色蕾丝窗帘。京子没有靠近，只是远远地凝望着，突然低声说出一句连自己都感到吃惊的话：“要是孩子像你该怎么办呀？”她转身往回走，心中温暖而平和。

千羽鹤

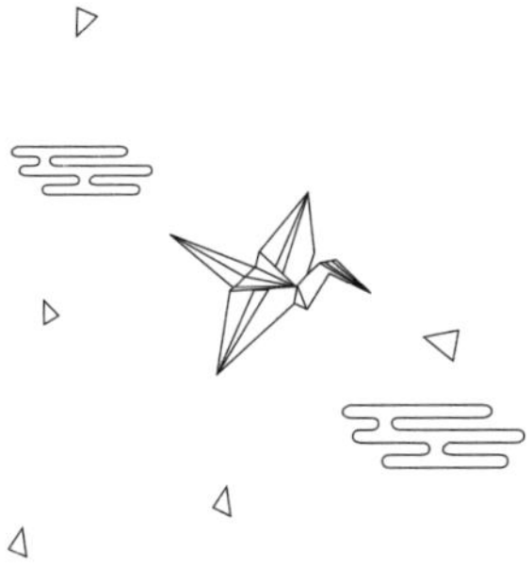

千羽鹤

一

菊治走进镰仓圆觉寺，却仍在犹豫是否要去参加茶会。迟到是无疑的了。

栗本千鹤子每次在圆觉寺内院的茶室举办茶会，都会邀请菊治。自从父亲去世，他一次都不曾去过。他认为那邀请不过是顾念亡父情面，因此从未放在心上。

然而这次，请柬上另加了几句话，请他务必来见一位学茶道的小姐。

读到这里，菊治想起了千鹤子的那块痣。

那是菊治八九岁的时候，父亲带他去千鹤子家。千鹤子正在起居室里，敞着衣襟，用一把小剪子剪去痣上的毛。那块痣有手掌大小，盖住左侧乳房的一半，一直延伸到胸口。痣是紫黑色的，上面长着毛，千鹤子正用剪子剪去它。

“哎呀，少爷也一起来了？”

千鹤子吃了一惊，想要合上衣襟，又许是觉得遮遮掩掩反倒不得体，便蹭着膝盖稍稍转过身去，慢慢把衣襟掖进和服腰带里。

她的惊慌失措与菊治父亲无关，而是因为看到了菊治。有女佣在门口通报，千鹤子应该知道菊治父亲来了。

父亲没有进起居室，而是在邻间坐下。那是个客厅，用来做茶道教室。

父亲观赏着壁龛上的挂轴，漫不经心地说：“来碗茶吧。”

“好的。”

千鹤子口里应着，却没有立即起身。

她膝上放着一张报纸，掉落在上面的毛好像男人的胡子。这些都被菊治看在眼里。

虽是白天，却听得见天花板上有老鼠骚动。廊子边上，桃花开得正好。

千鹤子来到炉边坐下点茶，神情仍有些恍惚。

大约十天后，菊治听见母亲像透露惊天机密似的告诉父亲，千鹤子因为胸口有块痣才不肯结婚。她以为父亲不知道这件事，很是同情千鹤子，脸上露出怜惜的表情。

“哦？唔……”父亲随声附和着，略显吃惊的样子，“不过，让自己丈夫看到也没什么大不了的。结婚前说清楚就好了。”

“我也是这样劝她的。但一个女人家，胸口上有一大块痣，哪能说得出口呢？”

“她又不是小姑娘了。”

“那也说不出口呀。要是男人，即使结婚后才让女方看见，也可以一笑了之。”

“这么说，她让你看了？”

“怎么会！瞧您说的什么话。”

“只是说了而已？”

“今天她来上茶道课，聊了许多……后来就把心病说出来了。”

父亲没有说话。

“要是结婚了，男人会怎么想呢？”

“也许会不高兴，心里不舒服吧。不过这秘密也可能增添情趣，不失为一种诱惑呢。女方觉得委屈了男人，说不定就会百依百顺，也挺好。反正这又不是什么缺陷。”

“我也安慰她这不算缺陷……但她说：‘痣可是长在乳房上呢。’”

“唔。”

“一想到要给孩子喂奶，她就很痛苦。就算丈夫不在意，为了孩子也……”

“长了痣就没有奶水吗？”

“那倒不是……她说喂奶时孩子会看到，这让她很难过。我原没想到这一层，但设身处地想想，她怎么可能不多虑啊？孩子一生下来就要吃奶，第一眼就会看见母亲的乳房，可上面却有块丑陋的痣。孩子对人世的第一印象，对母亲的第一印象，便是乳房上丑陋的黑痣——这还不得纠缠孩子一生呀？”

“唔……不过，这也太多虑了吧。”

“其实也可以给孩子吃奶粉，或者找个奶妈。”

“长块痣没什么大不了的，有奶水就行了。”

“不，没那么简单。她的话不无道理，我听得眼泪都出来了……我们菊治，我也不愿让他趴在黑痣上吃奶啊。”

“那倒也是。”

父亲故作糊涂的样子，让菊治义愤填膺。而且，他明明知道菊治看到了千鹤子的黑痣，却佯装不知，毫无反应。菊治对父亲生出了憎恶。

然而，二十多年后的今天，回想起当年之事，菊治不禁苦笑。父亲那时或许也不知该如何是好吧。

菊治十多岁时，常想起母亲的话，总担心自己有个同父异母的弟弟或妹妹，是吮着长黑痣的奶长大的。

在别处有异母的弟弟或妹妹固然让他害怕，但他更害怕的是那孩子本身。吮着有块长毛黑痣的乳房，他总觉得，这样的孩子会跟魔鬼一样可怕。

幸好，千鹤子没有生孩子。往坏里猜，恐怕是父亲不许她要孩子。甚至，让母亲流下同情之泪的那些关于黑痣和孩子的话，也可能是父亲为了断她做母亲的念头，灌输进她脑子里的。总之，无论在父亲生前还是去世后，千鹤子的孩子都没有出现。

被跟父亲同去的菊治看到黑痣后，没过多久，千鹤子就来向母亲袒露秘密。这大概是想抢在菊治前面把事情告诉母亲，以便争取主动。

千鹤子至今没有结婚。莫非她的生活，到底是被那块黑痣掌控了吗？

黑痣留在菊治心中的印象，也始终不曾消逝。难道，它跟他的命运也会发生关联吗？

千鹤子来信说要让他在茶会上见一位小姐时，那块黑痣便浮现在了眼前。菊治想，千鹤子介绍的小姐，皮肤会光洁无瑕吗？

千鹤子胸上的黑痣，父亲会不会用手指揉捏过？也许他还咬过吧。菊治也曾这样胡思乱想。

此时，走在寺院山间婉转的鸟鸣声中，这些纷杂的念头又掠过他的脑海。

就在菊治看到那块丑陋黑痣的两三年后，不知为何，千鹤子变得越来越男性化，如今已完全没了性别。

今天的茶会上，她应该还会麻利地张罗，然而那长着黑痣的乳房，已经干瘪了吧。想到这里，菊治松了口气，嘴角正要浮出笑意，两位小姐从后面匆匆而来。

菊治驻足让路，问道："栗本师傅的茶会，是顺着这条路往里走吧？"

"是的。"两人同时回答。

这条路本不需多问也清楚明了。仅看两位小姐的和服，就知道她们是去参加茶会的。菊治多此一举，是为了让自己不再犹豫。

其中一位小姐容貌秀美，手里拿着桃色绉纱包袱皮裹成的手袋，上面印着洁白的千羽鹤。

二

两位小姐在茶室门前换布袜时，菊治也到了。

他从她们身后向室内张望，房间有八叠大，客人们膝挨着膝并排坐着，都穿着华丽的和服。

千鹤子眼尖，一眼看到菊治，迅速起身走了过来。

“哎呀，快请进！稀客啊，你能来真是太好了。就从那儿进来吧，不碍事的。”她指着挨近壁龛的纸门。

屋子里的女人几乎都转向菊治，菊治红了脸。

“都是女客吗？”

“是呢。刚才来了一位男士，又回去了。你是万绿丛中一点红。”

“我可不是红。”

“菊治少爷有资格当一点红，这没毛病！”

菊治朝她摆摆手，示意要绕到另一侧的入口进去。

那位小姐把穿了一路的布袜裹进千羽鹤手袋里，彬彬有礼地站在一旁，让菊治先进去。

菊治进了相邻的房间。屋里散乱地放着点心匣子、茶箱和宾客的杂物。里侧的水屋里，女佣正洗着什么。

千鹤子走了进来，跪坐在菊治面前。

“怎么样？是位不错的小姐吧？”

“是拿千羽鹤手袋的那位吗？”

“千羽鹤手袋？我可没留意什么手袋啊。就是刚才站在那儿的那位漂亮小姐嘛！她是稻村先生的千金。”

菊治似是而非地点了点头。

“人家的手袋你都注意到了？留意这些不要紧的东西，真够怪的，不能小瞧你啊。我还以为你们是一起来的，正惊叹你的本事呢。”

“你在说什么呢！”

“在来的路上碰到，也算是有缘分。令尊跟稻村先生也是认识的。”

“是吗？”

“他家在横滨经营生丝。今天的事我没告诉稻村小姐，所以你就趁机好好端详端详吧。”

千鹤子的声音不小，跟茶室只隔着一道纸门，菊治担心被人听见，有些不自在。千鹤子突然把脸凑了过来。

“不过，有件麻烦事。”她压低了声音，“太田夫人也来了，带着她女儿一起。”

她一边观察着菊治的脸色，一边说：“今天我没邀请她。不过，茶会是谁赶上都可以参加的，刚才还来过两拨美国人呢。真是抱歉，她听说有茶会就自己来了，我也很无奈。当然了，她不知道你会来。”

“我今天也……”

菊治本想说自己没打算来相亲，话却没说出口，喉咙仿佛哽住了。

“应该尴尬的是她，你不用理会。”

千鹤子的口气激怒了菊治。

栗本千鹤子跟父亲交往不深，时间也很短。但是她善于办事，父亲去世前，她一直在菊治家出入。不仅是茶会的时候，平时做客也到厨房干活儿。

她变得男性化后，母亲似乎觉得再因这样一个人嫉妒吃醋，反倒显得滑稽，只叫人哭笑不得。母亲肯定察觉到了父亲见过千鹤子的黑痣，但那时已时过境迁，千鹤子也一副全然忘记的样子，跟在母亲身后。

菊治后来也不太介意千鹤子了，常对她耍性子，幼时那种令人窒息的厌恶也逐渐淡了。

无论是变得男性化，还是成为菊治家干活儿的一把好手，也许都是千鹤子的生存手段吧。

仰仗着菊治家，她成了小有名气的茶道师。

父亲去世后，每每想到千鹤子仅是因为与父亲的短暂交往，便完全压抑了女人的天性，菊治心里甚至生出了一丝同情。

母亲对千鹤子没有太多敌意，大半也是由于被太田夫人的事牵制住了。

茶友太田去世后，菊治的父亲帮忙处理茶道用具，一来二去便跟他的遗孀有了交往。

最早给母亲通风报信的就是千鹤子。

当然，千鹤子是站在母亲这一边的，她上蹿下跳，不仅跟踪父亲，还三番五次跑到太田的遗孀那儿警告，仿佛是在喷发自己深藏的妒火。

千鹤子如此大管闲事，素来内敛的母亲反倒被吓住了，很怕家丑外扬。

有时当着菊治的面，千鹤子也会说太田夫人的坏话。母亲不喜，她竟说也该让菊治知道一些才对。

"我上回到那女人家去，狠狠数落了她一番。大概是被她孩子偷听到了，隔壁房间突然传来断断续续的哭声。"

"是位小姐吗？"母亲皱起了眉头。

"是的，听说十二岁了。太田夫人脑子大概少根弦，我还以为她会过去呵斥呢。她可倒好，竟特意把孩子抱过来搂在膝上，跪坐在我面前，母女俩一起哭给我看呢。"

"那孩子太可怜了。"

“所以，我们要用她的孩子来治她。那孩子对母亲的事可全都知道呢。长得倒是挺可爱，脸圆嘟嘟的。”

千鹤子说着看向菊治。“我们菊治少爷也要说说父亲才对。”

母亲实在忍无可忍，责怪道：“说话请别这么难听。”

“夫人，您是把委屈都咽进肚子里了，这可不好，应该一口气吐出来才对。您看您这么消瘦，那边可养得白嫩丰满。也可能是因为少根弦，她总觉得只要温顺服帖地哭一场，就什么事都没了。客厅里还明晃晃地挂着亡夫的照片呢，她竟然就在那儿接待您先生。您先生也真是的，这都能忍得下去。”

就是这位从前被千鹤子百般数落的太田夫人，在菊治父亲过世后，竟和女儿一起出现在她的茶会上。

菊治感到一股寒意渗入全身。

即便千鹤子没有说谎，太田母女不请自来，但千鹤子和太田夫人在父亲死后一直有往来，还是让菊治十分意外。也许太田小姐还在跟千鹤子学茶道呢。

“你要是介意，我让太田夫人先回去吧。”千鹤子盯着菊治的眼睛说道。

“我无所谓。她若要回去，我也没意见。”

“她要那么明事理，令尊令堂就不会那样为难了。”

“不过，她女儿不也在吗？”

菊治没有见过太田小姐。

他不想在太田夫人跟前与那位拿千羽鹤手袋的小姐见面，更不想在这种场合初遇太田小姐。

但千鹤子在耳边喋喋不休，让菊治心烦不已。

“总之，她们应该知道我来了吧。我也不用躲着藏着。”他说着站起身来。

菊治从靠近壁龛的一侧踏入茶室，一进去正好是上座，便径直坐了下去。

千鹤子紧随其后，郑重其事地介绍道：“这位是三谷少爷，三谷先生的公子。”

菊治借此重新行了礼，抬头看去，映入眼帘的是一众品貌端正的年轻女子。他有些紧张，和服鲜艳的色彩使他一时无法分清谁是谁。等定下心来细看，才发现太田夫人就坐在正对面。

“啊！”太田夫人唤了一声，在座的人都听见了。那声音洋溢着真切的怀念之情。

“久违了……”她接着说，又轻轻扯了扯身旁女儿的衣袖，示意她打招呼。太田小姐似有些困惑，飞红了脸，低头行礼。

菊治很是意外。太田夫人丝毫未表现出敌意或是恶意，流露的净是怀念之情。与菊治的不期而遇似乎令她分外开心，众目睽睽之下，她甚至连自己的身份都忘记了。

太田小姐一直没有抬头。

待到回过神来，夫人也飞红了脸。她望向菊治，眼中含着掩饰不住的情绪，她似乎很想靠近，同他说些什么。

“您也学习茶道吗？”

“不，完全不懂。”

“是吗？不过，您身上毕竟流着令尊的血啊。”

夫人的双眼湿润了，似有万千感慨涌上心头。

菊治上次见到太田夫人还是在父亲的葬礼上，那已经是四年前了。她几乎没有什么变化。

雪白修长的脖颈下面，是与之不太相称的圆润肩头，仍和往日一样。体态要比实际年龄更显年轻。跟她那大大的眼睛一比，鼻子和嘴巴显得分外小巧。细细看去，又觉得那鼻子生得恰到好处，惹人喜爱。说话的时候，下唇似乎有些突出。

太田小姐继承了母亲的长颈与圆肩，但嘴巴略大些，总是紧紧地抿着。母亲的嘴比女儿的更小，总让人感到有些奇怪。

女儿那比母亲更大的美丽黑眼珠，含着悲伤之色。

千鹤子望了望炉里的炭火，说：“稻村小姐，给三谷少爷点一碗茶，好吗？你还没点茶吧。”

“是。”拿千羽鹤手袋的那位小姐应声站了起来。

菊治知道她就坐在太田夫人近旁，但看到太田母女后，便一直避免把目光投向她。

千鹤子让稻村小姐点茶，大概是想让菊治看看她吧。

稻村小姐跪坐在茶釜前，转头向千鹤子询问道：“用哪一只茶碗呢？”

“嗯，就用那只织部碗吧。”千鹤子说，“那是三谷少爷的父亲送给我的，是他生前爱用的茶碗。”

稻村小姐放在身前的茶碗，菊治也有印象。父亲用过倒是没错，不过是太田遗孀转赠给他的。

亡夫留下的珍爱之物，经菊治父亲转手于千鹤子，现在又以这种方式出现在茶会上。太田夫人看着这一切，究竟是什么样的心情呢？

千鹤子的迟钝和漠然令菊治咋舌。

不过，在这一点上，太田夫人跟她可以说是不相上下。

与中年女人过往的种种纠葛相比，一心点茶的稻村小姐，在菊治眼中是那样的纯洁与美丽。

三

千鹤子想把拿千羽鹤手袋的稻村小姐介绍给菊治，小姐本人想必并不知情。

她毫不怯场地点好茶，亲自端到了菊治面前。

菊治喝完茶，对茶碗略作端详。这是一只黑织部茶碗，正面的白釉处绘有黑色的嫩蕨菜。

坐在对面的千鹤子问："见过吧？"

"可能吧。"菊治含混地应了一声，放下茶碗。

"鲜嫩的蕨菜很能映出山野情趣，尤其适合早春茶会，令尊也曾用过。今天在时节上稍晚了些，不过给菊治少爷敬茶便再合适不过了。"

"对这只茶碗来说，家父的短暂拥有，算得了什么呢？它从利休生活的桃山时代流传至今，几百年间，被无数茶人视作珍宝。家父又怎么排得上啊。"菊治说道，他试图忘记茶碗的来历。

这只茶碗，由太田先生留给他的遗孀，再由后者转送给菊治的父亲，而后又到了千鹤子手中。如今，太田先生和菊治父亲这两个男人都已经过世，两个女人却在这里。仅是如此，这只茶碗也算是命途多舛了。

现在，这只古老的茶碗，又将被太田遗孀、太田小姐、千鹤子、稻村小姐还有其他小姐以唇轻触，以手抚摩。

“我也想用它再喝一碗。刚才用的是别的茶碗。”太田夫人有些突然地说道。

菊治又是一惊。不知该说她是天真过头，还是不知羞耻。

太田小姐一直低头沉默着，那模样在菊治看来甚是可怜，有些不忍直视。

稻村小姐为太田夫人点茶，众人的目光自然都落在了她身上。她对这只茶碗的因缘全然不知，不过是按部就班罢了。

她点茶的动作简洁而又纯粹，姿势非常端正，从胸部到膝头，处处彰显着高雅的气度。

新叶的影子投在她身后的纸门上，她身着华美的振袖和服，肩袖反射出柔光，一头秀发似乎也泛着光。

作为茶室，这间屋子太亮了些，却正好衬出稻村小姐的青春光彩。红色的茶巾在她手中开成了一朵花，清纯而不甜腻，正如少女一般。

菊治觉得，仿佛真有洁白玲珑的千羽鹤在她身旁飞舞。

太田遗孀把茶碗托在掌心，说：“黑碗衬着绿茶，真是春意盎然啊！”她到底没有提及这只茶碗本是亡夫之物。

其后，按照规矩，大家轮流欣赏茶具。小姐们对茶具知之甚少，多是听千鹤子讲解。

水指[①]与茶勺也是菊治父亲的遗物，但千鹤子和菊治都没有挑明。

---

① 在茶席上专门用来盛放干净的冷水的容器。

目送小姐们起身退席后，菊治刚一坐下，太田夫人就来到他近前。

“刚才实在是失礼了，一定惹您不快了吧。不过一见到您，我就想起了从前，很是怀念。”

“哦。”

“看您如今长成了一位多么英俊潇洒的青年啊。”夫人眼中似乎泛起了泪光，“对了，令堂也……我本想去参加葬礼的，最后还是没去成。”

菊治露出了不悦的神色。

“令尊令堂相继过世……想必您一定十分难过。”

“是。”

“您还不回去吗？”

“哦，再一会儿。”

“有机会的话，真想跟您再好好聊一聊……”

这时，邻屋传来了千鹤子的呼喊声：“菊治少爷！”

太田夫人这才恋恋不舍地站起身来。太田小姐已先到了院子里等候。

母女二人一起向菊治低头行礼。小姐的眼睛仿佛在倾诉着什么。

邻屋里，千鹤子正同几名亲近的弟子和女佣一起收拾茶具。

“太田夫人跟你说什么了？”

“没说什么。”

“对她，你可要小心点儿。别看她总是低眉顺眼做出一副无辜的样子，谁知道心里在想些什么呢。”

“但她不是常来你的茶会吗？什么时候开始的？”菊治忍不住

嘲讽道。

他向外走去，像是要逃离此间充斥的恶意。

千鹤子跟了上来。“怎么样，是位不错的小姐吧？”

“是不错。不过，要是能在没有你和太田夫人，也没有父亲亡灵徘徊的地方见到她，就更好了。”

“你在意这个呀？太田夫人跟稻村小姐可是一点儿瓜葛也没有啊。”

“我只是觉得有点对不住那位小姐。”

“有什么对不住的？太田夫人来，惹得你不高兴，我可以道歉，但今天我并没有叫她。你别把稻村小姐的事和她搅在一起。”

“今天先告辞了。”

菊治停下脚步。如果再这样边走边说，千鹤子会没完没了地跟着的。

终于只有一个人了。菊治发现眼前的山脚下缀满了杜鹃的蓓蕾。他深深吸了一口气。

他厌恶自己就这样被千鹤子的信招了过来，但对拿着千羽鹤手袋的稻村小姐又实在印象深刻。

和父亲的两个女人同席而坐，心情竟未坠入低谷，大概也是那位小姐在场的缘故吧。

然而，想到这两个女人如今仍好好活着，甚至在谈论父亲，母亲却已不在人世，菊治还是涌起了愤怒。千鹤子胸前那块丑陋的黑痣浮现在他眼前。

晚风拂过嫩叶，菊治摘下帽子，放慢了脚步。

他看见太田夫人远远站在山门的阴影下。

菊治本能地想要避开她，向四周张望。如果爬上两旁的小山，便可以绕开。

可他还是朝山门走了过去，双颊似乎有些紧绷。

太田遗孀看见菊治，反倒迎了上来。她的脸颊晕红了。

“我想再见您一面，就等在了这里。您一定会觉得我是个厚脸皮的女人，可就这么回去，我实在……下次也不知要什么时候才能再见到您了。”

“令爱呢？”

“文子先回去了。她跟朋友一起来的。”

“这么说来，令爱知道您在等我？”

“是。”夫人回答道，望向菊治。

“令爱不反对您这样做吗？刚才在茶会上，她似乎也不愿意见到我，真是可怜。”

菊治的话可以说是露骨，也可以说是委婉。

夫人却十分坦诚：“她见到您，心里肯定会难过的。”

“家父曾给她带来很多痛苦吧？”

菊治想说的是，就像太田夫人让他感到痛苦一样。

“不是的。令尊对文子很好。有机会的话，我慢慢讲给您听。刚开始的时候，令尊对她好，她也不领情。到了战争快结束那会儿，空袭特别多。也不知她怎么想的，态度突然就变了，对令尊可以说是尽心尽力。话虽如此，毕竟一个女孩子，能做的也只有买只鸡、做个下酒菜什么的孝敬令尊。但她做得很是拼命，甚至好多次遇上危险，还冒着空袭从很远的地方背了大米回来……她突然变了态度，令尊也很惊讶。我看着那孩子，又难过又心疼，心里很自责啊。”

菊治这才知道，原来母亲和自己都曾受过太田小姐的恩惠。那段日子，父亲的确偶尔会带些让他们意外的土产回来，竟然是太田小姐买来的。

“女儿为什么突然变了态度，我也不太清楚。我那时每天只想着随时可能丧命。一定是我那副样子太可怜了，她才那般努力，对令尊也尽心尽力。”

也许，太田小姐是看到母亲在战后的乱世中，拼命想要抓住菊治父亲的爱情，动了恻隐之心吧。在严酷的现实面前，她抛开已故的父亲，一心照料眼前的母亲。

“刚才您注意到文子手上的戒指了吗？”

“没有。”

“那是令尊送给她的。令尊即使在我这儿，只要听到空袭警报，就会往家跑。文子每次都坚持去送他，担心他一个人在路上会出什么事。有次她一夜未归，我就想，要是她在府上留宿了倒好，就怕两个人都死在了路上……第二天早上她回来，我一问才知道，她把令尊送到家门口便折回了，在半路上的一个防空壕里待到天亮。令尊再来的时候说‘文子，上回谢谢你了’，把那枚戒指送给了她。以那孩子的性格，要是让您看到戒指，一定很难为情。”

菊治听着，心里不由生出一股厌恶。奇怪的是，太田夫人竟想当然地以为这些事会博得他的同情。

不过，菊治倒也不至于憎恨太田夫人，或者对她产生戒心。她似乎有一种让人变得温和而松懈的本领。

太田小姐豁了出去，大概就是因为不忍目睹母亲的凄凉吧。

菊治明白了，太田夫人看似在说女儿的事，其实是在倾诉自己的爱情。

她或许太想一诉衷肠了，似乎已经分不清倾听的人到底是菊治，还是菊治的父亲。她的怀念之情太过强烈，说着说着，便把菊治当成了菊治的父亲。

菊治和母亲一样，对太田遗孀抱有敌意。然而此刻，那敌意虽不至于消散，也已是强弩之末。他甚至觉得，被眼前这个女人深深爱着的父亲，与自己浑然一体；他几乎陷入错觉，仿佛他与她早就很亲密了。

他理解了父亲为什么很快与千鹤子分手，而同这个女人至死都保持着关系。他猜测千鹤子一定常欺侮太田夫人。一个残忍的念头从心中萌生，诱惑着他：自己不费吹灰之力，就可以让这女人吃些苦头。

“您常去栗本的茶会吗？以前她没少欺负您吧？”菊治说。

“嗯……令尊去世后，我收到了她的信。我很想念令尊，也很寂寞，就去了。”夫人低下头。

“令爱也一起吗？”

“文子是没办法，勉强陪我去的。”

他们跨过铁轨，走过北镰仓车站，向着与圆觉寺相反方向的山那边走去。

四

太田遗孀至少也该有四十五岁左右，比菊治大了近二十岁，然而她却使菊治全然忘了年龄的差距。菊治仿佛拥着一个比自己还要年轻的女人。

毫无疑问，太田夫人丰富的经验使两人都享受其中。菊治虽是个经历不多的单身汉，却没有感到丝毫的被动。

他好像第一次懂了女人，也懂了男人。他惊叹于自己作为男人的觉醒。他从不知道，女人是如此温柔的被动者，被动地附和，又积极地诱导，温馨得令人窒息。

菊治还是单身，事后常生出某种厌恶。然而在最该感到厌恶的此刻，他却只觉得甜蜜而安然。

每到这时，菊治都想冷漠地抽身离开。人生第一次，他意识朦胧地任凭女人温柔依偎。原来，女人的情意此时还会汹涌而来。他在那波浪中停歇，仿若一边小憩一边让奴隶洗脚的征服者，感到无比的满足。

除此之外，他也感受到了母爱。菊治缩起了脖子。“栗本这里有一块很大的黑痣，你知道吗？”话出了口，菊治才觉察自己不小心说了不得体的话。也许是因为思绪松弛，他倒没觉得有什么对不住栗本的。

“长在乳房上，在这里，像这样……”菊治伸出手去。

某些念头在脑中滋生，促使他说出这些话来。那是一种惹人心痒的情绪，似是想要违背自身意愿，又似想要去刺痛对方。又或许，只是为了掩盖想看夫人那个部位的幼稚和羞怯。

“别这样，讨厌……”夫人轻轻合上衣襟，好像一下子没听出他话里的意思，“我还是第一次听说。不过，隔着衣服哪能看得到呀。”

“怎么看不到？”

“哟，为什么能看到？”

“你瞧，这儿要是有，不就看到了吗？”

“真讨厌呀……你以为我也有黑痣，才这样找的？”

“那倒不是。不过，你要真的有，现在是什么心情？”

“你说这里？”太田夫人看了看自己的胸口，“为什么说起这个呢？长个痣有什么大不了的呀？”

夫人的回答使菊治扑了空。菊治着意挑拨，她却毫无反应，菊治自己反而受了刺激。

“可真有什么大不了的。那块黑痣，我八九岁的时候见过一次，现在还在眼前晃来晃去呢。”

“为什么呢？”

“那块痣也在你身上作过祟呢。栗本摆出一副替我和母亲出头的样子，跑到你家责难过你吧？”

太田夫人点点头，身子一下蜷缩起来。菊治搂紧了她。

“那个时候，她肯定是想到自己胸口的痣，才对你那么恶毒的。”

“是吗？你说得真可怕。”

“她多少也有些报复家父的心理吧。”

“报复什么呢？”

“就因为那块痣，她始终抬不起头来，甚至因此被抛弃。就是这种扭曲的心理呗。”

“别谈什么黑痣了。只会叫人难过。”太田夫人似乎无意去想那块痣的事，“如今栗本老师已经不用在意有没有黑痣了，这些苦恼都过去啦。”

“苦恼过去了，就不会留下痕迹吗？”

"有时，过去了反而让人怀念呢。"

夫人像是还在梦中。

菊治把原本决意缄口不提的事，也倾吐了出来："刚才茶席上坐在你旁边的那位小姐，她……"

"啊，是雪子吧？稻村先生的女儿。"

"栗本叫我来，就是为了让我见见那位小姐。"

夫人睁开了那双大眼睛，紧紧盯着菊治。

"竟然是相亲？我一点儿也没察觉到。"

"不是相亲。"

"原来是这样！在你相完亲回家的路上，我……"夫人双肩颤抖着，眼泪像成串的珠子般落在枕上，"不应该呀，太不应该了！你怎么不早些告诉我呢？"

夫人伏在枕上哭了起来。

这倒是菊治未曾预见的。

"跟是不是刚相过亲有什么关系？不应该就是不应该，跟相亲无关。"菊治说。他也确实是这么想的。

然而，稻村小姐点茶的样子又浮现在他眼前，还有她那千羽鹤纹样的桃色手袋。

这样一来，望着眼前痛哭的太田夫人，菊治感觉那身体变得丑恶起来。

"啊，真是不应该。我真是个罪孽深重的女人啊。"

夫人圆润的肩膀不住地颤抖着。

在菊治看来，自己若有悔意，一定会觉得这件事丑恶。且不说相亲的事，她终究是父亲的女人。

但直到此刻，菊治既没有后悔，也不认为做了件丑事。

怎么会和太田夫人走到这一步，菊治自己也说不清楚，事情发展得自然至极。听夫人这话的意思，像是后悔诱惑了菊治。然而，恐怕夫人并非有意为之，菊治也没觉得曾受到引诱。他心中对这件事毫无抵触，夫人也未曾抗拒。可以说，他们全然不在道德观念的阴影之下。

关于菊治父亲的事还没有说完，两人便走进圆觉寺对面小山上的旅馆，共进晚餐。菊治本没必要听她说这些，老老实实听她说，更是略显滑稽。但夫人似乎并没有想到这一点，只是一心诉说着她的满腔眷恋。听着听着，菊治渐渐感受到一股真诚的善意，仿佛被温柔的爱意包围了。

他甚至觉得，父亲当年一定十分幸福。

也许就是这种感觉坏了事。他失去了挣脱的时机，任凭自己沉溺在这甜蜜与安然之中。

可他后来又语带恶意地说起千鹤子和稻村小姐的事来，到底还是因为心底潜藏着阴影吧。

这恶意似乎太重了些。若是现在后悔，一切都将变得丑恶。他内心猛然涌起一股自我厌弃，似乎会对夫人说出更残酷的话来。

“忘了吧，这没什么。”夫人说道，“这种事，算不了什么的。”

“对你来说，不过是又一次想起了家父吧。”

“哎……”

夫人吃了一惊，仰起脸来。因为一直伏在枕上哭泣，她眼睑通红，眼白也有些混浊。在女人这双睁大的眸子里，菊治清晰地看到依然残留着的慵懒与倦怠。

“你若这样说，我也没办法。我真是个可悲的女人啊。”

“满嘴谎话。”菊治粗暴地扯开她的衣襟，“要是有颗痣，我就不会忘记了，一定印象深刻。”

菊治被自己的话吓住了。

“别，别这样看！我已经不再年轻了。”

菊治将牙齿贴了上去。

战栗又一次席卷了她。

菊治安然地进入了梦乡。

半梦半醒间，他听见鸟儿啁啾。像这样在鸣啭声中醒来，还是第一次。

晨霭打湿了林间的新绿，菊治脑中一片澄净，仿佛被洗濯过一般。

夫人背向菊治而眠，不知何时，又翻过身来。菊治感到有些好笑。他支起一只胳膊，在淡淡的晨光中端详着她的面容。

五

茶会过后大约半个月，太田小姐到菊治家来了。

菊治命女佣将她请进客厅后，为了平复心中的忐忑，亲自打开茶柜，取了些洋点心装盘。他无法判断她是独自来的，还是和夫人一块儿，只是夫人不便进屋而在外等候。

菊治拉开客厅的门，太田小姐立刻站了起来。映入眼帘的是她那低垂的头，还有紧抿的、略微突出的下唇。

“久等了。”

菊治从她身后走过，打开了通往庭院的玻璃门。

经过她身后时，花瓶里的白牡丹散发出淡淡的香气。她那圆润的双肩稍稍向前倾着。

“请坐。”

菊治说完，自己先坐了下去，心情不可思议地平静了下来。他在太田小姐身上看到了她母亲的影子。

“冒昧打扰了。”太田小姐低着头说。

“哪里。您能找到我家，真是不容易。”

“哎……”

菊治想起来了。东京遭空袭那阵子，她曾送他父亲回来过。那天在圆觉寺太田夫人告诉过他的。

菊治本想这么说，却还是忍住了，只望着太田小姐。

于是，在夫人身上感受到的那种温情，又一次如温热的清泉般在他心中涌起。他记起夫人对一切是那样优柔不迫，令他觉得安心。

正是那时的安心，让他现在得以放下戒心。只是，他还没有勇气直视太田小姐。

“我……”太田小姐话音刚落，便抬起了头，“是为家母的事来恳求您的。”

菊治屏住了呼吸。

“希望您能原谅她。”

“什么？您是说‘原谅’吗？”

菊治问，同时意识到太田夫人已向女儿坦白了。

“要说请求原谅，那也应该是我吧。”

“还有她和令尊……也请您原谅。”

“至于这件事，要请求原谅的，也应该是家父才对。不过，家母已经过世，他又去请谁原谅呢？”

“令尊早早离世，我总觉得是家母的过错，还有令堂也……这些，我都已经狠狠地说过她了。”

“您多虑了。令堂未免太可怜了。”

“家母还不如早点走了才好呢。”太田小姐看上去羞愧至极。

菊治意识到她是在说他和她母亲的纠葛。这件事不知给她造成了多大的侮辱和伤害。

“拜托了，请您一定要原谅她。”那声音仿佛在哀求一般。

“哪里说得上原谅不原谅。我非常感谢令堂。”菊治直言道。

“都是家母的错，她实在是个糟糕的人。请您放过她，别再理她了。”太田小姐很快地说道，连声音都颤抖了，“求您了。”

菊治明白了她所谓的原谅意味着什么。那也包含着不要再靠近她母亲的意思。

“请您也不要再打电话了……”

说到这儿，太田小姐的脸涨得通红。似乎是为了战胜那份羞耻，她抬起了头，直视菊治。她噙着泪水，睁大的黑眸中毫无恶意，只像在拼命哀求。

“我明白您的意思了。之前的事非常抱歉。”菊治说道。

“拜托您了……”

她的羞赧之色越发浓重，连原本雪白修长的脖颈都染红了。也许是为了衬托那线条优美的颈部，她在洋装的领口上搭配了白色饰物。

“家母在电话里和您约好要见面，却没能赴约……是我拦的。

她无论如何也要赴约，我便抱住她不放。”

太田小姐放松了一些，声调也缓和下来。

菊治打电话给太田遗孀，是在茶会后第三天。那时夫人听上去十分欣喜，最终却没有如约出现在咖啡厅。

菊治只打了这一次电话，之后便再没见过太田夫人。

“我后来也觉得母亲很可怜，但当时只想着这太不成体统了，拼了命拦住她不让她走。母亲对我说，文子，那你去打电话回绝吧。我走到电话边，却什么也说不出口。她就那么直盯着电话，眼泪掉个不停，仿佛三谷先生您就在电话前似的。她就是这样一个人。”

两人都沉默了。半晌，菊治开口了。

“茶会那天，令堂等我的时候，您为什么先回去了？”

“我想让三谷先生知道，家母并不是那么坏的一个人。”

“怎么是坏呢，她是太好了。”

太田小姐垂下眼帘。精致小巧的鼻子下面，下唇微微突出，柔和的圆脸同她母亲十分相像。

“我早知道太田夫人有一位千金，也曾幻想过和那女孩一起聊聊家父。”

太田小姐点了点头，说：“我也曾这样想过。”

菊治想，若从未与太田遗孀发生过什么，能同这位小姐无拘无束地谈谈父亲的事，那该有多好啊。

可是，能够真心原谅太田遗孀，原谅她和父亲的旧情，也正是因为自己和她之间产生的联系。真是不可思议。

许是意识到待得太久了，太田小姐急忙起身告辞。

菊治送她到门外，说：“希望有机会和您再聊一聊家父。还能谈谈令堂美好的品格就再好不过了。”

菊治也觉得这话说得有些任性，可又是他的真实感受。

“好的。但您就要结婚了，不是吗？”

“我吗？”

“嗯，是家母说的。听说您和稻村雪子小姐相过亲了。”

“没这回事。”

出门便是坡道，坡道中段有个拐弯，从这里回头望，能看见从菊治家庭院探出的树枝。

听了太田小姐的话，菊治不禁想起拿着千羽鹤手袋的稻村小姐。思绪翩飞时，太田小姐停下告辞。

菊治背过身，向坡上走去。

林中夕阳

一

千鹤子给还在公司的菊治打了电话。

“下班后直接回家吗？”

菊治是这样打算的，不觉生出厌恶之情。

“还没定。”

“请下班就回来，为了令尊。今天照例是令尊一年一度举办茶会的日子。一想到这事，我就按捺不住了。”

菊治沉默着。

“我打扫茶室的时候……喂，听得见吗？我打扫着茶室，突然就想做几道菜了。”

“你在哪儿？”

“在府上啊。对不起，没打招呼就跑来了。”

菊治吃了一惊。

"一想起是茶会的日子，我就实在按捺不住。我想哪怕来打扫一下茶室，心里也能平静些。本该来之前就给你打电话，可你要知道了，肯定不乐意。"

父亲去世后，茶室就空置了。

母亲还健在的时候，偶尔会独自到茶室坐一坐，但从不在炉中生火，而是带一壶开水进去。菊治不喜母亲去茶室，总担心那里太过冷清，母亲会胡思乱想。

菊治很想看看母亲独自在茶室里的样子，却从没见过。

其实，即便在父亲生前，也一直是千鹤子打理茶室，母亲很少过去。

母亲去世后，茶室便一直关着。只有从父亲那代起就在家里的老女佣，一年过去几次，打开通通风而已。

"茶室有多久没打扫了？榻榻米都是霉味，怎么擦都擦不掉。"千鹤子越发放肆了，"一打扫起来，我又想下厨房了。虽是临时起意，食材也不全，但还是能做几个菜的，所以想让你下了班就直接回来。"

"呵，真有你的。"

"就你吃也许没什么意思，要不要叫三四个同事一起？"

"不行。没人懂茶道。"

"不懂茶道也没关系。都是家常菜，请他们带张嘴来就行了。"

"不行。"菊治有些发作了。

"是吗？有点遗憾啊。那叫上谁呢？令尊的茶友……好像不太合适。那我叫上稻村小姐吧。"

“开什么玩笑？不行！”

“为什么？不是很好吗！那件事，对方还是有意思的，你们再见一面好好聊聊吧。我现在就邀请她，她要是来，就说明她同意啦。”

“我不想这样。”菊治内心烦闷，“你别叫她。我不回去了。”

“啊？也是，这件事电话里不好谈，我们以后再说。总之先这样，早点儿回来吧。”

“先这样又是什么意思？你想怎么样，不关我的事。”

“好吧，是我多管闲事。”千鹤子虽然这样说，但她强加于人的气势已经奏效了。

菊治不禁想起那块占据她大半个乳房的黑痣。

他觉得，千鹤子用扫帚打扫茶室的声音，简直就像是扫帚在他脑子里搅和发出来的；他的脑袋仿佛也被她用擦廊子的抹布揩拭过了。

菊治本就厌恶她，她竟还这样擅自闯进他家，甚至大模大样做起饭来，简直不可理喻。

如果她是来祭奠父亲的，清扫一下茶室，插上几枝花就走，倒还情有可原。

而在菊治熊熊燃烧的厌恶中，稻村小姐的身影好似一道光，熠熠生辉。

父亲去世后，菊治与千鹤子自然就疏远了。难道千鹤子是想以稻村小姐为诱饵，重新纠缠上来吗？

千鹤子在电话里的语气，照例显露出她那滑稽的个性，让人不觉间放松警惕；但与此同时，又仿若一种胁迫，向人威逼而来。

菊治知道，觉得受她胁迫，是因为自己有把柄在她手里。虽然她态度蛮横，但由于心虚，自己也不便发作。

千鹤子是因为抓住了菊治的把柄，才伺机而动的吗？

下班后，菊治去了银座的一家小酒馆。

只能照千鹤子说的老实回家，再加上那件心虚的事，菊治内心格外烦闷。

圆觉寺茶会后，菊治与太田遗孀在北镰仓的旅馆里意外地住了一夜。这件事千鹤子不可能知道。难道茶会后她又见过太田遗孀？

菊治怀疑，千鹤子电话里那种咄咄逼人的派头，不仅仅是因为她厚脸皮。

当然，也不排除她只是企图以自己的方式来推进菊治与稻村小姐的事。

菊治在酒馆里坐立不安，便坐上了回家的电车。

国营电车从有乐町驶向东京站。途中，菊治透过车窗，俯视着高大的树木并排而立的街道。

这条街和电车线路大体上是垂直的，呈东西走向。路面反射着余晖，像金属板一样闪闪发光。迎着落日望去，行道树因背对着夕阳而显出深沉的墨绿色。凉爽的浓荫下，枝丫尽情舒展，宽大的树叶一片葱茏。夹道而立的还有精致的洋房。

奇怪的是，这条街上没什么行人。冷冷清清的，能够直望到皇居前面的护城河。明晃晃的车道也一片寂寥。

从拥挤的车厢望去，仿佛只有这条街悬浮在黄昏的奇妙时间里，颇有些异国之感。

菊治仿佛看见稻村小姐正走在那林荫路上，手里拿着桃色绉纱包袱皮裹成的手袋，连上面洁白的千羽鹤都清晰可见。

他感到神清气爽。

想到稻村小姐也许已经到他家里了，菊治的内心又不安起来。

千鹤子到底想要干什么呢？她在电话中先是让菊治邀请友人，菊治不愿意，她就说要叫稻村小姐来。她是不是一开始就打算邀请稻村小姐呢？菊治想不明白。

他一到家，千鹤子便急匆匆迎到门口。“就你一个人吗？”

菊治点点头。

“那太好了。稻村小姐已经到啦。”她说着，上前接过菊治的帽子和皮包，“路上去什么地方了吧？”

菊治想，也许自己脸上还带着酒气。

“你去哪儿了？我后来又打电话到公司去，说你已经走了。我算着你到家的时间呢。”

“你可真行。”

对于擅自闯进别人家、肆意妄为的行径，千鹤子只字未提。

她尾随菊治来到卧室，拿起女佣备好的和服，要帮他换上。

“不麻烦你了。不好意思，我自己来。”

菊治脱了上衣，像是要甩开千鹤子一般，闪身进了衣帽间。

菊治换好衣服出来，发现千鹤子仍坐在那里。

“一个人的日子不容易吧？”

“嗯？”

“这样不方便的日子，差不多也该结束了。”

“看看我家老爷子吧，我可是引以为鉴。”

千鹤子瞥了菊治一眼。

她穿着女佣的围裙，袖口高高挽起。这衣服原是菊治母亲的。

千鹤子手腕以上的部分异常白皙丰满，胳膊肘内侧青筋分明，像是捆上去的一般。那厚实而又紧绷的肌肉，让菊治有些意外。

“还是茶室比较好吧？我把稻村小姐请到客厅坐着呢。”千鹤子有些故意地说。

“茶室里有电灯吗？我就没见那儿开过灯。”

“要不我点几支蜡烛？反而有情趣呢。”

“不要。”

千鹤子像是突然想起来似的说：“刚才打电话邀请稻村小姐，她问我是她们母女一起来吗。我就说，能一起光临更好。但稻村夫人有别的事，最后就决定她一个人来了。”

“什么最后决定，都是你搞的鬼吧？突然打电话请人家马上来，她们一定觉得唐突。”

“你说得是。但稻村小姐已经来了，既然来了，也就算不上唐突了吧。”

“为什么？”

“你看，今天她既然来了，就说明她对这事有意思嘛。步骤虽有些不合常理，也无所谓的。等事情成了，你们俩就笑话我栗本办事古怪好了。根据我的经验，能成的事，无论怎样都能办成。”千鹤子似乎看透了菊治的心思，不屑一顾地说道。

“你已经跟她说了？”

“当然，都说清楚了。”

千鹤子这是要逼着菊治表态了。

菊治站起身，穿过走廊向客厅走去。经过那株巨大的石榴树时，他努力调整神色。不能让稻村小姐看到他一脸不快。

望着那幽暗的树影，菊治脑海里又浮现出千鹤子的黑痣。他摇了摇头。客厅门前的庭石上还残留着余晖。

纸门敞开着，稻村小姐就坐在门边。她的光彩照亮了宽敞而昏暗的客厅。

壁龛上的水盘里插着菖蒲。

稻村小姐也系着鸢尾花样的腰带。也许是巧合吧，因为这正是季节风物。又或许并不是巧合。[1]

壁龛上的不是鸢尾而是菖蒲，叶子和花都插得很高。从花朵的形态看，便知道是千鹤子刚刚插上去的。

二

翌日是星期天，下起了雨。

午后，菊治独自来到茶室，收拾昨天用过的茶具。

也是因为眷恋稻村小姐的余香。

女佣为他打伞。他走出客厅，刚踩上庭院的踏石，便看到屋檐上的排水管坏了一处，雨水哗哗地落在石榴树前。

“那里得修修了。”菊治对女佣说。

“是。”

菊治想起来，他早就惦记着这件事。下雨的夜晚躺在床上，总觉得水声很响。

“不过，要说维修，很多地方都该修了。还是趁房子没坏得太

① 在日语中，“菖蒲”和“鸢尾”常被混用。

厉害，赶紧卖了吧。”

“近来有大宅院的人家都这么说。昨天稻村小姐还说这宅邸真大，感到吃惊呢。小姐是想住到这宅子里来吧。”

看来女佣想劝他不要卖。

“是栗本师傅这么说的吗？”

“是的。稻村小姐一来，师傅就带她参观了府里各处。”

“啊？真是服了她了。”

昨天稻村小姐并没有对菊治说起这件事。

菊治以为，稻村小姐只是从客厅走到了茶室，所以他今天也不知不觉想从客厅走到茶室去。

昨夜菊治迟迟未能入睡。

他总觉得茶室里萦绕着稻村小姐的香气，夜里很想起身去看一看。

“她永远是遥不可及的人啊。”

为了尽快睡着，他这样说给自己听。

就是这位小姐，被千鹤子拉着在家中四处参观，菊治很是意外。

菊治吩咐女佣拿炭火到茶室去，自己则沿着踏石走去。

昨晚，千鹤子要回北镰仓，没来得及收拾茶具，就同稻村小姐离开了。女佣把茶具堆在了茶室一角，菊治现在只要逐一归位就可以了，他却发现自己并不知道它们原本放在哪里。

“倒是栗本更熟悉这里。”

菊治自言自语着，向壁龛里挂着的歌仙图望去。

那是法桥宗达的一幅小品，浅墨线条上施以淡彩。

“这是哪位歌人呢？”昨日稻村小姐这样问时，菊治没能答上来。

“啊，是谁呢？上面没有和歌，我也不太清楚。这类画上的歌人，体貌都差不多吧。”

“是源宗于吧。”千鹤子插嘴道，“和歌应该是‘万年松绿春更浓’，描写的是比现在更晚一些的时节。令尊很喜欢这幅作品，常在春天挂出来。”

“谁知道是源宗于还是纪贯之？光看画可分不出来。”

菊治又唱起反调。

今天再看这幅画，菊治还是觉得那面孔虽气度不凡，但并不能分辨出到底是谁。

不过，虽然只是寥寥几笔，勾勒出的人物却很大气。端详之下，仿佛有清风徐徐而来。

这幅画，还有昨日插在客厅里的菖蒲，都让菊治联想起稻村小姐。

“不好意思，我想应该先烧点热水再送过来，所以晚了些。”

女佣送来了炭火和烧水壶。

菊治想要炭火，是因为茶室湿冷，并不打算点茶。没想到女佣很用心，听他说要炭火，连水都给烧好了。

菊治漫不经心地添了些炭，把茶釜架了上去。

他从小随父亲出席各种茶会，对点茶却毫无兴趣。父亲也没有劝他学习茶道。

现在水开了，他也只会把盖子错开，呆坐着而已。

空气中飘着霉味，看来榻榻米也发潮了。

素雅的墙壁，昨日正好衬托出稻村小姐的明丽，今天却只剩下晦暗。

稻村小姐看上去有些拘谨，就像是住在洋房里的人穿起和服，有些不适应。

“栗本唐突发出邀请，给您添麻烦了吧。在茶室招待，也是她自作主张。”菊治说。

“老师告诉我，每年的今天令尊都会举办茶会。”

“据说是这样的。我是忘得一干二净了，也没想过。”

“这么重大的日子，邀请我这样的新手来，老师不会是有意让我出丑吧？惩罚我最近偷懒，没有认真练习。”

“栗本也是一早想起的，临时跑来收拾了茶室。是不是有些霉味？”菊治又嗫嚅道，“你我相识，如果不是栗本介绍的就更好了。我总觉得对稻村小姐很过意不去。”

稻村小姐惊讶地看着菊治。“为什么呢？如果不是老师，就没有人介绍我们认识了呀。”

这抗议很简单，却道出了实情。

的确，如果没有千鹤子，两人此生都不会相遇。

菊治仿佛被明晃晃的皮鞭当头抽醒。

稻村小姐的话，听起来像是已经同意了这桩婚事。

正因为如此，她那惊讶的眼神，让菊治感觉就像是一道光。

不过，菊治直呼千鹤子为栗本，没加任何敬称，不知稻村小姐做何感想。千鹤子曾做过菊治父亲的情人，尽管时间不长，稻村小姐是否知道这件事呢？

“我对栗本有些不愉快的记忆。”菊治的声音几乎颤抖起来，“我不想自己的命运和那女人有什么瓜葛。我到现在还很难相信，是她把您介绍给了我。”

这时，千鹤子把她自己那份晚餐也端了进来。两人的谈话暂时中断了。

“请允许我陪同二位进餐。”

千鹤子此前一直在准备饭菜。她坐下后，先是略微弯腰，平稳了一下气息，然后观察着稻村小姐的脸色，说：“只请了您一位客人，可能有些冷清。不过，我想菊治少爷的父亲一定很开心。”

稻村小姐丝毫没有忸怩之色，只是垂下眼帘说：“我还不够资格进到老先生的茶室。”

千鹤子没有接话，自顾自地絮叨起来，回忆着菊治父亲使用这间茶室的旧日情景。

她似乎已经认定这桩姻缘能成。

临走时，千鹤子在大门口对菊治说：“也去稻村府上拜访一次吧。下回我们定个时间。”

稻村小姐点了点头，似乎想说些什么，又吞了回去。她浑身上下蓦地显出一种本能般的羞涩。

菊治很意外，仿佛真切地触到了稻村小姐的体温。与此同时他又不住地觉得，自己被一层丑恶的黑幕包裹住了。

即使到了今天，那层黑幕仍然无法除去。

龌龊的不只是给他介绍稻村小姐的千鹤子，还有他自身。

菊治总是幻想父亲肮脏的牙齿正咬住千鹤子胸口的黑痣，而他又流着父亲的血。

稻村小姐并不介意千鹤子，但是菊治介意。这也许不是菊治卑怯优柔的唯一原因，但绝对是重要原因。

菊治故意表现出对千鹤子的厌恶，以此说明和稻村小姐相亲是受她所迫。千鹤子就是这样一个惯于被人利用的女人。

菊治意识到稻村小姐很可能看穿了他的把戏，仿佛挨了当头一棒。就在这一刻，他认清了自己，心中愕然不已。

餐毕，千鹤子离席为点茶做准备。

菊治对稻村小姐说："如果说栗本给我们牵线是命运，那么如何看待这一命运，您和我似乎很不相同。"

这话听起来也像是在辩解什么。

父亲去世后，菊治不喜母亲一个人踏入茶室。

他始终觉得，父亲、母亲还有自己，各自去到茶室时，所思所想一定完全不同。

雨水打在树叶上，其间又融入了雨点砸落在伞上的声音。那声音越来越近。

"太田女士来了。"女佣在纸门外说。

"太田女士？是太田小姐吗？"

"是夫人。看上去很憔悴，像是病了。"

菊治蓦地起身，却又僵住了。

"把她请到哪里呢？"

"就这里吧。"

"是。"

太田遗孀走了过来，没有打伞，大概是放在了大门口。

她的脸被濡湿了，菊治以为是雨，却原来是泪。夺眶而出、不住地流到面颊上，他才明白是泪。

他真糊涂，竟然会以为那是雨水。

"啊，这是怎么了？"他惊呼着向她靠近。

夫人在外廊上跪坐下来，指尖扶地，绵软得似乎就要瘫倒在菊治身上。

门槛周围被沾湿了。

那是泪水，滴滴答答不住落下来，以致菊治误以为是雨。

夫人紧盯着菊治，仿佛那是支撑她不要倒下的动力。菊治也感觉到了，似乎一旦移开视线，就会发生危险。

她双目深陷，眼角的细纹拧在一起，眼底一片乌青，连双眼皮都透着病态。湿润的眸子如在哀诉般，盈满了难以名状的柔情。

“对不起，我太想见你了，我控制不住自己。”

她的声音里满是眷恋，身姿也透着柔情。

她是如此憔悴，若没有这份柔情，菊治几乎不忍直视她。

夫人的痛苦让菊治心如刀割。他知道这痛苦是他造成的，而这份柔情似乎又缓解了他自身的痛苦，虽然只是一种错觉。

“快进来。都淋湿了。”

他一下子从她身后紧紧搂住她，几乎是把她拽起来，动作中透着些许粗暴。

夫人想要自己站起来，挣扎着说：“请放开我。放开。很轻吧？”

“很轻。”

“是变轻了。近来瘦了很多呢。”

菊治这才开始惊讶，自己刚才竟想也没想就抱起了她。

“令爱该担心了。”

“文子？”

她这样唤道，听起来仿佛文子就在外面。

“文子小姐也一起来了吗？”

“我是背着她来的。”夫人哽咽道，“那孩子一刻不离地看着我。就连夜里我发出些动静，她都立刻睁眼醒来。被我连累的，她也有些不正常了，跟我说，妈妈为什么只生了我一个孩子呢，哪怕和三谷先生再生一个也好……她竟说出这么可怕的话来。”夫人说着端正了坐姿。

从夫人的话里，菊治感受到了文子的悲哀。她的悲哀源于她不忍面对母亲的苦痛。

可她居然会说，哪怕和菊治的父亲再生一个孩子也好。这话着实刺痛了菊治。

夫人依然凝视着菊治。

“今天她也可能会追到这里来。我是趁她外出偷偷溜出来的。下着雨，她没想到我会出门。

“下着雨就……”

“是的。她大概觉得我已经虚弱到雨天无法外出了吧。”

菊治只是点了点头。

“前阵子，文子到府上来了吧。”

“是的。她跟我说，请原谅家母吧。我不知该作何回答。”

“我完全明白她的心情，可为什么还是跑到这儿来了？啊，太可怕了。”

“不过，我非常感激你。”

“谢谢……本来，我应该就此知足的。可事情过后，我又忍不住痛苦……对不起。”

“可是也没有什么能真正束缚住你吧？难不成是家父的亡灵吗？”

夫人的神色并没有因菊治的话而改变。他仿佛一拳打在了棉花上。

“忘掉吧。”夫人说，“接到栗本老师的电话时，我也不知道为什么会那么生气，真是不好意思。”

“栗本给你打电话了？”

“是的，今天早上。她说你和稻村家雪子小姐的事定下来了。她为什么要跑来告诉我呢……”

泪水又泛了上来，她却突然微笑了。那不是掺杂着痛苦与忧愁的笑，而是纯真无邪的微笑。

“并没有定下来。”菊治否认道，“你是不是让栗本觉察到我们的事了？那次之后你们见过吗？”

“没有。但她是个很厉害的人，也许都知道了。今早打电话时，她肯定觉得我很奇怪。我真没用，几乎晕倒了，还喊出了声。虽然是在电话里，但她肯定知道了什么。她说，夫人，请不要妨碍这件事。”

菊治皱起眉头，一时不知说什么好。

“妨碍，我怎么会……你和雪子小姐的事，我本就觉得自己做错了。今早突然感觉栗本老师太可怕了，让我坐立难安，怎么也无法在家里待下去。”

夫人说着，像是中邪了似的，肩膀颤抖不已，嘴唇歪斜着吊起，显现出丑陋的老态。

菊治起身走过去，伸手按住她的肩膀。

她顺势抓住他的手。“我害怕，我好害怕。”她惊恐地环顾四周，突然像失去了力气一般，“就是这间茶室吗？”

菊治没明白她的意思，含混地应道：“嗯，是。”

“多好的茶室啊。”

不知她是想到已故的丈夫常来品茶，还是忆起了菊治的父亲。

“第一次来这里吗？”菊治问。

“是。”

“你在看什么？”

“没看什么。”

“这是宗达的歌仙图。”

夫人颔首，又垂下了头。

“你没来过我家吗？”

“从没来过。”

“是吗？”

“不，来过一次，令尊的葬礼……”夫人不出声了。

“水开了，喝点茶吧？可以解乏。我也想喝了。”

“好，可以吗？”夫人刚起身，就趔趄了一下。

菊治从角落的箱子里取出茶具。他意识到这是稻村小姐昨天用过的，还是拿了出来。

夫人取下茶釜的盖子，手有些颤抖。盖子碰在釜上，发出轻响。

她手持水勺，身体前倾，泪水濡湿了釜沿。

“这只茶釜，也是令尊从我手里买去的。”

“是吗？我都不知道。”菊治说。

夫人提到这只茶釜是亡夫的遗物，菊治并不反感。他对她的这种直率，也不觉得奇怪。

夫人点好了茶，说：“我端不过去了。你过来好吗？”

菊治来到茶釜边，喝完了茶。

夫人像是失去了意识般，扑倒在菊治膝上。

菊治搂住她的肩。她的后背微微颤抖着，气息也越发微弱。

菊治仿佛用臂弯托着一个婴儿。她实在太柔弱了。

三

“夫人……”菊治用力摇晃着太田夫人。

菊治的双手覆在夫人的脖子两侧，就像是要掐住她一般。他感觉到，她的胸骨比上次更突出了。

“我和家父，你分得清吗？”

“真是残忍啊……不要这样。”夫人闭着眼，柔声说道。

她似乎还不愿从另一个世界回到现实中来。

菊治与其说在追问夫人，不如说在与自己心底的不安对质。

菊治驯顺地被诱入了另一个世界。只能说那是另一个世界。在那里，父亲与他是没有分别的。甚至他的不安都是后知后觉。

夫人似乎不是人世间的女子。她仿佛来自混沌初开时，又或是人世间最后一个女子。

菊治怀疑，她一旦进入另一个世界，就完全分辨不出故去的丈夫、菊治的父亲和菊治了。

“只要想起家父，我和他在你心中就是一体的，对吗？”

“原谅我吧。太可怕了……我真是个罪孽深重的女人啊。”

她的泪不住地流了下来。

“唉，我该死，真该死。要是现在就死去，该有多幸福啊。刚才你不是差点掐住我的脖子吗？为什么不行行好掐死我呢？”

“不许胡说！不过，你这么一说，我倒真想试试看了。”

“是吗？那要谢谢你了。”她说着探出修长的脖子，“我瘦了很多。不难办的。”

“你不会忍心留下令爱去死的。”

“不，这样消耗下去，我终究是要死的。文子就托付给你了。”

“要是她跟你一样的话……”

夫人叹息着睁开双眼。

菊治被自己脱口而出的话吓了一跳。不知夫人会怎样理解。

“看，脉搏这么乱……我已经活不久了。”夫人说着握住菊治的手，按在自己的胸脯上。

也许只是菊治的话使她惊悸。

“菊治少爷多大了？”

菊治没有回答。

“还不到三十岁吧？真是对不住。我是个可悲的女人，连我自己也弄不明白。”

她曲着腿，用一只手半支起身子。

菊治端坐好。

“我不是来玷污你和雪子小姐的婚事的。无论如何，一切都过去了。”

“我还没决定要结婚。但你这么说，我倒觉得把我的过去洗刷干净了。”

“是吗？”

“给我做媒的栗本也是家父的情人，她是把过去的仇怨发泄在我身上了。你是家父最后一个女人，我想他当年是幸福的。”

“愿你能早日与雪子小姐成婚。”

“那是我自己的事。”

夫人茫然地看着菊治，血色从脸颊上褪去，她用手按住额头。

“我的头好晕。”

她坚持要回家。菊治叫了一辆车，也坐了上去。

夫人闭着眼睛，靠在角落里。那无所依凭的模样，看起来随时可能死去。

菊治没有进夫人家。下车时，她冰凉的手指似乎是倏地从他掌心消失的。

当天夜里两点左右，文子打来电话。

“请问是三谷先生吗？家母刚刚……”她停了一会儿，然后清晰地说，“去世了。”

“什么？令堂怎么了？”

“去世了。是心肌梗死。最近她吃了很多安眠药。”

菊治一时语塞。

“所以，我想……想拜托您一件事。”

“嗯。”

“您有熟悉的医生吗？能不能带着医生来一下？”

“医生？找医生？现在吗？”

她家里居然没来医生。菊治吃了一惊，随即明白了。

夫人是自杀。而她想请他帮忙掩饰。

“我明白了。”

“麻烦您了。”

文子是深思熟虑后才打的电话，所以她斩钉截铁，只说了要办的事。

菊治坐在电话旁，闭上了眼睛。

与太田遗孀在北镰仓的旅馆共度一夜后，归途电车上看到的夕阳，又浮现在了他的脑海中。

那是池上本门寺森林中的夕阳。

血红的夕阳，掠着树梢缓缓移动。

满天晚霞，把森林衬得漆黑一片。

缓缓掠过树梢的夕阳，刺痛了菊治疲倦的双眼。他闭上了眼睛。

那时，他突然觉得，稻村小姐手袋上洁白的千羽鹤，正在留于眼底的落霞中飞舞。

志野彩陶

一

太田夫人头七翌日，菊治去了她家。

要是等下班后再去，天就黑了，所以他打算早退。然而他心神不宁，总想着马上出发，却一直拖到天黑都没能动身。

文子来到门前。

“啊，是您来了。”她跪坐施礼后，抬头望向菊治，双手却仍扶着地，试图以此来抑制双肩的颤抖。

“谢谢您昨天送来鲜花。”

“不客气。”

“我还以为您送了花，就不会来了。”

“是吗？也有人先送花，然后再来祭奠的吧。”

“哦，这我倒是没有想到。”

“其实，昨天我也到附近的花店了……”

文子并不惊讶，微微点了点头，说：“花上没有落款，但我猜到是您了。”

菊治想起昨天的情形。他伫立在花丛中，追忆太田夫人的种种过往。他记得，是花草的芳香缓解了他对自身罪孽的恐惧。

而现在，文子又这样温柔地待他。

文子穿着白色的棉布衣服，未施粉黛，只在有些干裂的嘴唇上淡淡地抹了口红。

“昨天我觉得应该回避一下。”菊治说。

文子向内挪了挪，似乎在示意菊治进屋。

这样在门前打招呼，文子已是强忍泪水；若再说下去，她怕是控制不住了。

文子起身跟在菊治后面，说：“您送了花来，家母一定非常高兴。昨天您要是不介意，直接过来就好了。”

菊治尽量淡淡地答道：“我不想让府上的亲戚们不悦。”

“我已经不去顾虑这些了。”文子明确地说。

客厅里，太田夫人的遗像放在骨灰坛前，只供着菊治昨天送来的花。

菊治有些意外。难道文子把其他的花都收了起来，只留下了他送的？他同时又觉得，这也许是个寂寞的头七。

“是水指吗？”

文子明白菊治问的是插花的容器。

“是的。我觉得正相配。”

“多好的志野陶啊。”

这是一只筒形的志野陶罐，作为水指，器型略小了些。现在插上白玫瑰和淡色香石竹，倒是相得益彰。

“家母生前也偶尔拿它来插花，所以没有卖掉，留作纪念。”

菊治跪坐在遗像前，进了香。他双手合十，闭上了眼睛。

他在谢罪。可一股感激之情却油然而生，他感激夫人给他的爱。他几乎又要原谅自己了。

夫人是被罪念紧逼，无处可逃，所以只能赴死了吗？还是为爱所困，到了无法遏制的地步，唯有一死呢？夺去她生命的，到底是爱还是罪？菊治思考了整整一周，仍没有答案。

现在，面对她的遗骨，闭上双眼，菊治忆起的不是她的身姿，而是她那芳香醉人的触感。菊治被那温情紧紧包围着。说来有些奇怪，菊治此刻觉得一切都十分自然，这也是夫人的缘故。而这复苏的触感，并不同于抚摩雕像，而是宛如置身音乐之中。

夫人去世后，菊治一直睡不好，即使在酒里加了安眠药，依然频频做梦。

不过，他从未被噩梦所扰，将醒时总感到一种甘美的陶醉，醒后还久久沉浸其中。

一个死去的人，来到梦里，还会让人陶醉于她的拥抱，这着实让菊治感到奇怪。他经历尚浅，实在不曾预料。

“我真是个罪孽深重的女人啊。”

太田夫人曾两次说过这句话。一次在北镰仓过夜的旅馆，一次在菊治家的茶室，每次都反而会引起她带着快感的战栗与欷歔。现在菊治坐在夫人的灵前，思索着她的死因，一旦将那想成罪孽，她的声音便又回荡在他耳边。

菊治睁开了眼睛。

身后传来文子抽泣的声音。她偶尔哭出一声，又强忍回去。

菊治不便回头，只是问道："这是什么时候的照片？"

"五六年前吧。是一张小照片放大的。"

"哦。是点茶的时候拍的吧？"

"哎，您看出来了？"

这是一张面部放大的照片，和服交领处以下的部分被裁掉了，两边肩膀也没留全。

"您怎么知道是点茶时的照片呢？"文子问。

"感觉是。她垂着眼，表情像是正在做什么事情。虽然肩膀只露出了一半，但能感觉到身体在使力。"

"脸有些侧着，我本来犹豫要不要用。但这是家母喜欢的照片。"

"很是娴静，是张好照片。"

"但还是不太合适。因为不算是正脸，别人来进香时，和她对不上视线。"

"哦，还真是这样。"

"低头看着别处呢。"

"是啊。"

菊治想起夫人去世前一天点茶的情景。

她手持水勺，泪水濡湿了茶釜。菊治上前接过茶碗。喝完茶时，茶釜上的泪痕已经干了。他一放下茶碗，她就倒在了他的膝上。

"拍这张照片时，母亲还没有那么消瘦。"文子说到一半，嗫嚅起来，"而且，这张照片跟我太像了，供在这里，怎么说呢，总觉得难为情。"

菊治猛地转过头来。

文子垂着眼帘。此前，她一直凝视着菊治的背影。

菊治的视线已经离开灵前，就不得不面对文子了。可他开不了口，不知该如何向她道歉。

幸亏有被当作花瓶用的志野陶。菊治干脆指尖轻轻触地，端详起它来，就像在鉴赏茶具一样。

只见白釉里隐约透出红色，清冷与温馨并存，罐身十分润泽。菊治伸出手轻轻抚摩。

“温柔如梦……上好的志野陶，没有人会不喜欢。”

他心里想的是“温柔如梦的女子”，出口时却把“女子”省去了。

“您要是喜欢，就送给您，当作家母的留念。”

“那可不敢当。”菊治慌忙抬起头来。

“您要是喜欢，请务必笑纳。家母也会很开心的。这东西应该还不错。”

“当然是好东西。”

“我也曾听家母这样说过，所以特意用来插您送的花。”

菊治情难自禁，一股热泪涌了上来。

“那我就恭敬不如从命了。”

“家母也一定很开心。”

“可是，我恐怕没法让它发挥水指的作用，只能权当花瓶用了。”

“家母也拿它插过花，您就放心好了。”

“即便插花，也不是插茶道用的花。作为茶道用具，却跟茶绝缘，真是寂寞啊。”

“我也不想学茶道了。”

菊治回头看了看，顺势站起身来。他把壁龛旁的坐垫挪到了廊子边，重新坐下。

文子没有用坐垫，一直跪坐在菊治身后的榻榻米上，两人隔了些距离。现在菊治挪了位置，便只剩下她一个人孤零零地坐在客厅中央。

她原本曲指放于膝上的双手，现在颤抖着握紧了。

“三谷先生，请您原谅家母吧。”

文子这样说着，深深低了下头。

菊治一惊，担心她整个人会随之一起倒下。

“哪儿的话，该请求原谅的是我。我甚至觉得自己连请求原谅的资格都没有。况且现在，无论怎样道歉也无济于事了。我心中有愧，实在无颜见您。”

“该惭愧的是我们母女啊。”文子面露愧色，“我真恨不得就这么消失……”

她那未施粉黛的苍白脸颊泛起潮红，一直渗入修长白皙的脖颈。

这淡淡的血色，反而更衬出文子的贫血之态，让菊治感到痛心。

“我想，你们一定十分恨我吧。”

“恨？家母会恨您吗？”

“可是，是我害死了她啊。”

“她是自己寻死的，我这样觉得。她去世后，我独自思考了整整一周。”

“出事后，您一直一个人住吗？”

“是的。不过，之前也一直只有我和母亲两个人一起生活。”

“是我把令堂，您唯一的亲人害死了。”

“那是她自己的选择。您说是您导致的，那我的责任岂不是更大？如果因为家母死了，一定要怨恨什么人的话，那首先该恨的是我自己啊。可是，负疚、悔恨，都只会使家母的死变得阴暗，不再纯粹。我觉得，生者反思也好，懊悔也罢，都会成为逝者的负担。”

“您说得很有道理。可是，如果我不曾和令堂相遇……”

菊治说不下去了。

“只要逝者得到原谅，一切就够了。我想，家母也是为了得到原谅才选择死去的。您能原谅她吗？”

说完，文子起身离开了。

听了文子的话，菊治觉得心头一松。原来还可以这样想，卸去逝者的重负。

活着的人因逝去的人烦恼，就像诅咒已逝的人一样，浅薄而荒谬。逝者是不会将道德强加于生者的。

菊治再次把视线投向夫人的遗照。

二

文子端着茶盘回来了。茶盘上放着两只筒形茶碗，一只是赤乐，另一只是黑乐。她把黑乐茶碗放到菊治面前。

沏的是番茶。

菊治举起茶碗，看了看碗底的印记，有些唐突地问道：“是谁的作品？”

“我记得是了入。”

“那只赤乐也是吗？”

“是的。”

“那是一对了。”

菊治说着，又看了看那只赤乐茶碗。它一直放在文子膝前。

这对筒形茶碗大小适中，用来喝茶再合适不过了。菊治的脑海中忽然浮现出令人不快的想象。

文子的父亲去世后，她的母亲与菊治的父亲在此幽会时，用的就是这一对茶碗吧。父亲用黑乐，文子的母亲则用赤乐。

了入的作品不算珍贵，两人说不定旅行时也带着这对茶碗。

要是当真如此，知道内情的文子现在却为菊治端出这对茶碗，未免也太恶作剧了。

不过，菊治不觉得文子是有意挖苦或另有企图。他把这理解为少女单纯的感伤。

这感伤也感染了菊治。

他们俩都被文子母亲的死缚住了，无法抗拒这异样的感伤。成对的茶碗，更加重了两人共同的悲伤。

母亲与菊治父亲的关系，母亲与菊治的事，还有母亲的死，这一切文子都一清二楚。掩盖太田夫人自杀的真相，同谋也只有他们两个。

文子眼睛微微发红，应该是沏番茶的时候哭过了。

“幸亏我今天来了。”菊治说，“我理解了您刚才的话，生者和逝者之间已不存在原谅或不原谅的问题。可我还是改变了来时的想法，就当作令堂已经原谅我了。”

文子点了点头。“不这样想，家母也无法取得您的原谅。虽然她没能原谅自己。”

“可是，我到这里来，和您面对面坐在一起，也许是件可怕的事。”

“为什么？”文子看了看菊治，“您是说她不该死去吗？家母去世时，我也很懊恼，觉得不管怎样被误解，都不该选择死亡啊。因为死是对一切理解的拒绝。对于死，谁都无从原谅。”

菊治沉默着，他想，难道文子也碰触过死的秘密吗？

死是对一切理解的拒绝，他没有想到这话会从文子嘴里说出来。

此刻菊治觉得，他所理解的夫人与文子所理解的母亲，可能截然不同。

文子无法了解母亲作为女人的一面。

原谅也好，被原谅也好，菊治都徜徉在女人胴体那梦幻般的潮涌中。黑色和赤色的成对茶碗，也唤起了他如梦般的思绪。

而文子无法了解母亲的这一面。

孩子来自母亲的身体，却并不了解那身体，这本就十分微妙。而母亲的形体却又微妙地迁移到了女儿身上。

文子在门口迎接菊治时，菊治就感受到一种柔情，也许是因为在她温润的圆脸上看见了她母亲的影子。

如果说夫人是因为在菊治身上看到他父亲的面容，才犯了大错，那么菊治觉得，文子酷似她母亲，必然是一种令人战栗的诅咒。然而，菊治心甘情愿地接受了这种诱惑。

望着文子那微微突出、有些干裂的小巧嘴唇，他便觉得无法与她争吵。

怎么做才会让她表示抗拒呢？菊治生出了这种想法。

“令堂是因为太过善良，才活不下去的吧。”他说，“然而，我对她太残忍了。我大概是把自己道德上的不安，用那种方式发泄到了她身上。因为我是个怯懦又卑劣的人……”

“是家母不好。她这人很糟糕。跟令尊的事也好，跟您的事也好……我都觉得不像是她的性格。”

文子话没说完就红了脸。相较之前，她的气色好多了。像是要避开菊治的视线，她微微侧过脸去，低下了头。

“不过，从家母去世第二天开始，我逐渐觉得她美了。不，不是我觉得，应该说是家母自己变美了吧。”

“对逝者来说，恐怕都一样吧。”

“或许，家母是受不了自己的丑恶才死去的……”

“我认为不是这样的。”

“再加上她痛苦不堪……”

文子眼中噙着泪水。她指的是母亲对菊治的爱情吧。

“人死去了，也就变成我们心中所想的样子了，珍惜吧。”菊治说道。

“可是，他们都去得太早了。”

文子好像也明白菊治指的是他们的双亲。

“您与我，都是他们唯一的孩子。”菊治接着说，旋即意识到，若夫人没有文子这样一个女儿，他与夫人的事会让他陷入更深的阴暗和扭曲之中。

“文子小姐，听令堂说，您对家父很好。”

菊治不经意间把这话说出了口。索性便当作自然流露了。

他认为，可以和文子谈谈父亲把夫人当作情人、出入这个家时的事了。

然而，文子突然双手扶地。

“请您原谅。我觉得家母太可怜了……从那时起，她就像随时都要死去似的。”

她说着俯下身去，一动不动。又很快哭出了声，肩膀也松弛下来。

菊治突然来访，文子没来得及穿上袜子。她把脚心藏在身侧，看起来就如同瑟缩着身子。

她的头发铺散在榻榻米上，几乎碰到了那只赤乐茶碗。

文子双手掩着满是泪水的脸，走了出去。

许久仍不见她回来。

“今天就此告辞了。”菊治说着来到门口。

文子拿着一个裹了包袱皮的小包，走了出来。

“给您添麻烦了，这个请您带走吧。”

“是什么？”

“志野陶。”

把花拿出来，倒掉水擦干，再装进盒子里包好，文子如此利落，让菊治十分惊讶。

“现在就送我吗？您不是正用着吗？”

“您就拿着吧。”

菊治想，也许文子是过于伤心才如此利落的。

“那我就恭敬不如从命了。”

“您能带走最好了。我就不去府上拜访了。”

“为什么？”

文子没有回答。

“那么，您多保重。”

菊治刚迈出脚步，文子说：“今天谢谢您。还请您不要介意家母的事，早些完婚吧。”

“您说什么？”

菊治回过头去，文子却没有抬头。

三

菊治把志野水指带回家后，依然插上了白玫瑰和淡色香石竹。

太田夫人死后，自己倒爱上了她。这种感觉攫住了菊治。

而且，他认为自己是在她女儿文子的启示下，才真正领悟到这份爱的。

星期天，菊治试着给文子打了个电话。

“您还是一个人在家吗？”

“是的。已经感到寂寞了。”

“一个人住是不好。”

“嗯。”

“宅子冷冷清清的，我在电话这头都感受到了。”

文子轻轻笑了一声。

“请位朋友一起住如何？”

“可我总觉得，别人一来，就会发现母亲的事……”

菊治不知该说什么好。

“一个人住，也不太方便出门吧？”

“那倒不会，锁上门就行了。”

“那么，请到寒舍来一次吧。”

“谢谢。会有机会的。”

“您身体怎么样？”

“瘦了呢。”

“睡得着吗？”

“夜里几乎睡不着。”

“那不行啊。”

“过些日子我也许会把家收拾收拾，然后到朋友家租间屋子住。”

“过些日子，是什么时候？”

“等这里一卖出去就……”

“卖房子？”

“是的。”

“您打算卖掉房子？”

“是的。您不觉得卖掉好吗？”

“怎么说呢，也许吧。我也正考虑把我家房子卖了呢。”

文子没有说话。

“喂，喂，在听吗？这些事在电话里说不清楚。今天星期天，我在家，您来一趟好吗？”

“好的。”

“您送的志野陶，我插了西洋花。您来的话，我们用它做水指……”

“要点茶吗？”

“也说不上是点茶。这只志野陶，不当水指用一次，太可惜了。而且，茶道用具还是得配套着使用，相互衬托辉映，否则显不出真正的美来。”

“可是，今天的我，比您上次来时还要难看呢。我不去了。”

“没别的客人了。”

“那也……”

“这样吗？”

“就这样吧！”

“那您多保重。好像有人来了，回见。”

来的是栗本千鹤子。

菊治绷起脸，担心刚才的电话已经被她听到了。

“连着几天都阴沉沉的，今天总算遇上个好天气，我就来了。”

千鹤子嘴里打着招呼，眼睛已经盯上了志野陶。

“快入夏了，茶道那边也会闲一阵子。我想到府上的茶室坐坐……”

千鹤子把随身带来的点心连同扇子拿了出来。

“茶室又有霉味了吧？”

“可能吧。”

“那是太田家的志野陶吧？我看看。”

千鹤子若无其事地说，随即跪坐着凑了过去。她双手扶着榻榻米低下头，骨骼粗壮的双肩呈现出似要怒吐恶言的形状。

“是您买的吗？”

“不是，送的。”

“送这个？那可真是件大礼。作为留念吗？”千鹤子抬起脸，转过身面对菊治说，“这么贵重的东西，您还是该出钱买下才对。接受小姐的馈赠，有些吓人啊。”

“我考虑一下。”

“就按我说的办吧。太田家的茶具，有不少转到您家里来了。令尊都是付了钱的，即便是太田夫人接受他的照顾之后也……”

“这些事情，我可不想从你嘴里听到。”

“不说了，不说了。”

千鹤子突然爽利地站起身来，离开了房间。

屋外传来她和女佣说话的声音。不一会儿，她套着围裙回来了，冷不丁来了句：“太田夫人是自杀的吧？”

“不是。”

“别骗人了，我一下就猜到了。那人身上有股说不出的妖气。”千鹤子看着菊治，接着说，“令尊也说过，那是个让人捉摸不透的女人。不过，从女人的立场来看又有所不同。她总是做出一副天真无辜的样子，一看就跟我们不是一路人，黏糊糊的……”

“别再说死人的坏话了。”

“理是这个理，但她一个死了的人还在影响您的姻缘，不是吗？就说令堂吧，也因为她徒增了不少痛苦。”

痛苦的是你吧，菊治心想。

父亲对千鹤子从开始就是玩一玩的态度，两人的关系只持续了很短一段时间，这本与太田夫人无关。但父亲直到离世都同太田夫人感情深厚，千鹤子一定恨透了她。

“菊治少爷你这般年纪，是不可能招架得住她的。幸亏她死了，可算是帮了大忙。真的。”

菊治侧过脸去，对千鹤子的话置若罔闻。

“居然还想破坏菊治少爷的姻缘，实在让人忍无可忍。她自己肯定也觉得罪过，又控制不住骨子里的妖性，所以只能死掉喽。她那个人，说不定还会觉得死了就又能见到令尊了呢。”

菊治只觉浑身发冷。

千鹤子走进庭院，说：“我去茶室静下心再来。”

菊治久久地坐着，凝望水指里的鲜花。

纯白与淡红的花朵，与志野陶的釉色交相呼应，恍若云霞。

他脑中浮现出文子一个人在家伏地哭泣的身影。

母亲的口红

一

菊治刷完牙回到卧室时，女佣正往挂着的葫芦花瓶里插牵牛花。

“得起来了。”菊治说着，却又钻回了被窝。

他仰卧在床上，转头去看挂在角落里的花。

“有一朵已经开了。”

女佣退到邻间，问道：“您今天也休息吧？”

“嗯，再歇一天，不过这就起床。”

菊治感冒了，头痛欲裂，已经四五天没去上班。

“在哪儿摘的牵牛花？”

“庭院边上。它攀在蘘荷上，正好开了一朵。”

这是常见的蓝色牵牛花，枝蔓纤细，花和叶都很小，大概是野生的。

葫芦有些年头了，经年的红漆已经发黑，配上低垂的绿叶蓝花，倒是透出几分清爽。

女佣自父亲在世时就在家中做事，插花这样的雅事，也略知一二。

悬挂的花瓶上隐约可见朱漆花押，古旧的盒子上写着“宗旦”二字。如果是真品，这葫芦应该有三百余年的历史了。

菊治对茶道插花的规矩不甚了解，女佣也谈不上内行。不过以牵牛花配晨茶，似乎也很相宜。

传世三百余年的葫芦里，插着过了今早就会凋谢的牵牛花。想到这儿，菊治不禁失了神。

那只志野水指也有三百年历史了，与其插上西洋花，倒不如这牵牛花有情致。

不过，牵牛花插到花瓶里，又能保持多久呢？这让菊治感到不安。

菊治向侍候他用早餐的女佣说：“我本以为牵牛花转眼就会凋谢。看来也不是这样。”

“是啊。”

菊治想起来，文子把母亲的志野水指送给他做留念后，他曾经想过用它来插牡丹，只是当时花期已过。不过，要是费心去找，或许还有没开败的。

“我都忘了家里还有这只葫芦。多亏你把它找出来了。”

“是。”

“你是见过老爷子用它插牵牛花吗？”

“没有。我是想着牵牛花和葫芦都是蔓生植物，也许可以配在一起……”

“什么？都是蔓生植物……”

菊治不觉失笑，有些怅然。

读了一会儿报纸后，头又沉重起来。菊治在起居室躺了片刻，问道：“床铺还没收拾吧？”

女佣正在洗东西，急忙擦了手过来，说：“我稍微打扫一下。”

之后，菊治回到卧室一看，壁龛上的牵牛花不见了，葫芦也收了起来。

“唔……”

女佣大概是不想让他看见快枯萎的花。

牵牛花和葫芦都是蔓生植物，所以配在一起。女佣的说法虽然引人发笑，但父亲生前的那套规矩倒是从中可见一斑。

不过，志野水指却没有收起来，就摆在壁龛中央。

要是文子来了，看见这情景，肯定会觉得他们怠慢。

菊治把水指拿回家后，便立刻插上了白玫瑰和淡色香石竹，因为文子将它供在母亲灵前时，也是这样做的。而这两种花，是他在她母亲头七时送去的。

抱着水指回家途中，菊治去同一家店买了相同的花。

可后来，只要碰到那水指，菊治就内心怦然，于是再也没用它插过花。

有时他走在路上，看见中年女人的背影，就会不由得被深深吸引。等回过神来，不禁黯然，自言自语道：“真是个罪人。”

仔细一看，那背影和太田夫人并不相像，只是腰部和她一样丰盈。

刹那间，菊治感受到一种让他几乎战栗的渴望。与此同时，甜蜜的陶醉与可怕的惊诧交织在一起，他仿佛从犯罪的瞬间猛然清醒过来一样。

“让我成了罪人的，究竟是什么啊！”

菊治像要拂去什么似的说道，对夫人的思念徒然增加，答案却无处可寻。

菊治觉得，只要还能忆起逝者肌肤的温热，他就无法得救。有时他也觉得，或许是道德的苛责，让他的感官变得病态。

菊治将志野水指收进箱子，躺到床上。

他望着庭院，耳边响起阵阵雷声。那声音虽然遥远，却十分激烈，每响一次就靠近一分。

闪电掠过了庭院中的树林。雨滴落下来，雷声便远去了。

雨下得很大，庭院里水花飞溅。

菊治起身打电话给文子。

“太田小姐已经搬走了……”电话那头说。

“什么？”菊治吃了一惊，“抱歉，打扰您了。”

菊治猜文子是把房子卖掉了。

“您知道她搬到哪里去了吗？”

“请稍等一下。”

接电话的似乎是女佣。很快，她回来了，像是在念纸条，把文子的新地址告诉了菊治。房东姓户崎，也有电话。

菊治立刻拨了过去。

电话里传来文子轻快的声音：“久等了。我是文子。”

“是文子小姐吗？我是三谷。我刚给府上打电话了。”

“抱歉……”

文子的声音低了下去，听起来有些像她母亲。

“您什么时候搬家的？”

“啊……”

“怎么不告诉我？”

“我暂时借住在朋友家……房子卖掉了。”

“哦。”

“到底该不该告诉您，我也很犹豫。一开始，我没打算告诉您，因为觉得不应该。可最近又觉得，没告诉您，有些过意不去。”

“那当然。”

“哎，您能理解我吗？”

这样聊着天，菊治感到心情畅快起来，就像被雨水洗净了一般。没想到，打电话也能有这种感觉。

“一看到您送的志野水指，就很想见您一面。”

“是吗？我家里还有一件志野陶呢。是只小的筒形茶碗。当时我也想过把它和水指一起送给您，可家母过去常用它喝茶，碗口有她的口红印，已经渗了进去。”

“啊？”

“家母是这样说的。”

“令堂的口红沾在陶器上，不会掉吗？”

“也不是。那只志野茶碗本来就略带红色。但家母常说，口红一沾在茶碗边上，就擦不净了。她去世后，我仔细看过，确实有一处格外发红。”

文子说这些会是无意的吗？

菊治听得心烦意乱。

“这边突然下起了暴雨，您那里怎么样？”

“倾盆大雨呢。雷声隆隆的，太可怕了，我都吓得缩成一团了。”

“这场雨过去，就会凉爽起来吧。我请假休息四五天了，今天在家呢。您方便的话，就请过来吧。”

“谢谢您。我本打算找到工作再去府上拜访。我决定出去工作了。”没等菊治回答，她又说，“接到您的电话，我很高兴，这就去拜访。虽然本来不该再跟您见面了……”

骤雨过后，菊治让女佣将床铺收拾好。

他没想到，一通电话真把文子叫来了。

他更没料到的是，他与太田夫人之间那罪恶的阴霾，竟然因为她女儿的声音而消散了。

难道女儿的声音让他觉得她母亲还活着吗？

菊治剃须时，把抹了肥皂的刷头探到庭树的叶子间，用雨滴将它濡湿。

午后，菊治以为文子来了，到门口一看，却是栗本千鹤子。

“哦，是你。”

“天热了，我来看看你。”

“我身体不太舒服。”

“那可不得了。脸色不太好呢。”

千鹤子蹙起眉头，看着菊治。

文子大概会穿洋装来。明明听到了木屐的声音，怎还会错以为是文子呢？菊治想着，说：“你修牙了？看起来年轻不少啊。”

“梅雨天，闲着没事做……弄得太白了，不过很快就会暗沉下去的，没关系。”

千鹤子来到菊治刚才躺着的起居室，看了看壁龛。

菊治说：“什么都不摆，看着清爽吧？”

“是，梅雨天嘛。不过，插花还是要有的……”千鹤子说完，转过身看着菊治，“太田家的志野陶，你处理得怎么样了？”

菊治没有答话。

“还是退回去比较好吧？”

“那是我的事。”

“话也不能这么说。”

“至少不是你该管的事吧？”

“那可不一定。”千鹤子一笑，露出雪白的假牙，“我今天就是来跟你谈这件事的。”

她说着，突然伸出手，像是要驱逐什么似的张开双臂，口中念念有词：“必须驱除这个家里的妖气……”

“别吓唬我。”

“可是，今天我是作为媒人来提要求的。”

“稻村小姐那件事，谢谢你的好意，但我拒绝。”

“瞧你说的！你看不上我这个媒人不打紧，若因此连中意的亲事都舍弃了，气量可就有点小了啊。媒人只是搭桥的，你过了河，拆了就是。令尊就是这样对我的，使唤起来可轻松了。”

菊治露出不悦的神情。

千鹤子有个毛病，一说得起劲，肩膀就高高耸起，气势汹汹。

“当初就是这样。我和太田夫人不一样，好对付得很。这事我也不藏着掖着，都告诉你。很遗憾，在令尊的风流韵事里，我甚至排不上号，蜻蜓点水而已……”

她说着低下了头。

“不过，我一点儿也不怨恨他。从那以后，只要我对他有用，他就随心所欲地利用我。对男人来说，使唤跟自己有点特殊关系的女人是很方便的。托他的福，我长了见识，也懂得了人情世故。”

“哦？”

“所以，我从令尊身上学到的这些本领，你尽可以利用。”

菊治被她一番话绕了进去，不觉放下了戒心。

千鹤子从腰带间抽出扇子。

“人嘛，太男子气，或太有女人味，都学不会人情世故的常识。”

“是吗？那么这种常识是中性的了？”

“你是在挖苦我吗？不过，人变成中性的，男人和女人的心理就都看得透了。太田夫人和女儿相依为命，却丢下女儿去死，你不觉得很奇怪吗？要我看，她呀，说不定算计好了，她死了，你就会照顾她女儿……”

“你这是什么话？”

“我思来想去，恍然大悟，可算解开了困惑。太田夫人这是用死来阻挠你的婚事呢。她的死绝对不一般，肯定另有所图。”

“什么乱七八糟的。”

菊治这样说着，心里却是一惊，千鹤子的话犹如闪电般击中了他。

“你一定把你和稻村小姐的事告诉太田夫人了吧？”

菊治被她说中心事，却做出若无其事的样子。

“不是你打电话告诉她我的婚事定下来了吗？”

“对，是我告诉她的。我还跟她说，不要妨碍这门婚事。她就是那天晚上死的。”

两人都沉默了。

“可是，你怎么知道我给她打电话了呢？那女人跑到这里来哭诉了吧？”

这一击让菊治猝不及防。

“肯定是这样。她在电话里就啊地叫了一声。”

“这么说来，她是你害死的了。”

“这样想，你心里轻松点儿吧？我习惯做恶人了。必要时就充当残忍的反面角色，这也是令尊调教出来的。就算是报恩吧，我今天就来当这个恶人。”

菊治觉得，千鹤子是在发泄积蓄已久的妒忌和憎恨。

“至于内情究竟如何，我就当不知道……”

千鹤子垂下眼，像在看自己的鼻子。

“菊治少爷，你就当我这个恶女人多管闲事，尽管讨厌我好了……我会赶走那个妖女，让你有桩好姻缘的。”

“能别再提什么好姻缘了吗？”

“好，好，我也不愿把这件事跟太田夫人的事搅在一起。”千鹤子的声调变得柔和，“说起来，她也不是什么坏人……自己死了，无须多言，菊治少爷也许就会娶走她女儿。她是这么祈盼的吧……”

“你又开始瞎说了。”

“就是这么回事。你以为她活着的时候从没想过把女儿嫁给你吗？要真是这样，你可就太糊涂了。她一天到晚除了令尊就不想别的，简直跟着了魔似的，也算是痴情吧。稀里糊涂地连女儿也卷了进去，最后豁出命来……不过，在旁人看来，这是可怕的报应，或者说是诅咒。她用魔性给你织了一张网。”

菊治与千鹤子视线相对。她那双小眼睛向上翻着，盯着菊治不放。菊治把头扭向一边。

菊治之所以连连退却，任千鹤子喋喋不休，一方面是被她抓了把柄，但更重要的还是被她离奇的言论给震慑了。

死去的太田夫人真的希望女儿文子嫁给他吗？菊治从没想过这一点，也无法相信。

千鹤子是出于妒忌，才这样恶语相向吧。这是她恶意的揣测，丑陋得就像那块紧贴在她胸口的黑痣一样。

对菊治来说，这些离奇的言论如同一道闪电。

他感到害怕。

难道自己没有这种期待吗？

从母亲移情到女儿，这种事世上也不是没有。然而，一面还沉醉在母亲的怀抱中，一面又倾心于女儿，自己却毫无察觉，难道不是被魔性缚住了吗？

现在回想起来，菊治发觉，在遇到太田夫人后，他好像整个人都变了。

好像是哪里麻痹了。

“太田小姐来了，说您要是有客人，她就改天再来……”女佣进来通报。

“哦。她已经走了吗？”

菊治起身向门口走去。

二

“刚刚……”

文子探着修长白皙的脖子，抬头看向菊治，从喉咙到胸口的凹陷处，呈现出淡黄色的阴影。不知是光线的原因，还是她消瘦了。

菊治看着那片淡淡的阴影，心情逐渐平静下来。

“栗本来了。”

菊治淡定地说。他走出来时还在为此纠结，真见到文子，反而不在意了。

文子点点头。

“看到老师的阳伞了……”

“哦，是这把吗？”

那是一把长柄灰色阳伞，靠在门边。

“要不，您到厢房那边的茶室稍等一下好吗？栗本那老太婆就要走了。”

菊治说着，不禁对自己产生了怀疑。为什么明知道文子要来，却没有把千鹤子打发走呢？

“我是不介意的……”

“是吗？那就请吧。”

文子仿佛对千鹤子的敌意毫无察觉，一进客厅就向千鹤子问候，还对她去吊唁母亲表示感谢。

千鹤子像教导学生练习茶道时一样，微微耸起左肩，昂首挺胸地说：“你母亲是个温柔的人。现在的世道容不下那么温柔的人。

她就像开到最后的那朵花，还是凋落了。”

“家母没有您说得这么好……”

“撇下你一个人，她一定很舍不得。”

文子垂下眼睛，抿紧了微微突出的下唇。

“很寂寞吧？该来练习茶道了。”

“啊，我已经……”

“换换心情嘛。”

“我现在的情况，哪里还能学茶道啊。”

“这是什么话。”

千鹤子松开叠放在膝盖上的手。“我今天来，是看梅雨天也快过去了，给茶室通通风。”她瞥了菊治一眼，“正好你也来了，你看怎么样？”

“什么？”

“请允许我使用你母亲留下的志野水指。”

文子抬头望向千鹤子。

“一起谈谈令堂的往事吧。”

“可是，我不想在茶室里流泪……”

“没关系，就一次哭个够。等菊治少爷结婚了，我也不能随意进出这间充满回忆的茶室了……”千鹤子笑了笑，郑重地补充道，“如果和稻村雪子小姐的婚事能定下来的话。”

文子不动声色地点了点头。

不过，她那酷似母亲的圆润脸庞上，满是憔悴。

“别说这些没有眉目的事，会给别人添麻烦的。”

“我是说如果能成的话。”千鹤子反驳道，“好事多磨嘛。在正式说定以前，文子小姐，请您就当没听说过这件事。”

“好的。”文子又点了点头。

千鹤子唤来女佣，起身去打理茶室。

“这儿的树荫下，叶子还湿漉漉的呢，可要当心啊！”

庭院里传来千鹤子的声音。

三

“今天早上雨下得太大了，连电话里都能听见吧？”菊治说。

“是吗？我没留意到呢。是这庭院里的雨声吗？”文子向庭院望去。

树丛那一头传来千鹤子打扫茶室的声音。

菊治也望向庭院，说：“我当时也不觉得在电话里听到了您那边的雨声。可之后回想起来，却有这种感觉。真是一场大雨啊。”

“嗯，雷声太可怕了……”

“对，您在电话里也这么说了。”

“在这些小事上，我也是随母亲。小时候，一打雷，母亲就会用袖子捂住我的脑袋。夏天外出时，她总是看看天空，说，今天不会打雷吧？直到现在，只要一打雷，我还是会忍不住想用袖子捂住脸。”

文子从双肩到胸前，都显出羞赧之色。“我把那只志野茶碗带来了。”她说着站起身来。

文子回到客厅，把包好的茶碗放到菊治膝前。见菊治有些迟疑，她又把盒子拉回身前，取出茶碗。

“那对筒形的乐茶碗，令堂也用作茶杯对吧？就是了入的那对。”

“是的。但她说，不论是黑乐还是赤乐，颜色与番茶和煎茶都不配，所以她就经常用这只志野茶碗。”

“还真是。若是用黑乐，番茶的颜色就看不出来了……”

见菊治始终不动身前的志野茶碗，文子说：“这可能不是上乘的志野陶，但……”

“哪里……”他仍伸不出手去。

正如早上文子在电话里所说，这只茶碗的白釉中微微带着红色。略加端详一会儿后，那红色仿佛是从白釉里浮现出来的。

碗口带了些淡茶色，有一处颜色略深。

那里应该就是喝茶时嘴唇碰触的地方吧。

看着像茶锈，不过也有可能是嘴唇留下的污迹。

淡淡的茶色越看越觉得发红。

就像文子今早在电话里所说，是母亲的口红渗进去了也未可知。

这样想着，釉面的裂纹看起来也渗进了一种茶色和红色相交的色彩。

那颜色像是褪色的口红，又像是枯萎的红玫瑰——细看竟像陈旧的血痕。菊治越想越觉得胸口发闷。

污秽得令人作呕，同时又带着近乎眩晕的诱惑。

青黑的碗身上绘着宽叶草，有些叶子透着锈色。它们被描绘得单纯而健康，将菊治从病态的感官中唤醒。

茶碗的形状亦十分端庄。

“真不错啊。”菊治把它捧到了手里。

“我不太懂，但母亲很喜欢，总是用它喝茶。”

“这只茶碗很适合女子使用呢。”

菊治说着，再一次鲜活地忆起文子母亲作为女人的柔情。

不过，文子为什么把渗入母亲口红的志野茶碗带到这里来呢？她到底是天真还是迟钝，菊治无从判断。

但他明确地感受到了文子的温驯。

菊治把茶碗捧在膝上，来回转动着细细欣赏，却留心不去碰触碗口。

“把它收好吧。要是被栗本那个老太婆看见，不知又会说些什么，真是烦透了。”

“好的。”

文子把茶碗装回盒子里，重新包好。她本打算把茶碗送给菊治才带来的，但没有开口的时机。也许是觉得它没入菊治的眼。

文子起身把茶碗放到门口。

这时，千鹤子从庭院猫着腰走了过来。

“请把太田家的水指拿出来好吗？”

“今天太田小姐也在……就用我家的吧。”

“看你说的。正因为文子小姐也在，才要把那件志野陶拿出来用啊。看着母亲的遗物，睹物思人，一起聊聊过去的事。”

“你不是恨太田夫人吗？”菊治说。

“我才没恨她呢，性格合不来罢了。死了的人，恨也没用。不是一路人，我实在理解不了她；但也正因为这样，有些地方我倒是能看破她。”

“你还真喜欢看破别人啊。”

“那就小心些，别让我看破喽。”

文子出现在走廊边。她靠着门坐下。

千鹤子抬起左肩，回头道："我说，文子小姐，能让我们用用你母亲留下的志野陶吗？"

"啊，您请用。"文子回答。

菊治把刚收进壁橱里的志野水指拿了出来。

千鹤子麻利地把扇子插进腰带，捧起装着水指的盒子，向茶室走去。

菊治也来到门边，说："今早听您在电话里说搬家了，我很吃惊。卖房子这些事都是您一个人做的吗？"

"是的。不过卖给了一位熟人，所以挺容易的。他住在大矶，房子比较小，跟我说也可以置换。不过房子再小，我一个人也住不了。我想去工作，还是租间房子方便，所以现在暂时借住在朋友家。"

"工作定了吗？"

"还没有。到了紧要关头，才发现自己什么一技之长也没有……"文子微笑着说，"我本想等工作定了再来府上拜访。像现在这样无所依凭，来和您见面，我心里真难过。"

菊治很想说，这时才最好。本以为她孤苦伶仃，可眼下看上去却并不显得落寞。

"我也想把这房子卖掉，却一直拖着。心里想着要卖，一切就疏于打理了。屋檐上的排水管坏了也没修，榻榻米旧成这样也没换新的。"

"您不是要在这里结婚吗？那时再……"文子直率地问道。

菊治望着她，说："是栗本说的？您觉得我现在能结婚吗？"

“因为家母吗？她深陷在痛苦中，已经够了。都过去了，请您忘了吧……”

四

千鹤子轻车熟路，很快打理好了茶室。

“和水指相配吗？”千鹤子问。

菊治不知该如何回答。

见他不开口，文子也不作声。两个人只是默默望着水指。

这只水指，曾是太田夫人灵前的花瓶，今天又做回了本职。

太田夫人的器物现在却到了千鹤子手上。夫人死后，由女儿文子继承，又由文子转赠给菊治。这过程不可不谓曲折。也许这就是茶道用具的命运吧。

在太田夫人之前，三四百年间，拥有它的人又经历过怎样的命运呢？

“风炉和茶釜都是铁器，这件志野陶和它们摆在一起，更像是一位佳人了。”菊治对文子说，“但它的英气丝毫不逊于铁啊。”

志野陶通体的白釉细腻温润，从肌理深处静静地透出光泽。

菊治曾在电话里对文子说，一见志野陶便睹物思人。她母亲那白皙的肌肤里，也蕴含着女人的坚毅与深邃吧。

天气炎热，菊治推开了茶室的纸门。

透过文子背后的窗户，可以看见青翠的枫树。枫叶繁密交叠的阴影落在文子的头发上。

文子修长的脖颈以上，都沐浴在窗外透进的亮光中。她裸露在外边的双臂白得泛青，似乎是才刚穿上短袖。虽然身形苗条，肩头却显得圆润，手臂也带着丰盈。

千鹤子也凝望着水指，说："水指还是用作茶具才好，否则就失了灵气。胡乱插些西洋花在里面，太可惜了。"

"家母生前也用它插过花。"文子说。

"令堂留下的水指被带到这里来，真像做梦一样啊。她也一定很欣慰吧。"千鹤子话中带刺。

文子不以为意，只是平静地说："家母也曾把它用作花瓶。再说，我已经不学茶道了。"

"请别这么说。"千鹤子环顾四周，"我去过不少茶室，还是这里最能让我心静。"

她看了看菊治，继续道："明年令尊就去世整五年了。忌日那天，办场茶会吧。"

"好啊。用清一色的赝品招待客人，肯定很有趣。"

"胡说什么呢？令尊的茶具可没有一件是赝品。"

"是吗？我倒觉得，全用赝品来得更有趣。"菊治又对文子说，"这茶室里一股霉味，充斥着毒气。来场赝品茶会，或许正好可以驱毒。以此来纪念父亲，也和茶道做个了断。其实，我和茶道早就绝缘了……"

"你的意思是，我这个老婆子跑来给茶室通风换气，就是没事找事呗。"

千鹤子用茶筅快速搅动抹茶。

"正是。"

"你很快就不会这么想了。不过，你结上新缘，旧缘确实可以切断了。”

千鹤子说着，把点好的茶端到菊治面前。

“文子小姐，听了菊治少爷这番玩笑话，不觉得令堂的遗物送错地方了吗？我一看到这件志野陶，就觉得令堂的面容还映在上面呢。”

菊治喝完茶，将碗放下，瞥了一眼那只水指。黑漆盖上，倒是映着千鹤子的身影。

文子却好似没有听见这番话。

菊治不明白，文子是不想与千鹤子对抗，还是有意不理睬她。

文子能若无其事地与千鹤子一起走进茶室坐下，本就是件怪事。

千鹤子谈起菊治的亲事，她也并不忸怩。

从前便对文子母女心怀憎恶的千鹤子，开口句句带着羞辱，文子却并没有表现出反感。

难道她沉浸在哀恸中，这些话就如浮云一般，根本触不到她的痛处吗？

难道母亲的死给她的打击太过沉痛，使她超越了眼前的一切？

还是说，这姑娘继承了母亲的性格，对人对己都从不违忤，纯净得令人捉摸不透？

菊治极力不让人看出他有意保护文子，使她免受千鹤子的憎恨和侮辱。

意识到这一点，菊治觉得奇怪的应该是自己。再看看点茶自饮的千鹤子，觉得她的样子也很怪异。

千鹤子从腰带间拿出怀表。“这只表太小，老花眼看不清了……把令尊的怀表送给我吧。”

“他没有怀表。”菊治顶了回去。

“怎么会，他常带着呢。去文子小姐家时也带着的吧？”千鹤子装模作样地问。

文子垂下眼帘。

“这是两点十分吗？两根针凑到一块儿，看不清喽。”千鹤子又露出那副精明强干的样子，“稻村小姐帮我召集了一些人，下午三点开始茶道课。我去她家之前先来这里，就是想听听菊治少爷你的回话，心里好有个数。”

“稻村家那边，请明确回绝了吧。”菊治郑重地说。

“好的，好的，我会说得清清楚楚。”千鹤子却笑嘻嘻地敷衍道，“我可想着早日让稻村小姐她们在这间茶室里上课呢。”

“那正好，你可以劝稻村家买下这栋房子。我最近就要卖掉了。”

“文子小姐，我们一起走吧？”千鹤子不理会菊治，而是转向了文子。

“好的。”

“我很快就收拾好。”

“我来帮您吧。”

“哦，也好。”

千鹤子却并不等文子，快步向水屋走去。

哗哗的水声传了过来。

“文子小姐，请再待一会儿。不要跟她一起走。”菊治小声说。

文子摇摇头。“我害怕。”

“有什么害怕的？”

“我很害怕。”

“那就同她一起出去，甩掉她后再回来。”

文子再次摇摇头，站起身来，用手抚平身后的衣褶。

菊治坐在原地，向她伸出手。他以为她要跌倒了。

文子的脸红了。

千鹤子突然问起菊治父亲怀表的事，使她红了眼眶。但此时，那一抹羞赧仿佛骤然绽成了花。

文子捧着志野水指，向水屋走去。

“哟，还是把你母亲的东西拿来了呀？”

里面传出千鹤子沙哑的声音。

双重星

一

栗本千鹤子到菊治家告诉他，文子小姐和稻村小姐都结婚了。

夏令时的八点半，天还亮着。菊治吃过晚饭，懒懒地躺在廊边，望着女佣买来的萤火虫笼子。不知不觉中，白亮亮的萤火微微发黄，天也黑下来了。但菊治并没有起身去开灯。

菊治休了假，去野尻湖朋友家的别墅游玩了四五天，今天才回来。

朋友已经结婚，孩子刚出生。菊治没怎么见过小婴儿，既看不出那孩子生了多久，也不明白长得是大还是小，不知该如何寒暄。

“孩子发育得真好。”他说。

“哪里呀，刚生下来时小得可怜呢。最近才长起来，像点儿样了。”朋友的妻子答道。

菊治在婴儿眼前晃了晃手。“连眼睛都不眨。”

“孩子看得见，但要再大一些才会眨眼睛呢。”

菊治以为那婴儿已经几个月大了，其实刚满百天。怪不得年轻的太太头发稀疏，脸色苍白，产后的疲惫尚未消除。

他们夫妇的生活完全以婴儿为中心，除了婴儿，眼里已没有别的。菊治感觉自己格格不入。然而，他一踏上回家的火车，那位温顺的太太抱着小婴儿的纤弱身姿便浮现在眼前，久久不去。她憔悴得失去了生气，却满脸陶醉。朋友平时与父母兄弟住在一起。那位太太刚生了第一个小孩，终于有机会在湖畔的别墅与丈夫独处，大概心情非常放松，以致有些神情恍惚了。

菊治如今躺在自家的廊子上，以一种可以说是带着神圣的哀伤之情，怀想起那位太太的样子。

千鹤子就是在这时候来的。

她大模大样地走进房间。“啧，这样黑漆漆的……”说着来到近前，在菊治脚边坐下，“单身汉真可怜啊。躺在那儿，连个开灯的人都没有。”

菊治把腿蜷起来，过了一会儿，才满脸不悦地坐起身。

“你躺着吧，没关系的。”

千鹤子右手打了个手势，示意菊治躺下，然后故作庄重地寒暄了一番。她说她去了京都，回程时还顺道去了趟箱根。在京都她师傅那里，碰到了茶具商人大泉。

“很久不见，我们聊了许多令尊的事。大泉先生还专程带我去了令尊避人耳目时住的地方，是木屋町一家小旅馆。他肯定带太田家那位太太去过。大泉先生还劝我在那儿住下呢。这话就有点没心没肺了。到底令尊和太田夫人都过世了，我再不在乎，半夜待在那儿也难免觉得阴森吧。”

菊治心想，千鹤子来说这些，才是没心没肺。但他一言不发。

“你也外出了？去野尻湖了？”

千鹤子一副明知故问的口吻。她总是这样，一进门就向女佣问东问西，然后不等通报就自己往里闯。

“刚到家。”菊治不耐烦地回答。

“我回来三四天了。”

接着，千鹤子耸起左肩，郑重其事地说：“没想到，一回来就得知了这让人遗憾的消息。我也是大吃一惊。都怪我疏忽，没把事办好。我简直没脸见你了。”

她说稻村家的小姐结婚了。

菊治满脸震惊，幸亏廊子里一片昏暗。他不动声色地问：“是吗？什么时候的事？”

“你可真沉得住气，好像跟你无关似的。”千鹤子讥讽道。

“雪子小姐的事，我不是跟你回绝过好几次吗？”

“你只是嘴上这么说吧。你就是想摆出这副样子来：你从一开始就没兴趣，是我老太婆多管闲事，自作主张硬张罗，让人生厌；不过，那位小姐倒是真不错。”

“你又在胡说了。”菊治扑哧一声笑了出来。

“雪子小姐挺讨人喜欢的吧？”

“是位很好的小姐。”

“我早就看出来了。”

“说她好，不代表我想跟她结婚。”

嘴上虽然这样说，但当他听说稻村小姐结婚时，心头被猛地一击。而后，他带着强烈的渴求，努力在脑中描摹她的面容。

菊治与雪子只见过两次。

在圆觉寺的茶会上，千鹤子为了方便菊治观察，故意安排雪子点茶。雪子点茶的动作简洁优雅。映着新叶影子的纸门，将她和服的肩袖乃至发丝衬托得明艳动人。这一切，菊治记忆犹新，只是雪子的面容已经模糊了。她点茶时用的红色茶巾，去茶室途中提着的桃色绉纱手袋，还有那雪白的千羽鹤，都清晰地浮现在他脑海中。

第二次见面，是她到菊治家来，千鹤子为他们点茶。直到第二天，菊治仍能感受到她留在茶室的清香，那绘着鸢尾的腰带也在脑中久久不去，唯独她的身姿朦胧而飘忽。

菊治也无法清晰地描摹出故去多年的父母的面容。当然，看了照片，他又会恍然忆起。也许，越是亲近深爱的，越是难以在心里描摹；越是丑陋可鄙的，越是难以从记忆中磨灭。

雪子温柔的眉眼如同光，已成为抽象的记忆；而千鹤子那块从乳房长到心口的大黑痣，却像癞蛤蟆一样鲜明具象。

廊子上光线昏暗，菊治还是看出千鹤子穿了件白色的小千谷苎麻长衫。即使在亮处，她胸前的黑痣也不可能透出来，可菊治却在记忆里看到了它。或者说，正是因为昏暗不明，他内心反而看得更加清晰。

“要是觉得她是位好姑娘，就不应该错过。这世上可只有一位稻村雪子小姐，错过了，就再也找不到了，哪怕花上一辈子的时间。这么简单的道理，我看菊治少爷你还没弄明白。”千鹤子语带责备地说，“你经历得少，才这么矫情。这下好了，你和雪子小姐的人生都全然改变了。她本来很中意你，如今嫁给了别人，要是过得不幸福，你也不能说毫无责任。”

菊治没有回应。

“雪子小姐的风姿，你也看清楚了。要是几年后，她后悔没能嫁给你而时常想起你，你也忍心吗？”

千鹤子的声音里带着恶意。

如果雪子已嫁作他人妇，千鹤子又为什么要来说这些多余的话呢？

“那是萤火虫笼子吗？这时节还有？”千鹤子探出头问道，“不是马上就该挂秋虫笼子了吗，竟然还有萤火虫？跟幽灵似的。”

“女佣买的吧。”

“女佣做事，也就这水平罢了。你要是学习茶道，就不会发生这种事了。日本是讲究节令的。”

千鹤子这么一说，那萤火看上去还真有些像鬼火。菊治想起在野尻湖边听到的虫鸣。这些萤火虫能活到现在，真是不可思议。

“要是有妻子，她肯定不会让你做这种不合节令的事。真是寂寞冷清啊。”千鹤子好像有所触动，黯然道，“我撮合你和稻村小姐，本是为了向令尊报恩的。”

“报恩？”

“是啊。可你却躺在这黑灯瞎火的地方，看什么萤火虫。这不，连太田家的文子小姐也嫁人了。”

“什么时候？”

这震惊比听到雪子结婚来得还要猛烈，几乎无法隐藏。他的反应似乎在说：这怎么可能？千鹤子肯定也察觉到了。

“我也是从京都回来时才知道的，整个人都愣住了。她们两个就像商量好似的，说嫁就嫁了。年轻人做事还真是轻率。”

“听说文子小姐结婚，我还高兴来着，想着这下菊治少爷结婚的阻碍没有了。可我没想到，稻村小姐先一步嫁人了。在稻村家那边，我的脸面可算是丢尽了，多亏了你优柔寡断啊。”

不过，菊治还是无法相信文子已经结婚。

“看来太田家那位夫人，还真是以死来阻碍你的婚事啊。不过，文子小姐一嫁人，她母亲的阴魂也该从这个家退散了。”千鹤子把目光投向庭院，“这下终于了结了。好好修剪下树木吧。在黑暗中都能感觉到枝叶长得乱七八糟，真是让人烦闷。”

父亲去世四年了，菊治从没请花匠来打理过庭院。树木早已长得旁逸斜出，枝叶密不透风，空气中全是白天残留的暑气。

“女佣也不知道洒洒水降一下温。这么点儿事，你应该吩咐她做的。”

“轮不到你管。”

千鹤子的话句句都让菊治皱眉，可他却又任由她说下去。每次见面都是这样。

千鹤子也是一面说些讨嫌的话，一面又尽力讨好菊治，还想趁机试探。菊治已经习惯了这种模式。他明着反驳，又暗自戒备。千鹤子大都揣着明白装糊涂，偶尔也会表露出了然的样子。

而且千鹤子那些讨嫌的话，常在菊治料想之中，总是切中他陷入自我厌弃时会想到的内容。

今晚，千鹤子来告知雪子和文子结婚的事，显然就是为了试探他的反应。不知她是何居心，菊治不敢大意。此前她有意撮合雪子和菊治，想把文子从菊治身边赶走。可现在两位小姐都结了婚，不管菊治做何感想，按说都轮不到她出场。结果她还是跑了过来，仿佛是为了窥探菊治心中的阴影。

菊治想起身出去，把客厅和廊子的灯打开。在黑暗中跟千鹤子聊天，仔细想想还是有些古怪，两人远没有这么亲密。千鹤子对修理庭树一事指手画脚，菊治也只当是她一贯的作风，没往心里去。可要站起来开灯，他又缺少动力。

千鹤子一进屋就嫌光线昏暗，却也不主动起身去开灯。按说，细节周到是她的习惯，也跟她的工作性质有关。可现在看来，她似乎不想为菊治多做些什么了。是因为年纪大了吗？还是因为她身为茶道老师，有了些资历？

“我就是捎个话。京都的大泉先生说了，要是你有意出售茶具，他们愿意效劳。”千鹤子沉着地说，“你和稻村小姐的婚事告吹，也该振作起来开始新生活，这些茶具就派不上用场了。我从你父亲那代起就一直打理茶室，今后你大概也没有用得上我的地方了，我心中虽然落寞，但这间茶室也就只是我来的时候才通一下风吧？”

菊治立刻明白了她的言下之意。

千鹤子的目的很是露骨。既然未能促成婚事，她对菊治已经不抱希望，干脆和茶具商合谋把茶具弄到手。她在京都大概已经和大泉他们商量好了。

菊治与其说是气愤，倒不如说是轻松起来。

“连房子我都要卖了，到时也许还真得麻烦你们。”

“令尊生前就一直关照他们的生意，到底是熟人，可以放心。”她补充道。

菊治心想，家里这些茶具，千鹤子恐怕比他还要清楚吧。她大概早就算计过了。

菊治向茶室的方向望去。茶室前有一株高大的夹竹桃，缀满了白花。昏暗的夜色中，那花与天空连成茫茫一片，已分不出界限。

二

下班了，菊治正要离开办公室，又被电话铃声叫了回去。

“我是文子。”电话里传来对方微弱的声音。

“您好，我是三谷……”

“我是文子。”

“哦，知道了。”

“给您打电话实在失礼……可不在这里先跟您道歉，就来不及了。”

“什么？”

“其实，昨天，我给您寄了封信。可是却忘了贴邮票。”

“哦，我还没有收到。”

“我在邮局买了十张邮票，可回家一看，一张都不少。我实在是太迷糊了。我想必须在信到之前，先跟您道歉。”

“不必介意，小事而已。”菊治回答着，心想那大概是通知结婚的信件，“是报喜的吧？”

“嗯？以前跟您只通过电话，写信还是第一次。我也一直犹豫该不该寄出去，结果不小心忘记贴邮票了。”

“您现在在哪儿？”

“公用电话亭……在东京站这里，外边还有人排队等着呢。”

“公用电话吗？”菊治略感费解，还是说，“恭喜您。”

“哎？托您的福，总算有着落了。不过，您是怎么知道的？”

“栗本告诉我的。”

“栗本老师吗？她是怎么知道的呢……真是个可怕的人啊。”

“不过，您也不会再见到她了。对了，上次打电话时，我听到您那边雷阵雨的声音了。”

“您当时也这么说。那时我搬到朋友家住，犹豫着该不该通知您。这次也是一样的。”

“还是希望您能通知我。我也是从栗本那里得到消息，正迟疑着要不要向您道喜。”

“就这么销声匿迹的话，也太寂寞了。”

文子的声音越来越小，渐渐消失，听起来像极了她的母亲。

菊治霎时沉默了。

“也许我必须消失，可是……”过了一会儿，她接着说，“是间六叠大的小房间，找工作时一起找到的。”

“啊？”

“我开始上班了。正是最热的时候，真累啊。”

“是啊，而且您才刚结婚……”

“什么？结婚？您刚才是说结婚吗？”

“恭喜。”

“啊？说我吗？这是什么话呀……”

“您结婚了，不是吗？”

“什么？我？结婚了？”

“您没结婚吗？”

“没有啊。我现在怎么可能有心情结婚？家母刚以那样一种方式离去……”

“啊……”

“是栗本老师说的吗？”

“是的。”

“她这是为什么呢？真不明白。三谷先生您听她这么说，就真的信了？”

文子似乎也是在说给她自己听。

菊治突然换了语气，清晰地说道：“电话里说不清楚。我们见一面吧。”

“好的。”

“我这就去东京站，请在那儿等我。”

“可是……”

“要不另约个地方？”

“我不喜欢在外面见面，还是去府上吧。”

“那我们一起回去吧。”

“一起回去，不还是得先在外面会合吗？”

“那您来我公司？”

“不，我自己去府上。”

“那好。我也立刻回去，您要是先到了，进家里等就好。”

菊治想，文子从东京站坐车过去，应该会比他快。可他又有一种感觉，两人会赶上同一趟电车，于是一边寻找，一边穿过站台的人群。

结果，还是文子先到了。

听女佣说她在庭院里，菊治便也直接从大门过去。文子正坐在白夹竹桃树荫下的石头上。千鹤子来过以后，这四五日里，女佣每天都在菊治下班前给庭院洒水。院子里那个老旧的水龙头原来还没坏。

文子坐的那块庭石，底部也被浇湿了。绿叶繁密的夹竹桃，开满红花时浓艳热烈，一派暑天印象。眼前这株则缀满白花，让人感到清爽怡人。簇簇银花在风中摇曳，温柔地俯拥着文子。树下的她穿着白色棉衫，领口和衣兜上滚着深蓝色的细边。

夕阳从她身后的夹竹桃上一直照到菊治脚前。

“欢迎您来。”菊治亲切地打着招呼走上前去。

文子原比菊治早开口，话却只说到了一半。“刚刚，您在电话里……”她缩起肩膀，转身站了起来，似乎以为菊治要握她的手。“是因为您在电话里说了那样的话，我才跑来的。没有那回事……”

“结婚的事吗？我也吃了一惊。”

“您吃惊什么？”文子垂下视线。

“怎么说呢……听说您结婚时吃了一惊，听说您没结婚又吃了一惊。足足惊了两次。”

“两次？”

“是啊。”

菊治踩着踏石向前走去。

“从这边进来吧。您刚才就该进来等我，不用那么客气。”菊治在廊子边坐了下来，“前几天，我旅行回来正在这儿休息，栗本就跑来了，大晚上的。”

女佣在屋子里唤菊治，大概是为晚饭的事。他离开公司前打电话跟她交代好的。菊治起身进了屋，顺便换了身白色的上等麻衫。

文子看上去也补了妆。她等菊治坐下，才说道："栗本老师都说什么了？"

"她只说，听说文子小姐也结婚了……"

"三谷先生，您就那样当真了？"

"没想到这种事她也能撒谎。"

"您就一点儿也没怀疑吗？"

文子那黑亮的眸子，眼看着湿润了。

"您觉得我现在能结婚吗？三谷先生，您觉得可能吗？母亲和我都那么痛苦，那么悲伤，到现在我还被这些纠缠着，怎能……"

菊治闻言，感觉她的母亲仿佛还活着。

"母亲和我生性都容易轻信他人，也总相信别人会理解自己。难道这只是痴人说梦吗？也许不过是我们自怜罢了……"

文子已泣不成声。

菊治沉默了一会儿，说："'您觉得我现在能结婚吗'这句话，还是上回我问文子小姐的，就是下暴雨的那天……"

"雷声隆隆的那天？"

"对。今天您又反过来问我了。"

"不，不，我只是……"

"您好几次都说我会结婚呢。"

"那是……三谷先生，您和我不一样啊。"文子含泪望着菊治，"您和我是完全不同的。"

"有什么不同？"

“身世也不同……”

“……身世？”

“是的，身世也不同。更准确点说，应该是身世上的阴影吧？”

“也就是……罪孽深重？那不正是我？”

“不是的。”文子使劲摇了摇头，泪水夺眶而出。一颗泪珠意外地顺着左眼角流到耳边，滴落下来。“若说是罪孽，家母已经背负着它逝去了。但我不认为那是罪孽，那只是家母的伤痛。”

菊治低下了头。

“若是罪孽，便永远不会消失了，伤痛却会成为过去。”

“可是，文子小姐所谓的‘身世上的阴影’，岂不是把令堂的死说得太阴暗了？”

“伤痛之深，或者还是这样说好了。”

“伤痛之深……”

那便是爱之深吧，菊治话到嘴边，又咽了回去。

“不说这个了。三谷先生不是有雪子小姐吗？您和我不一样。”文子把话题拉回到现实中来，“栗本老师一直认为家母阻碍了你们的婚事，现在又说我结婚了，显然也把我看成阻碍。一定是这样。”

“可她说稻村小姐也结婚了。”

文子露出泄气般的神情。

“不可能……骗人的，这也一定是骗人的。”她说着，又使劲摇了摇头，“什么时候的事？”

“稻村小姐结婚吗？最近吧。”

“一定是骗人的。”

“栗本说你们两人都结婚了，我反倒以为您结婚的消息是真的。”

菊治又低声补充道，“可现在看，恐怕雪子小姐才是真的结婚了。”

“不会的。谁会在这么热的时候结婚呢？只穿一层衣服也会满身大汗的。”

“那倒是。果然没有夏天的婚礼这种东西吗？”

“嗯，几乎……也不能说完全没有吧……比如把仪式留到秋天再办什么的……”

不知为何，又有泪水从文子湿润的眼角涌出，滴落在膝上。她低下头，凝视着那泪痕。

“可栗本老师为什么要撒这种谎呢？”

“她是真把我骗住了。”菊治也说。

然而，这个谎言为什么会使文子流泪？

现在至少可以确定，文子结婚的事是假的。

菊治怀疑，雪子是真的结婚了，而千鹤子为了让他远离文子，才说文子也结婚了。

即便如此，菊治还是觉得哪里不对劲。他怀疑雪子结婚也是个谎言。

“无论如何，不弄清雪子小姐结婚是真是假，就无法看破栗本的恶作剧。”

“恶作剧？”

“嗯，就当她是在恶作剧吧。”

“可今天我要是不打电话来，您就真以为我结婚了。这恶作剧也太过分了。”

女佣又来唤菊治。

菊治拿着一封信从里屋回来。

“您的信到了。还真没贴邮票……”菊治语气轻松地说，正要拆开信封。

“不，不，请不要看……”

“为什么？”

“不想让您看了。请还给我吧。”

文子膝行过去，想从菊治手中夺回那封信。

菊治猛地把手藏到身后。

文子左手一下子按在菊治的膝上，右手来抢信。两手动作不协调，身体失去了平衡，眼看就要扑倒在菊治身上了。她将左手支在身后，右手仍尽力去够菊治藏在背后的信。她的身子向右一扭，又往前倒去，侧脸几乎就要贴上菊治的腹部，可她却很轻盈地闪开了。就连左手按在菊治膝上，也只是轻柔的碰触而已。难以想象，那样轻柔的一触，怎能支撑住向右扭而又向前倾的上身呢?

菊治看到文子软绵绵地倒来，全身肌肉瞬间绷紧了。而文子那出人意料的闪避，又让他几乎叫出声来。他强烈地感受到了女人的气息，感受到了文子的母亲太田夫人的气息。

文子是在哪一瞬闪开了，又是凭哪个动作收敛了力道呢？她的轻柔让人难以置信，仿佛是女性本能的秘术。在菊治以为她会重重扑到自己身上时，她却轻盈得如同一阵馨香的风拂过。

她的味道来得浓烈。夏日里从早到晚的工作，使她的体味变得浓郁。菊治嗅到她的体香，同时也感受到了太田夫人的芬芳。那是夫人怀中的香气。

“哎，快还给我吧。”

菊治没再抗拒。

“我撕了它。”

文子扭过身，将信撕得粉碎。汗水濡湿了她的脖颈和裸露的胳膊。

文子刚才全力躲闪时，脸色变得苍白。重新坐好后，双颊又一片绯红。她大概就是在那期间出的汗。

三

从附近餐厅叫来的菜肴十分普通，味道也毫无特色。

菊治面前放着那只筒形的志野茶碗，是女佣照例摆上来的。

菊治突然意识到了什么。文子也注意到了茶碗。

“啊，这只志野陶，您用上了？”

“嗯。”

“糟了。”她听起来并不像菊治那么尴尬和窘迫，“送这种东西给您，我很是后悔。信里也提到了这件事。”

“信上写了什么？”

“也没写什么，就是说送这样微不足道的东西给您，很是过意不去。”

“这可不是微不足道的东西。”

“这不是什么上乘的志野陶，不然，家母也不会拿来日常喝茶用。”

“我不懂陶器。不是上乘的志野陶吗？”菊治说着拿起茶碗端详起来。

“比它好的志野陶多得很呢。您用着这只茶碗，就会想起别的茶碗来，觉得它们更好……”

“我家没有别的志野小茶碗了。”

“府上没有，您也会在别处看到的。您用这只茶碗时，要是又想起其他茶碗，觉得比手上的好，我和家母都会难过的。”

菊治猛地一惊。“我跟茶道的缘分越来越浅，也不会再看到什么茶碗了。”

“那也不好说，也许有什么机会呢。您之前肯定也看过更好的志野陶。”

“照您的说法，不是最好的东西，就不能送人了？”

“是啊。”文子有意抬起脸，直视着菊治，又说，“我认为正是如此。请您把茶碗摔碎扔掉吧。我在信里也是这样写的。”

“把这个摔碎吗？”

面对步步紧逼的文子，菊治试图岔开话题。

“这是志野古窑烧制的，三四百年前的东西了。起初是盛生鱼片等菜肴的，既不用来吃饭，也不用来喝茶。不过，后来它被当作茶碗，也有一段漫长的历史了。古人珍爱它，一代一代传了下来。也许还有人把它收在茶箱里，随身带着去徒步远行呢。所以请不要这样任性地轻易把它摔碎了。”

据说这只茶碗的碗口，还留有文子母亲的口红印。

口红一旦沾在茶碗边上，就很难擦干净。文子的母亲是这样告诉她的。菊治得到这只志野茶碗后，便发现碗口有一处污迹，怎么也洗不掉。当然，那不是口红的颜色，而是淡褐色的，微微泛红。倒有几分像沾上的口红日久褪了色，但也可能是志野陶固有的色彩。再者，用的时间长了，与嘴唇接触的地方又是固定的，那痕迹或许是更早以前的主人留下的。不过，太田夫人总拿这只茶碗喝水，大概用得最频繁。

菊治曾想过，平日拿志野陶来喝水，恐怕不是太田夫人的主意，很可能是父亲让她这样做的。

他也怀疑，太田夫人是把那一黑一红两只了入茶碗，当作同父亲共用的夫妻茶碗了。

菊治想象，父亲曾让她把志野水指用作花瓶，在里面插上玫瑰或香石竹，再让她拿上这只筒形志野茶碗。父亲曾以此来欣赏她的美吧。

他们二人都离世后，水指和茶碗落到了菊治手中。如今，文子也来了。

“我并不是任性，是真心希望您把它摔碎。”文子说，“把水指送给您，见您很喜欢，我就想到还有一只志野茶碗，也想一道送给您。过后却替它感到惭愧。”

“这件志野陶很贵重，平日用它喝水，真是委屈它了。”

“可是，比它好的还多着呢。如果您一边用它，一边又想着更好的，我会很难过的……”

“送人只能送最好的东西，对吗？”

“当然也要看对象和场合啊。”

菊治被深深触动了。

太田夫人的遗物，使菊治记起夫人和文子，或者说，让他与她们有了更亲密的接触。因为这样，文子才希望这东西必须是无法替代的最上乘之物吗？

菊治明白了，为什么文子坚持要把最贵重的名品送给他，当作母亲的纪念。

那是文子的至情。志野水指就是证明。

志野陶冷艳而温润的肌理，使菊治想起了太田夫人。这想象毫无罪恶的阴暗与丑陋，或许就因为这只水指是传世名品吧。

看着这件名贵的陶器，菊治越发觉得，太田夫人就是女子中的绝世名品。名品是与污秽绝缘的。

骤雨那日，菊治曾在电话中对文子说，一看到志野水指，就很想见她一面。因为是在电话里，他才能够脱口而出。听了他的话，文子说家中还有一件志野陶，随后就把筒形茶碗送到了他家里来。

的确，这只茶碗看上去没有水指那么名贵。

“我家老爷子也有只旅行用的茶箱……”菊治想了起来，说，“里面装的茶碗，肯定比不上这一只。”

“装的是什么样的茶碗呢？”

“这……我没见过。”

“真想看一看啊。令尊的茶碗，一定是好的。”文子说，“要是这只志野茶碗没有令尊箱里的好，就把它摔碎吧。”

“真危险。”

饭后吃的是西瓜。文子一边灵巧地剔掉西瓜子，一边催促菊治，说要看箱子里的茶碗。

菊治吩咐女佣先把茶室打开，然后起身走进庭院。他打算去找茶箱，不料文子也跟了出来。

“其实我也不知道究竟放在哪里了。栗本比我清楚。”

菊治回过头来。文子正站在白夹竹桃的繁花下，树根边是她穿着袜子与木屐的双足。

茶箱放在水屋旁的架子上。

菊治走进茶室，把茶箱摆在文子面前。文子以为他会解开布巾，于是端坐着，等了一会儿不见动静，这才伸出手去。

“请允许我欣赏一下。”

“全是灰。”

菊治接过文子解开的布巾，站起身来，把灰尘掸落在庭院里。

“水屋的架子上落了只死去的蝉，生了许多虫子。”

“茶室真干净啊。”

“嗯，栗本前阵子打扫了一次。她就是在那时告诉我，您和稻村雪子小姐都结婚了。也许是夜里看不清，她把蝉关在屋子里了。”

文子从茶箱里取出袋子，隐约能看出茶碗的形状，解开上面的细绳。她低垂着头，指尖微微发颤。

她圆润的双肩向前倾，从侧面看去，修长的脖颈越发吸引人。

她由于认真而紧抿着下唇，下颌微微突出，加上不加矫饰的圆润耳垂，分外惹人怜爱。

“是唐津陶呢。”

文子抬头望向菊治。

菊治挨近她坐下。

文子把茶碗放在榻榻米上。“是一只上乘的茶碗。”

这也是一只小巧的筒形茶碗，适合日常使用。

“刚健中透着凛然，远比那只志野茶碗好。”

“没法分高下吧？一件是志野陶，一件是唐津陶……”

“放在一起看看就知道了。”

菊治也被这件唐津陶的气魄吸引了，把它放到膝上欣赏。

“那么，把那件志野陶拿来看看？”

“我去取。”文子说着站起身来。

将陶器摆在一起时，两人的视线不经意间相交，接着又一齐落在了茶碗上。

菊治慌不择言。“摆在一块儿看，分明是一对夫妻茶碗啊。”

文子无言，只是点了点头。

菊治也觉得自己的话有些异样。

素雅的唐津陶上没有彩绘，蓝中透出枇杷色，又带着些许暗红，腰部向外鼓起，显得十分沉稳。

“令尊外出时也带着它，想必是他十分喜爱的茶碗，也与他的气质很相符。”

文子说出了危险的话，却似乎并未察觉。

志野茶碗与文子的母亲气质相符，这句话，菊治可无法说出口。不过，两只茶碗就像菊治父亲和文子母亲的两颗心，相互依偎在一起。

有着三四百年历史的茶碗，仪态端庄大方，绝不会诱人作病态的幻想。它们是那样生机勃勃，甚至散发出官能之美。

菊治觉得从两只茶碗里看到了父亲和文子的母亲，仿佛两个美丽的灵魂紧紧相依。

而且，茶碗就在眼前。此时此刻，对着茶碗相向而坐的自己与文子，也变得纯洁无瑕。

和她面对面坐在一起，是件可怕的事。在太田夫人头七的翌日，菊治甚至对文子说过这样的话。而此刻，那种对罪恶的恐惧，都被茶碗的美消解了。

“真美啊。”菊治自言自语，“父亲哪里配得上这些茶碗呢？他摆弄它们，想必是借此麻醉自己，以摆脱罪恶的煎熬吧。”

“哎？”

“一看到这茶碗，就想不起它原主人的可憎了。与这只传世的茶碗相比，父亲的寿命是何其短暂，甚至不及它的几分之一……”

“死亡就在我们脚下，多可怕啊。我自己都离死亡这么近，怎么还能跟母亲的死苦苦纠缠呢？我作过种种努力，想要摆脱它。”

“是啊。如果不放开逝者的手，自己也就感受不到生了。”菊治说。

女佣送了铁壶等器具进来，大概是见他们一直待在茶室，以为他们需要热水点茶吧。

菊治顺势建议文子，就用眼前的唐津陶和志野陶点一次茶，像在旅途中那样。

文子没有推辞，点了点头。“那就请允许我用母亲的志野茶碗吧。在把它摔碎之前，最后点一次茶，做个纪念。”

她从茶箱里拿出茶筅，去水屋清洗。

夏日昼长，夜幕仍未降临。

“请您就当作正在旅途中吧……”

文子说着开始搅动抹茶。她选了一把小茶筅，搭配这只小巧的茶碗。

“若说旅途，那就是在旅馆里了？”

“不一定。也可能是河边，也可能是山上。可以想作是用山谷里的溪水点茶。也许我该用冷水才对……”

抬起茶筅时，文子也抬起视线，用漆黑的眸子瞟了菊治一眼。她的视线随即又落回手上。她用手掌托住茶碗，将正面转向菊治。

而后，茶碗正好和她的视线一齐来到菊治的膝头。

菊治生出一种错觉。文子好似变成了一汪清水，随着视线流淌而来。

这回，文子将母亲的志野陶放到身前。茶筅刮得茶碗嘶嘶作响，她停下手里的动作。

“真难啊！”

“茶碗太小了，不好搅动吧。”菊治宽慰道。

实际上是文子的手在颤抖。

一旦停下，茶筅在筒形的小茶碗里就再也搅不起来了。

文子望着自己僵硬的手腕，垂下了头。

“母亲不想让我用这只茶碗点茶。”

“什么？”

菊治猛地站起身，抓住文子的肩膀，像是要把她从咒语的束缚中拽出来一样。

文子没有抵抗。

四

菊治一夜无眠，等到晨光从窗户的缝隙透进来，就起身前往茶室。

洗手用的石钵前，散落着志野陶的碎片。

他拾起四块较大的碎片，在掌心拼凑出碗的形状，碗口处却缺了拇指大小的一块。

他想，说不定这块碎片还在，正打算去石缝中寻找，却立刻放弃了。他抬头向东方远眺。

举目望去，只见林梢之间，闪烁着一颗硕大的晨星。

是启明星。有多少年没看到过了呢？菊治一边感慨，一边驻足凝望。

云彩挂在天边，启明星在云中闪烁，看上去更大了。亮光的边缘，仿佛被水濡湿了一般。

望着这颗澄澈的星，想到自己还想重拾碎片、拼合那只破碗，菊治羞愧难当。

他扔掉了手中的碎片。

昨夜，文子干脆地把茶碗砸向石钵，摔得粉碎。他根本无从阻拦。

他丝毫未察觉，文子悄无声息地离开了茶室，手中拿着那只茶碗。

“啊！”

菊治失声喊道。

但他顾不上在黑暗中寻找碎片，而是扶住了文子的肩膀。

她蹲在砸碎茶碗的石钵前，身子向前倒去。

“还会有更好的志野陶的。”

她低声说道。

文子摔碎那只茶碗，是不愿看他拿它去和更好的相比吗？

菊治辗转难眠，不住思量文子的那句话，越发感到纯洁中透出的哀切。

天一亮，他就来到庭院中，寻找那些碎片。

可看到启明星，他又把拾起的碎片扔掉了。

他再次仰望天际，不觉轻呼一声。

星星已经消失了。就在他低头去看那些碎片的一刹，启明星没入云中。

菊治怅然若失，只是无言地望着东方的天空。

云层并不厚，晨星却无处可寻。浮云尽头，天已微微泛红，低垂在街市的屋檐上。那红色越发浓重了。

“也不能一直扔在这儿。”

菊治喃喃自语，又把志野碎片拾起，放进睡衣的口袋中。

将它们弃之不顾，菊治感到心痛。要是被栗本看到，还要受她盘问。

菊治想，文子一番挣扎后，终是下决心把茶碗摔碎了，那么他也不必保存这些碎片，就埋到石钵旁吧。不过，他还是用纸把它们包好，放进壁橱，然后钻回了被窝。

文子到底是担心他会在什么时候、拿什么东西，与这只志野茶碗做比较呢？

这种担心究竟从何而来？

菊治不明白。

何况，昨晚也好，今早也罢，他从未想过有任何人、任何物，配得上与文子相比。

对他来说，文子已是无与伦比的绝对存在，是不可抗拒的命运。

在此之前，他无时无刻不意识到文子是太田夫人的女儿。可现在，这些都已被他抛诸脑后了。

母亲的身体一度奇妙地附着在女儿身上，诱惑着他，让他胡思乱想。现在，这一切都消散了。

那阴暗丑恶的帷幕长久地笼罩在他身上。而现在他终于走出来了。

是文子那纯洁的痛苦拯救了他吗？

文子从未抵抗，只有纯洁本身在抗争。

这本来是最有可能成为诅咒的东西，彻底束缚他、麻痹他。他却感到被带领着，从束缚与麻痹中逃脱了出来。这简直是一个奇迹。就像已经中毒的人，最终吞下极量的毒药，反而成了解药。

菊治一到公司，就给文子打电话。他听说文子在神田的一家呢料批发店上班。

文子不在店里。菊治想，自己是一夜无眠直接来了公司，莫非她在清晨反而熟睡了？还是因为难为情，躲在家里休息一天？

午后，菊治又打了一次电话。文子还是没去上班。菊治向店里的人要了她的住址。

在昨天的信上，她应该写了新的住址，但未及开封，她就撕碎塞进了口袋。晚饭时，两人聊到她的工作，菊治记下了店名，却忘记问她住址。他总觉得她的住址已植入自己心间。

下班后，菊治找到了文子租住的房子，就在上野公园后面。

文子不在。

开门的是个十二三岁的少女，大概刚刚放学，还穿着学校的水手服。她先退回屋里，又出来告诉菊治："太田小姐不在，说是今天早上和朋友旅行去了。"

“旅行？”菊治问道，“她去旅行了吗？今早几点走的？说去哪里了吗？”

少女又退回屋里，再回来时，站在离菊治稍远的地方，有点害怕似的说：“不知道。我妈妈不在家……”她的眉毛淡淡的。

菊治走出大门，回头望去，分不清哪间是文子的房间。这是一栋二层小楼，带一个小小的院子。

死亡就在脚下。

想到文子曾说过的话，菊治不禁两腿发麻。

他掏出手帕擦了擦脸，越擦越没了血色。可他还是一个劲儿地擦着。手帕湿了，也蹭脏了，他这才意识到脊背上也冒出冷汗。

“她不可能死的。”菊治对自己说。

文子唤回了他的生机。这样的文子，是不可能死的。

可是，文子昨天的态度那么自然率真，莫非是因为心意已决？

又或者，她害怕真实的自己和母亲一样，是罪孽深重的女人？

“让栗本独自活下去……”

菊治面对假想的敌人，吐出了心中的怨气，疾步向着公园的林荫走去。

图书在版编目（CIP）数据

雪国 /（日）川端康成著；戴焕，孙容成译. -- 海口：南海出版公司，2022.6（2025.11 重印）
（川端康成作品）
ISBN 978-7-5735-0094-6

Ⅰ. ①雪… Ⅱ. ①川… ②戴… ③孙… Ⅲ. ①中篇小说-小说集-日本-现代 Ⅳ. ① I313.45

中国版本图书馆 CIP 数据核字（2022）第 043071 号

著作权合同登记号　图字：30-2021-095

YUKIGUNI, IZU NO ODORIKO, KAGARIBI, HAHA NO HATSUKOI, SUIGETSU, SENBAZURU
by KAWABATA Yasunari

Originally published in Japan.
Chinese (in simplified character only) translation rights arranged with
The Heirs of KAWABATA Yasunari, Japan
through THE SAKAI AGENCY and BARDON CHINESE CREATIVE AGENCY LIMITED.

雪国
〔日〕川端康成 著
戴焕　孙容成 译

出　　版　南海出版公司　(0898)66568511
　　　　　海口市海秀中路51号星华大厦五楼　邮编 570206
发　　行　新经典发行有限公司
　　　　　电话(010)68423599　邮箱 editor@readinglife.com
经　　销　新华书店

责任编辑　黄宁群
特邀编辑　杨雯潇　朱文曦　尹子粤　王心谨
营销编辑　张丁文　张媛媛
装帧设计　韩　笑
内文制作　王春雪

印　　刷　山东京沪印刷科技有限公司
开　　本　850毫米×1168毫米　1/32
印　　张　10
字　　数　223千
版　　次　2022年6月第1版
印　　次　2025年11月第9次印刷
书　　号　ISBN 978-7-5735-0094-6
定　　价　59.00元